Engel, Elfen und Ganoven

Frank Friedrichs

Engel, Elfen und Ganoven

© 2020 DichtFest GbR – alle Rechte vorbehalten.

Covergestaltung: Christian Günther

Satz: DichtFest GbR

Verlag: DichtFest GbR, Seeweg 3, 19243 Wittendörp – www.dichtfest.de

Druck: BooksFactory, PRINT GROUP Sp. z.o.o., Szczecin, Polen

ISBN: 978-3-946937-40-1

Bildnachweis:

Depositphotos: Danussa (Titel, 37, 158, 225, 253), kuco (195), Olgakorona (178), ruskpp (93, 172, 205), Sergeypykhonin (60)

CC-Lizenz: John Tenniel (103)

Bibliografische Information der Deutschen Nationalbibliothek:

Die Deutsche Nationalbibliothek verzeichnet diese Publikation in der Deutschen Nationalbibliografie; detaillierte bibliografische Daten sind im Internet über http://dnb.d-nb.de abrufbar.

Frank
Friedrichs

ENGEL,
ELFEN
UND
GANOVEN

Zwölf
Weihnachts-
geschichten

Inhalt

VORWORT

Wer liebt Weihnachten nicht?

Ich bin seit Langem bekennender »Weihnachtsfreak«, habe Spaß daran, das Haus zu dekorieren, lasse mich von Musik beschallen, fiebere dem ersten Schnee entgegen und könnte das ganze Jahr über Lebkuchen essen. Und Weihnachtsgeschichten lesen.

Seit ich Matthias kenne, lag also nichts näher, als selbst Weihnachtsgeschichten zu schreiben. Eine Zeit lang habe ich es geschafft, jedes Jahr eine Geschichte für ihn zu verfassen – mal als Weihnachtsgeschenk, mal als Kalender (»Der Mann an der Litfaßsäule« war in 24 Portionen aufgeteilt auf Blättern aus Tonpapier geschrieben).

Mitunter habe ich mich dabei von Passagen der biblischen Weihnachtsgeschichte inspirieren lassen. So schildert »Der große Auftritt« die Vorbereitungen und Proben im Engelschor, ehe die Frohe Botschaft verkündet wird. »Jechonaans Geschenk« hingegen begleitet den Sohn eines Hirten in einer ganz besonderen Nacht. Der Text ist einem meiner Lieblings-Weihnachtslieder angelehnt: »Little Drummer Boy«.

Andere Erzählungen beschäftigen sich damit, wie wir heute die Sagen, Legenden und Bräuche betrachten, die sich um die Weihnachtszeit ranken. So verbirgt sich hinter dem »Mann an der Litfaßsäule« kein gewöhnlicher Mann, in »Der Namensvetter« erfährt ein Junge, dass er sich überhaupt nicht für seinen Namen Nikolaus schämen muss, und »Mister Eastwaters Probleme mit Weihnachten« führen uns in die Weihnachtswerkstatt, wo unzählige Elfen fleißig werkeln – oder auch nicht …

Daneben gibt es Geschichten, die ich in fernen Zeiten angesiedelt habe, um ihnen ein besonderes Flair zu geben: »Das letzte Geschenk« spielt in weiter Zukunft irgendwo im Weltraum, »Wie die beiden Diebe …« hingegen im 17. Jahrhundert im polnischen Krakau, das damals zur habsburgischen Monarchie gehörte.

Eine Ausnahmerolle nimmt »Das große Los« ein. Der Text ist für einen Literaturwettbewerb entstanden und vom Ton her etwas düsterer und ruppiger als die anderen.

Und schließlich ist eine Hommage an die neben dem Bibeltext wohl bekannteste Weihnachtsgeschichte dabei: »Der Weihnachtstraum« ist unverkennbar inspiriert von Charles Dickens' unsterblichem »Christmas Carol«.

Mit der Zeit ist diese Tradition des Geschichtenschreibens eingeschlafen. Das mag daran liegen, dass ich Anfang der 2000er-Jahre versucht habe, die bis dahin entstandenen Texte bei großen Verlagen unterzubringen (Selfpublishing gab es noch nicht). Die eintrudelnden Absagen waren so demotivierend, dass das Projekt in der Schublade verschwand.

Dabei hatten meine Bemühungen sogar einen positiven Effekt: Eine Lektorin des Loewe-Verlags entdeckte die Geschichten im Archiv und fragte an, ob ich nicht einen Text für ihre Anthologie mit Weihnachtsgeschichten aus aller Welt schreiben wolle. So entstand »Jannis und das Wasauchimmer«, womit ich die Weihnachtsbräuche und -legenden Griechenlands beleuchte.

Inzwischen ist viel Zeit vergangen, die ich mit anderen Schreibprojekten verbracht habe. Doch spätestens, seit es den DichtFest-Verlag gibt, war der Wunsch wieder da, irgendwann auch meine Weihnachtsgeschichten herauszubringen. Und jetzt ist es so weit!

Dazu habe ich alle alten Texte umfassend überarbeitet und modernisiert, wobei mir meine Kollegin und Freundin Sophie Karlis (www.sophiekarlis.com) eine unermessliche Hilfe war. Sie hat so viel Sorgfalt, Arbeit und Liebe in die Durchsicht der früheren Textversionen gesteckt und bei mir so viele neue Gedanken und Ideen geweckt, dass ich mich auf immer reich beschenkt von ihr fühlen werde. Danke, Sophie!

Für die Veröffentlichung sind übrigens zwei neue Geschichten entstanden, um das Dutzend vollzumachen: zum einen das Kabinettstückchen »In der Kürze ...«, eine aromatische Spielerei, die mich, kaum, dass mir der Gedanke dazu kam, nicht mehr losgelassen hat. Und natürlich musste es eine Weihnachtsgeschichte aus Vertikow geben. Was es aber genau mit dem »Bankraub in Vertikow« auf sich hat, müsst ihr schon selbst lesen.

So unterschiedlich die Texte auf den ersten Blick scheinen, sie alle sind durchzogen vom Geist der Weihnacht, von der Frage, was die Frohe Botschaft uns heute noch sagen und bedeuten kann. Ob vom christlichen Standpunkt aus betrachtet oder vom allgemein menschlichen Miteinander; ob es ums Schenken geht oder ums Beschenktwerden; ob Kinder oder Erwachsene die Hauptrolle spielen; ob ihr als Kinder oder Erwachsene dieses Buch liest – ihr werdet merken:
Weihnachten ist einfach die schönste Zeit des Jahres!

Viele wohlige Weihnachtsgefühle wünscht euch

Frank Friedrichs

Der große Auftritt

»Nein! Ihr seid rhythmisch schon wieder völlig durcheinander! So wird das nie etwas!« Erbost warf Chormeister Hymnos den Taktstock weg, mitten in einen Haufen Schäfchenwolken, die wild durcheinanderwirbelten. »Nehmt euch mal zusammen. Ihr seid schließlich nicht irgendein Chor, sondern die Cherubim und Seraphim, die das Lob Gottes preisen und dem Herrn aller Herren von der Herrlichkeit seiner Schöpfung singen sollen! Also verhaltet euch gefälligst auch so!«

»Ja ja«, murmelte Joshua, der sich gelangweilt in seiner Wolkenbank von einer Seite zur anderen wälzte, »jetzt geht das wieder los. Jeden Tag die gleiche Leier! Gleich kommt das mit der Disziplin und der Würde«, flüsterte er Sam zu.

»Wenn ihr nur ein wenig mehr Disziplin hättet … Und nehmt euch etwas zusammen! Um vor dem Herrn zu singen, verlangt es Würde. Disziplin und Würde!«

Joshua und Sam kicherten – so leise, dass der Chormeister sie in der hintersten Reihe nicht hören konnte.

Die beiden waren befreundet, seit sie sich im Chor getroffen hatten. Joshua war ein wilder, etwas ungestümer und vorlauter Junge aus Galiläa, der erst vor ein paar Menschenaltern gestorben war, als er beim Klettern von einem Baum stürzte. Seitdem durfte er mit seiner schönen, kräftigen Stimme im Chor der Engel singen, aber wegen seines schlechten Benehmens war er schon bald in die hinterste Reihe verbannt worden, wo er wenigstens nicht allzu sehr störte.

Sam war anders. Still und besonnen, oft ein wenig verträumt, gab er sich ganz dem Gesang hin und schien oft nichts anderes um sich herum mehr wahrzunehmen. Es war fast, als ob er auf der Musik schwebte, und seine Seele und sein Körper – wenn man denn bei Engeln von einem Körper sprechen kann – schienen eins mit der Musik zu werden und im Gesang zu zerfließen. Seine glockenhelle, weiche Stimme strahlte wie ein warmes Licht, und wenn er in den Weiten des Himmels allein für sich sang, begannen die Wolken, in innigen Tönen mitzusummen, und die Sterne fingen an zu tanzen.

Doch im Chor der Engel schien niemand Sams herrliche Stimme zu hören. Denn sobald außer seinem Freund Joshua noch jemand anwesend war, wurde sein Gesang so leise, dass es kaum mehr war als gehauchte Töne. Sam war schüchtern. Ich kenne mich in den Mengen der himmlischen Heerscharen zwar nicht gut aus, aber ich würde sagen, Sam war so ziemlich der schüchternste Engel, der je gelebt hatte. Und da Engel im Allgemeinen nicht sterben, sondern immer weiter lebten, musste er wirklich sehr schüchtern sein.

Hinzu kam, dass Sam auf der niedrigsten Stufe der himmlischen Hierarchie stand. Sein richtiger Name war Samuel, aber niemand nannte ihn so. Man betrachte einen derart ehrwürdigen Namen als nicht angemessen für jemanden, der noch nicht einmal den ersten Schutzengelgrad abgeschlossen hatte. Viele der höherstehenden Engel, die bereits Botendienste für den Herrn ausgeführt hatten oder die gar in den Kreis der Cherubim und Seraphim aufgenommen worden waren, hätten niemals mit ihm geredet. Von den Erzengeln ganz zu schweigen. Die sahen ihn womöglich nicht einmal.

Einzig Petrus nahm hin und wieder Notiz von ihm, aber das war etwas anderes. Zum einen war Petrus genau genommen kein Engel, sondern ein Heiliger. Und zum anderen beachtete auch er Sam nur dann, wenn dieser beim Träumen oder Singen auf der Himmelswiese die Zeit vergessen hatte und erst in letzter Sekunde durch die Himmelspforte huschte.

Natürlich wusste niemand, warum ausgerechnet Sam, dem kleinen, unbedeutenden Unter-Schutzengel, die Ehre zuteilwurde, im Chor der Engel mitzusingen. Niemand – außer einem. Aber wer hätte sich getraut, den Herrn wegen einer so läppischen Angelegenheit zu belästigen?

Gut, Sam selbst hatte schon öfter mal daran gedacht, zu fragen, weshalb er so unbedeutend und unscheinbar sein musste. Und ob er nicht auch einmal etwas Großes und Bedeutendes tun dürfte. Aber letztlich hatte er natürlich nicht den Mut, damit zum Herrn zu gehen.

Und wenn er sang, war sein Kummer sowieso weit weg. Dann war nur noch Musik um ihn herum, und hohe Freude und tiefer Friede in ihm. Außerdem hatte er ja seinen Freund Joshua. Der stand kurz vorm Abschluss des dritten Schutzengelgrads und bereitete sich schon auf den ersten Botengrad vor. Trotzdem dachte er nicht im Traum daran, Sam zu verachten, nur weil er ein paar Stufen unter ihm stand.

Chormeister Hymnos hatte sich wieder beruhigt, den Taktstock unter den Schäfchenwolken herausgesucht und allen Stimmen die Töne angegeben, wollte gerade den Taktstock zum Einsatz heben, als eine schmale, hagere Gestalt durch eine Wolkenwand den Musiksaal betrat. Sie schritt auf den Chormeister zu und flüsterte ihm mit geheimnisvollem und ganz furchtbar wichtigem Gesicht etwas zu. Alle Engel starrten neugierig auf Hymnos, dessen Augen größer und größer wurden, während sein Kopf vor Aufregung und Überraschung rot anlief. »Ja, jawohl«, stammelte er, »wird erledigt!«

Und während sich die ehrwürdige, hagere Gestalt mit gemessenen Schritten entfernte und Hymnos vor Staunen stumm den Kopf schüttelte, sah Sam, wie ganz links im Sopran die kleinen Engel leise kicherten und tuschelten.

Endlich hatte der Chormeister sich wieder gefasst, räusperte sich ein paar Mal und sprach mit immer noch etwas zitternder Stimme: »Kinder! Wir haben einen wunderbaren, ehrenvollen Auftrag! Wir werden ein neues Stück proben, eines, das wir nie zuvor gesungen haben. Ja, eines, das es bis eben gar nicht gab. Aber unser höchster Herr hat in seiner Weisheit einen gar herrlichen Plan gefasst, an dessen Verwirklichung wir teilhaben sollen!«

Nach diesen und weiteren salbungsvollen Worten wies Chormeister Hymnos seine Sänger an, in ihrem Notenheft drei Seiten weiterzublättern, dort würden sie das neue Lied finden.

Ja, ich weiß, jetzt sitzt ihr mit fragenden Augen da. Erst einmal wolltet ihr sicher schon längst wissen, wer diese große, hagere Gestalt war, die die Botschaft überbracht hatte. Ich muss euch leider sagen: Ich weiß es nicht. Das tut mir zwar sehr leid, aber da ich kein Engel bin, sondern bloß ein Mensch wie ihr, kenne ich mich unter der himmlischen Bevölkerung nur schlecht aus. Vielleicht war das eine Art Butler, der bei Gott angestellt ist, ihm den Tee serviert und die Tageszeitung bügelt. Aber das spielt keine Rolle, denn ich verspreche euch: Diese Person kommt in der restlichen Geschichte nicht mehr vor.

Doch was euch bestimmt viel mehr interessiert, ist die Frage, wie es sein kann, dass ein Lied, das es bis eben noch gar nicht gab, plötzlich schon fix und fertig im Liederbuch jedes einzelnen Chorengels geschrieben steht, nicht wahr? Das ist eines der Dinge, wie sie nur im Himmel geschehen, und dort wundert sich niemand darüber. Aber ich denke, wenn man den ganzen Tag auf Wolken läuft, niemals älter wird, niemals Hunger und Durst hat, mit Sternschnuppen jongliert und auf der Milchstraße tanzt, dann wundert man sich nicht über fantastische Notenhefte.

Einzig Sam staunte, als er die Seite mit dem neuen Lied aufschlug. Worte und Melodie kamen ihm seltsam vertraut vor, obwohl er sicher war, dieses Stück nie gesehen zu haben. »Komisch, wie kann so was sein? Aber Moment, da fehlt ja der ganze Anfang. Da kommt noch eine Menge vorher.« Verdutzt schüttelte er den Kopf.

»Was ist los?«, fragte Joshua.

Doch ehe Sam antworten konnte, rief Chormeister Hymnos mit schneidendem Ton »Ruhe!« und begann mit den Proben für das neue Lied.

»Ich muss dir unbedingt erzählen, was ich geträumt habe«, sagte Sam am nächsten Tag zu Joshua, kaum, dass er ausgeschlafen hatte. Das war so etwa drei Menschenalter nach der Probe, deren Zeuge wir eben waren. Die beiden erzählten sich oft ihre Träume, wobei Joshua meistens über viel spannendere, fantastischere Dinge berichten konnte als Sam. Aber heute war das anders, heute würde Sam seinem Freund das Wundervollste erzählen, das er je erlebt hatte!

»Du erinnerst dich an das neue Lied, das wir geprobt haben? Ich hab dir doch gestern schon gesagt, dass ich das Lied kenne – und dass da irgendwas dran fehlte. Stell dir vor, heute Nacht im Traum habe ich alles deutlich vor mir gesehen. In meinem Traum hat Er mich zu sich gerufen und mich beauftragt, das Solo zu singen.

Also habe ich mich vor Ihn hingestellt, und ohne dass ich jemals die Noten gelesen hatte, konnte ich das ganze Lied vom Anfang bis zum Ende auswendig vortragen. Und Er war sehr zufrieden!«

»Wer? Chormeister Hymnos?«, fragte Joshua.

»Ach was, wer schon, der Herr natürlich!«, rief Sam.

Joshua schüttelte ungläubig den Kopf. »Das glaubst du doch selber nicht. Meister Hymnos würde dich niemals ein Solo singen lassen, auch wenn du eine noch so schöne Stimme hast. Außerdem wird so ein wichtiges Solo bestimmt von einem der Erzengel gesungen. Das ist doch immer so: Kommen nie zu den Proben, aber kriegen jedes Mal die großen Solos.«

Sam nickte traurig. »Ja, ich weiß. Keiner kennt mich, keiner sieht mich. Ich bin unwichtig und unwürdig. Aber meinst du, Er denkt das auch?«

Sein Freund zuckte mit den Schultern. »Weiß nicht. Aber selbst wenn, wird Er sich kaum mit dir abgeben. Schließlich muss er sich um viel wichtigere Dinge kümmern. Und nun komm, wir müssen zur Chorprobe!«

Sam nickte enttäuscht. Aber im Stillen dachte er noch lange an seinen Traum. Er ließ ihn nicht wieder los. Alles war so real, so wirklich gewesen. Sogar an die Noten und Wörter des Stücks konnte er sich erinnern. Er versuchte, das Lied nachzusingen, und es gelang ihm von Mal zu Mal besser. Das musste doch etwas zu bedeuten haben, das war bestimmt ein Zeichen! Also beschloss er, sich auf den Weg zum Herrn selbst zu machen, und schlich, als gerade die Bässe eine schwierige Partie probten, leise aus dem Musikwolkensaal.

Zögernd und mit einem komisch rumorenden Gefühl an der Stelle, wo wir den Magen haben, stapfte er die Sternentreppen zum Palast des Erhabenen hinauf. Je höher er stieg, desto wilder rumorte es in ihm. Schließlich war er oben an der goldenen Pforte des riesigen Palastes angelangt.

Doch statt sie zu öffnen, schlich er daran vorbei und bahnte sich einen Weg durch eine der dicken Wolkenmauern an der linken Seite des Baus. Das hatte zwei Gründe: Zum einen musste er natürlich vorsichtig sein, damit ihn niemand entdeckte, ehe er den Herrn gefunden hatte. Deshalb versteckte er sich und versuchte, auf Schleichwegen den Thronsaal ausfindig machen. Zum anderen wäre er direkt hinter der goldenen Pforte unweigerlich mit dem langen, hageren Diener des Herrn zusammengetroffen, der wieder einmal einen Botengang zu erledigen hatte. Das durfte aber nicht sein, schließlich habe ich euch versprochen, dass der Diener in dieser Geschichte nicht noch einmal auftritt.

Vorsichtig schob Sam einen Vorhang beiseite und lugte in den langen, schmalen Gang. Es war kein Mensch, pardon, kein Engel zu sehen, die Luft war rein. Also verließ er sein Versteck und schlich langsam in die Richtung, in der er den Thronsaal vermutete. Noch immer spürte er das Rumoren im Bauch, allmählich begann er vor Aufregung zu zittern. Er musste dem Herrn schon sehr nahe sein.

Behutsam bog er um eine Ecke und sah einen weiteren langen, leeren Gang vor sich. Doch ehe er überlegen konnte, ob er diesen Gang nehmen sollte, sagte eine Stimme hinter ihm: »Hallo Samuel! Da bist du ja!«

Erschrocken drehte Sam sich um. Hätte er ein menschliches Herz gehabt, es wäre sicher vor Schreck stehen geblieben, als er sah, wer da vor ihm stand.

* . *. .* ★ ★ ★ . .

Aufgeregt nestelte Samuel an seinem Gewand. Der große Tag war da. Überall im Himmel herrschte eifriges Treiben, alles wurde herausgeputzt, die Sterne wurden poliert, die Wolken entstaubt und frisch aufgeschüttelt, damit sie alle strahlend weiß den Himmel schmücken könnten. Joshua half Samuel eifrig, während dieser noch einmal …

Aber halt, ich sehe direkt eure fragenden Augen vor mir. »Was ist los?«, scheinen sie zu rufen. »Wie ist denn das Ganze weitergegangen? Und worauf bereitet Samuel sich da vor?«

Und ihr habt auch recht! Natürlich sollt ihr wissen, was in der Zwischenzeit passiert ist. Aber da ich jetzt schon mit dem großen Tag angefangen habe und nicht den Faden verlieren möchte, schildere ich euch alles, was dazwischen lag, nur ganz kurz.

Vielleicht habt ihr es schon erraten: Die Stimme, die Sam im Palast Gottes gehört hatte, war die des Herrn selbst. Deshalb musste ich ja auch an der Stelle mit dem Erzählen aufhören, denn als Nächstes hättet ihr sicher wissen wollen, wie Gott eigentlich aussieht, oder? Und weil ich das genauso wenig weiß wie jeder andere Mensch und ich euch auch keine Bären von einem alten Mann mit weißem Rauschebart aufbinden wollte, hielt ich es für besser, an jener Stelle aufzuhören.

Wenn ihr übrigens gerne wissen möchtet, wie Gott aussieht, dann müsst ihr nur heute Abend im Bett die Augen schließen und fest an Ihn denken. Wer weiß, vielleicht könnt ihr Ihn dann – ganz kurz vorm Einschlafen – sogar einmal sehen. Womöglich ist Er tatsächlich ein alter Mann mit weißem Bart, vielleicht aber auch ein ganz junger mit Piercings und Tattoos. Vielleicht sieht er ein bisschen so aus wie euer Vater. Oder wie eure Mutter – ich weiß es nicht.

Aber Samuel, der wusste nach diesem Erlebnis ganz genau, wie Gott aussah. Und Gott wusste bereits alles über Samuel, darüber, dass kein Engel Notiz von ihm nahm, dass er keine Freunde hatte (außer Joshua natürlich) und dass niemand im Engelschor von seiner wunderbaren Stimme wusste. All das war Gott längst bekannt. Und Er hatte schon lange einen Plan mit Samuel, der sich jetzt erfüllen sollte. Dazu muss ich dann allerdings doch ein wenig ausholen.

Am Tag vor der Aufführung des großartigen neuen Liedes nämlich sollte die Generalprobe stattfinden, zum ersten Mal mit dem Erzengel und seinem Solopart. Die kleinen Sopranengel, die von den größeren ein wenig abfällig Putten genannt wurden, tuschelten schon wieder ganz aufgeregt. Gerade im Sopran hatte der Erzengel eine Menge Fans und Bewunderer, während die anderen Stimmgruppen ihn eher als blasierten Möchtegern-Star betrachteten, der im Grunde keinen Deut besser sang als jeder Einzelne von ihnen.

Die Probe hatte bereits vor geraumer Zeit begonnen. Zwar waren die anderen es gewohnt, auf den Erzengel als Star warten zu müssen, doch diesmal ließ er sich wirklich besonders lange Zeit. Als er endlich auftauchte – im wahrsten Sinne des Wortes: Er stieß mit den emporgereckten Spitzen seiner Flügel von unten durch die Wolken –, war dann auch der Applaus verhaltener als sonst. Offenbar hatte er sogar bei einigen treuen Fans den Bogen so sehr überspannt, dass sein spektakulärer Auftritt keinen Eindruck mehr machte.

»Der Herr Erzengel, wie wunderbar«, rief Chormeister Hymnos und deutete eine Verbeugung an. »Es ehrt uns, dass Sie wieder einmal bereit sind, unsere bescheidenen Sangeskünste mit Ihrer unvergleichlichen Stimme zu bereichern.«

»Was für'n Quatsch«, brummte Joshua. »Ehrt uns? Keiner kann den Kerl leiden.«

Samuel sagte nichts. Zum einen kannte er das Gefühl nur zu gut, dass einen niemand leiden konnte. Zum anderen war er zu aufgeregt, um etwas zu sagen; wusste er doch, was gleich geschehen würde.

Der Erzengel lächelte huldvoll über die Scharen der Engelschöre hinweg und nickte dem Chormeister zu. Sein Blick wirkte ein wenig verkrampfter als sonst; und waren das Schweißtropfen auf seiner Stirn?

»Können wir?« Meister Hymnos hob den Taktstock.

Kaum gab er den Einsatz, öffnete der Erzengel den Mund. Heraus kam ein Krächzen, dann ein schrecklich hoher Kiekser, dass Sterne zersprangen, die als Beleuchtung dienten. Und schließlich kam ... gar nichts mehr aus dem Mund des Erzengels. Er bewegte die Lippen, betastete seinen Hals, räusperte sich – vergeblich! Aus seinem Mund kam kein Ton mehr; dafür röteten sich seine Wangen und die Stirn immer mehr.

Irgendwo hörte man ein leises Kichern, das auf einen Blick von Hymnos sofort erstarb.

»Herr Erzengel, was ist mit Ihnen? So sagen Sie doch etwas!«, drang der Chormeister auf ihn ein.

Doch der ehemalige Meistersänger schüttelte nur den Kopf, der langsam immer roter wurde. Er wandte sich von den Chorsängern ab und schlich mit hängenden Flügeln zur Tür, durch die er lautlos verschwand.

»Das ist eine Katastrophe!«, jammerte Chormeister Hymnos. »Was sollen wir nur tun? Wir werden niemals einen Ersatz für den glockenhellen und kristallklaren Gesang des Herrn Erzengel finden. Keiner seiner Brüder hat eine ähnlich gut ausgebildete Stimme.«

Tatsächlich waren alle anderen Erzengel erschreckend unmusikalisch. Deshalb hatte man sie auch noch nie bei den Engelschören gesehen. Mag sein, dass das sogar der Grund dafür war, dass der Herr ihnen andere Aufgaben zugedacht hatte. Wer weiß, vielleicht waren die Worte des Allerhöchsten so etwas gewesen wie: »Ihr dürft jede wichtige, erhabene und weltbewegende Aufgabe übernehmen, solange ihr nie wieder singt!«

Chormeister Hymnos jedenfalls stand an seinem Notenpult wie ein Häufchen Engelselend (und das ist wirklich ganz besonders schlimmes Elend). »Wohlan«, sagte er endlich, bemüht, seiner Stimme möglichst viel Fassung zu geben, »wohlan, wir brauchen einen Ersatz. Wer von euch glaubt, er könnte den Part des Herrn Erzengel bis morgen lernen?«

Ihr könnt euch nicht vorstellen, wie still es mit einem Mal im Probensaal war. All die stimmgewaltigen Cherubim und Seraphim, die sonst stets meinten, sie sängen mindestens genauso gut wie die Diva von Erzengel, standen stumm beieinander, kontrollierten ihre Fingernägel, blätterten in den Noten oder schauten an eine Decke, die es gar nicht gab.

Samuel wusste, dass dies sein Moment war. Die Chance, die der Herr ihm zugedacht hatte. Jetzt musste er sie ergreifen. Jetzt musste er einmal, nur ein einziges Mal seine Stimme erheben und sich melden. Doch er tat es nicht. Zu groß war die Angst, dass alle über ihn lachten, dass sie ihn künftig nicht nur übersehen, sondern gar verspotten würden.

Er spürte einen Stoß in die Seite und sah sich um.

Da stand Joshua mit aufforderndem Gesicht. »Na los!«, raunte er. »Sing!«

Natürlich, Singen. Er kannte den Part des Erzengels längst. Er musste einfach den Mund öffnen und die Töne, die Gott in seinen Geist goss, hervorfließen lassen.

Als plötzlich eine glockenhelle Stimme durch die Stille drang und mit kraftvoller Wärme die Töne der Solopartie intonierte, schauten alle umher, um den Sänger ausfindig zu machen.

»Wer singt da? Wem gehört diese wunderbare Stimme?«, fragte der Chormeister ganz aufgeregt, den Kopf hin- und herstreckend, um zu sehen, woher die glasklaren Töne stammten.

Je länger und kraftvoller Samuel sang, desto begeisterter und andachtsvoller standen die anderen Engel um ihn herum. Sie alle, die ihn niemals angesehen, geschweige denn gehört hatten, sie alle waren still und starrten auf den kleinen unbedeutenden Engel, der noch nicht einmal Schutzengelgrad 1 absolviert hatte und den Gott trotzdem vor allen anderen auserwählt hatte.

· · * · · * * · ★ · * * · · · ·

So also kam es dazu, dass Samuel nun in einem prächtigen Gewand aus fein gewebten Lichtfäden dastand und aufgeregt versuchte, einen Blick auf sein Publikum zu werfen. Er nahm einen kleinen Stern vom Himmelsvorhang und schaute durch das entstandene Loch hinab. »Das ist ja völlig dunkel!«, rief er aus, »niemand zu sehen, alles einsam und still.« Mit einem Seufzer setzte er gerade den Stern wieder an seinen Platz, als er eine vertraute Stimme hinter sich hörte.

»Keine Sorge, Samuel. Wenn es so weit ist, wird genug Licht da sein.«

Samuel drehte sich um und sah dem Herrn ins Angesicht, der ihn vergnügt anschmunzelte.

»Wann geht's los, Herr?«, fragte Samuel ungeduldig.

»Es kann jeden Augenblick so weit sein«, antwortete dieser, noch immer vergnügt schmunzelnd.

Tatsächlich: In diesem Moment entstand unter den umherstehenden Engeln eine Unruhe, von irgendwo her erscholl ein Ruf, der sich in Windeseile von Mund zu Mund fortpflanzte, bis schließlich der ganze Himmel davon erfüllt war: »Er ist da! Er ist da!«

Samuel stellte sich in Position, mit einem Mal teilte sich der Nachthimmel wie ein riesiger schwarzer Vorhang und Sam sah hinab auf die Erde, die in gleißendes Licht getaucht war. Er sah eine Handvoll Hirten auf einer Weide, die waren vor Schreck aufgefahren und hielten sich entsetzt schreiend die Hände vor die Augen.

Fürchtet euch nicht!

Jetzt begriff Samuel und er verstand im selben Moment, dass er sein Leid für diese Hirten singen würde – und für alle anderen Menschen, die es hören wollten. Er begann zu singen, seine Worte rieselten wie silberne Schneeflocken zur Erde. Sie nahmen die Angst von den Gesichtern der Hirten, die Last von den Rücken der Beladenen, die Streitlust aus den Köpfen der Streitenden und die Trauer aus den Herzen der Traurigen.

Ja, so war das damals mit dem kleinen schüchternen Engel, den der Herr über sich selbst hinauswachsen ließ, um in dieser Nacht der Wunder für Menschen und Engel ein Zeichen zu setzen. Und auch wenn ich nicht dabei war, bin ich mir sicher, dass der Herr sich Samuels großen Auftritt sehr wohlwollend angesehen hat und noch immer vergnügt vor sich hin schmunzelte.

Und vielleicht, wenn ihr heute Abend, ganz kurz vor dem Einschlafen, das Glück habt, Ihn zu sehen, vielleicht schmunzelt Er auch heute Nacht.

DER MANN AN DER LITFAßSÄULE

Könnt ihr euch etwas Schlimmeres vorstellen als Weihnachten in braun-grauem Schneematsch? Lotta konnte das nicht. Aber wenn es so weiterginge wie heute Abend, würde genau das passieren. Seufzend sah sie hinaus. Schneeregen peitschte durch die Luft und sammelte sich in dicken Matschklumpen in Rinnsteinen und Hausecken. Wer konnte, blieb zu Hause, nur wenige Menschen wagten sich nach draußen, eilten vermummt mit Schal und Mütze vorbei, als triebe der Sturm sie vor sich her. Und nur noch ein paar Tage bis Weihnachten … wieder ein trübes, graues Weihnachten.

Lotta wandte sich vom Fenster ab, lief in den Flur und zog ihre Stiefel an. Sie war spät dran, Mama wartete seit über einer Stunde auf sie. Es geschah zwar öfter, dass Lotta und ihre Freundin Nele beim Spielen die Zeit vergaßen, doch bei solchem Wetter machte Mama sich immer gleich ein paar Sorgen mehr.

»Weißt du …«, Lotta zog sich den Mantel an und wickelte den Schal um den Hals, »ich sag einfach, wir hatten was Wichtiges wegen der Schule zu besprechen. Oder dass ich noch ein Geschenk kaufen wollte, aber nichts gefunden hab. Mal sehen. Also dann, bis morgen.«

Kaum war sie aus dem Haus, prasselte ihr der Schneeregen wie eine eiskalte Dusche ins Gesicht. Eine Sturmbö erfasste sie und schob sie beinahe gegen die nächste Laterne.

»Pass bloß auf, Lotta, brich dir nicht die Nase!«, rief Nele lachend und schloss schnell die Tür.

Lotta stapfte los, kämpfte gegen den eisigen Wind an, der ihr nasskalte Flocken auf die Wangen schleuderte. Immer wieder musste sie aus dem Weg springen, wenn ein Auto vorbeisauste und einen Schwall Matschwasser auf den Gehweg spritzte. So kam sie kaum voran. Die erste Laterne ... die zweite ...

Gerade wollte sie in die letzte Seitenstraße vor ihrem Wohnblock einbiegen, vorbei an der Litfaßsäule mit dem großen »Appassionata«-Plakat. Die sonst so prachtvollen Schimmel blickten traurig ins trübe Grau, wirkten schweißnass und erschöpft. Das lag natürlich nur an dem Wasser, das an der Litfaßsäule herablief ... und hinter einem Mann zu Boden tropfte, der vor der Säule saß.

Lotta blieb stehen und musterte ihn. Alt war er, das Gesicht grau und eingefallen. Kleine Augen blickten in ihre Richtung, aber es war nicht zu erkennen, ob sie Lotta überhaupt wahrnahmen. Aus seinem zerzausten Bart tropfte Wasser auf den Mantel, durch dessen Löcher ein fleckig-graues Hemd schimmerte. Der Alte hatte den Mantelkragen hochgeschlagen, einen Schal schien er nicht zu besitzen.

Sonderbar. Warum saß er mitten im Unwetter seelenruhig am Straßenrand? Warum ging er nicht in den Bahnhof, da wäre es wärmer? Oder wenigstens in den Park, da hätte er unter den Büschen etwas mehr Schutz vor dem Wetter. So hatte die Feuchtigkeit seine Handschuhe und sogar die ramponierten Lederstiefel durchnässt. Der alte Mann zitterte vor Kälte.

Lotta trat einen Schritt näher heran. Könnte sie ihm irgendwie helfen? Nein, was sollte sie schon tun? Mit nach Hause nehmen konnte sie ihn auf keinen Fall, Mama würde ausrasten. Oje, Mama! Die wartete längst auf sie. Warum stand Lotta immer noch hier herum?

Gerade wollte sie sich abwenden und davonlaufen, da murmelte der Alte: »Hallo Lotta.«

Im ersten Moment war sie sich nicht sicher, ob er überhaupt etwas gesagt hatte oder ob der rauschende Verkehr ihr einen Streich gespielt hatte. Doch als das Gehörte tiefer sank, erschrak sie. Er kannte ihren Namen? Nun ja, irgendwie kam es auch Lotta plötzlich vor, als würde sie ihn schon lange kennen. Nur woher?

Sie trat noch einen Schritt näher heran, um ihn besser zu erkennen. Sein grauer Bart war gar nicht so zerzaust, wie er von Weitem gewirkt hatte. Und in seinen traurigen Augen schimmerte ein kleiner warmer Funke.

»Wer sind Sie?«, fragte sie.

»Ach, Lotta …« Brüchig klang seine Stimme, er atmete schwer, als kostete ihn das Sprechen viel Kraft. »Wenn ich dir das erzähle, würdest du es nicht glauben.«

Lotta starrte den wunderlichen, alten Mann verständnislos an. »Wie meinen Sie das?«

Die Augen des Alten hellten sich etwas auf. Offenbar freute er sich, dass ihm jemand zuhörte. Mühsam richtete er sich auf und zupfte seinen Mantel zurecht. Aus einer Tasche zog er eine silberne Tabakdose hervor, schnupfte eine große Prise und musste zweimal heftig niesen. »Also …« Er schnäuzte sich lautstark in ein schmuddeliges Taschentuch. »Alte Leute sagen doch oft, früher sei alles besser gewesen. Nicht wahr?«

Lotta nickte.

»Du bist zwar noch ein Kind. Aber weißt du auch etwas, das für dich früher besser war?«

Darüber hatte Lotta nie nachgedacht. Aber wenn der Mann so fragte … »Oma.«

»Wie?« Der Alte beugte sich zu ihr, die Hand wie eine Muschel am Ohr. »Tut mir leid, ich höre nicht mehr gut.«

»Oma«, sagte Lotta etwas lauter. »Früher war Oma noch da. Aber sie ist vor zwei Jahren gestorben.«

»Und es war schöner, als sie noch da war? Du vermisst sie wohl sehr.«

Lotta nickte. Was machte plötzlich der blöde Kloß in ihrem Hals? »Ja«, krächzte sie. »Vor allem jetzt. Ohne Oma ist es kein richtiges Weihnachten.«

»So so, Weihnachten ...«, brummte der alte Mann. »Da hat dir Oma sicher tolle Geschenke gemacht, was?«

»Das auch.« Den Spielzeugherd zum Beispiel. Die Schlafpuppe mit den langen Haaren. Und *Nils Holgersson*, Lottas Lieblingsbuch. Das war das letzte Weihnachtsgeschenk, das sie von Oma bekommen hatte. »Aber es waren nicht die Geschenke. Oma hat Weihnachten schön gemacht. Sie kam ein paar Tage vorher und wir haben zusammen die Wohnung geschmückt. Tannenzweige aufgehängt und Kerzen hingestellt und so. Wir haben Plätzchen gebacken, Mandelmakronen. Und es gab Kakao mit Zimt und Sahne. Oma blieb mindestens zwei Wochen oder so, dann war ich nicht allein, wenn Mama zur Arbeit war. Außerdem gab es damals noch ...« Sie stockte.

»Was denn?« Die Augen des Alten blitzten.

»Ach nichts.«

»Was gab es damals noch?«

»Na ja, den ...« sollte sie es sagen? Sie war doch kein kleines Kind mehr. Und sie kannte den Mann vor ihr überhaupt nicht. Oder doch? Irgendwie war da dieses seltsame Gefühl, der Gedanke, sie könnte ihm alles sagen. Sie blinzelte einen Tropfen von den Wimpern und seufzte. »Den Weihnachtsmann.«

Ein Schwall Röte schoss dem Alten ins Gesicht, dass seine Wangen leuchteten. »Erzähl mir davon. Und den anderen auch. Bestimmt möchten sie mehr darüber hören!«

Lotta sah sich um: In der Tat waren sie nicht mehr allein. Der Schneeregen hatte nachgelassen, und zwei Passanten waren stehen geblieben.

»Habe ich recht?«, fragte er Alte.

»Also, ich würde gerne ein bisschen zuhören«, sagte der junge Mann. »Tannenzweige, Kakao, Mandelmakronen – irgendwie versetzt mich das in Weihnachtsstimmung. Was meinst du, Schatz?«

Die Frau neben ihm sah auf die Uhr und kniff die Mundwinkel so fest zusammen, dass sie sich in die Wangen gruben. »Ach, Tino, wir wollten doch … Na gut, wenn du meinst.« Ihre Lippen bewegten sich so mechanisch, dass Lotta an einen Roboter denken musste.

Sollte sie wirklich vom Weihnachtsmann erzählen? Sogar Mama schüttelte nur den Kopf, wenn sie zu Hause davon anfing.

Der Alte nickte ihr zu. Sein langer, dichter Bart wippte und strich über den Fellkragen seines braunen Mantels.

»Ja, äh … also, Oma.« Lotta sah hinauf in den dunklen Himmel, aus dem nun kein Tropfen mehr fiel. Oma. »Sie hat Weihnachten so schön festlich gemacht. Und ja, es gab den Weihnachtsmann noch. Seit Oma gestorben ist, kommt er nicht mehr.«

»So habe ich das noch nie gesehen«, sagte der junge Mann. »Aber da ist was dran. Zu mir ist er auch schon lange nicht mehr gekommen.«

Seine schmallippige Frau schüttelte den Kopf. »Das ist nicht dein Ernst, oder?«

»Findest du das nicht?«

»Es ist doch klar, dass die Großmutter dem Kind etwas vorgegaukelt hat. Ich weiß nicht, wo da was *dran* sein soll.«

»Schatz! Wie kannst du das so sagen?«, rief der junge Mann entrüstet und nickte in Lottas Richtung.

»Der Weihnachtsmann, Tino? Ich bitte dich! Darüber willst du doch nicht ernsthaft …«

»Nein!«, rief Lotta.

Der alte Mann an der Litfaßsäule hob beschwichtigend die Hände, sodass die Mantelärmel von seinen schwarzen Handschuhen glitten.

»Es gibt den Weihnachtsmann – wirklich!«, bekräftigte Lotta. »Er war ja immer da. Nur seit Oma gestorben ist, kommt er nicht mehr. Vielleicht ist er nur wegen ihr hergekommen … dabei war Oma doch kein Kind mehr.«

Tino lächelte den Alten an. »Kindermund. Das klingt im ersten Moment so schlicht und doch weise.«

»Weise?«, murmelte seine Frau. »Der Weihnachtsmann ist eine Erfindung der Spielzeugindustrie, und alle lassen sich vor diesen lächerlichen Karren spannen. Dass wir so ein Gespräch überhaupt führen!«

Es knirschte leise, als eine alte Frau die Bremsen ihres Rollators feststellte. Sie nahm die Brille ab und wischte mit ihren Stoffhandschuhen die Tropfen von den Gläsern. Kaum hatte sie die Brille wieder auf der Nase, entdeckte sie den Mann an der Litfaßsäule und strahlte. »Also, ich bin 83 Jahre alt, aber an den Weihnachtsmann erinnere ich mich, als hätte ich ihn zuletzt gestern gesehen.«

»Wirklich?« Lotta konnte kaum glauben, was sie hörte.

»Erzähl uns davon, Hertha«, sagte der Mann.

Die alte Hertha schien sich nicht im Mindesten zu wundern, dass sie beim Vornamen genannt wurde. »Als ich ein Kind war, kam der Weihnachtsmann jedes Jahr in unser Haus. Meistens hat unser Vater sich verkleidet und unsere Geschenke in einem Sack hereingeschleppt. Wie hat er es geliebt, den Weihnachtsmann zu spielen.«

»Sag ich doch«, triumphierte die schmallippige Frau. »Pure Augenwischerei.«

»Ja ja, das haben wir Kinder schnell spitzgekriegt. Wir wussten genau: Wenn Vater sich nach dem Essen zurückzog, weil er ›noch mal kurz nach den Pferden sehen‹ wollte, dann war bald Bescherung. Sogar Tinchen, das ist meine kleine Schwester, wusste das. ›Gleich ist Papa Weihnachtsmann!‹, hat sie gerufen, und wir haben alle gelacht. Wir haben Vater niemals merken lassen, dass wir es wussten, um ihm nicht die größte Freude des Jahres zu verderben. Das war unser Weihnachtsgeschenk für ihn.« Die Erinnerung ließ sie glücklich kichern. Dann ging ihr Blick zu der spöttischen Frau von Tino. »Aber auch der echte Weihnachtsmann kam zu uns. Jedes Jahr. Das war etwas völlig anderes. Es wurde vollkommen still, im Haus, im Stall, im ganzen Dorf. Es breitete sich aus wie ein Teppich aus Frieden und Andacht und dann …«

»Dann fing es an zu schneien, ja!«, unterbrach Tino. »Erst wurde es still und dann kam der Schnee. Ganz leichte, zarte Schneeflocken. Da wusste ich immer: Jetzt ist Weihnachten! Jetzt ist der Weihnachtsmann da! In unserer zugigen, kleinen Dachwohnung wurde es warm, die Sorgen meiner Eltern waren weit weg und wir haben gesungen, uns an den Händen gefasst und ein frohes Weihnachtsfest gewünscht.« Er sah seine Frau an, sofort verfinsterte sich seine Miene. »Aber heute … heute passiert das wohl nicht mehr.«

»Was ist das für ein Unsinn, junger Mann!« Die alte Hertha schüttelte den Kopf. »Natürlich passiert es. Es passiert, solange es Menschen mit einem großen Herz gibt. Das ist der Geist von Weihnachten.«

Menschen mit einem großen Herz. Wieder sah Lotta hinauf in den dunklen Himmel. Ja, so ein Mensch war Oma gwesen. »Haben Sie den Weihnachtsmann wirklich gesehen? Wie sah er aus?«

Tino strahlte sie an, als säße er wieder mit seinen Eltern in der Dachwohnung. »Nein, gesehen nicht. Wie erklär ich das? Also, der Weihnachtsmann war da, irgendwie. Aber nicht als Person.«

»Er ist in dir«, sagte Hertha. »In deinem Kopf und in deinem Herz.«

Der alte Mann an der Litfaßsäule strich durch seinen weißen Bart, der in sanften Wellen über den weichen, dunkelroten Mantel fiel. Er grinste so breit, dass auf seinen vollen, rosigen Wangen Grübchen erschienen. »Da habt ihr recht, ihr zwei«, sagte er mit sonorer, tiefer Stimme. »Siehst du, Lotta, du vermisst deine Oma. Aber du kannst trotzdem ein wundervolles Weihnachten feiern wie damals. Wenn du nie vergisst, wie lieb du deine Oma gehabt hast, dann kommt der Weihnachtsmann von allein!«

Die junge Frau, eben noch kalt und unwirsch, hatte eine ganze Weile alles still angehört. »Also«, sie räusperte sich. »Entschuldigen Sie, wir haben uns gar nicht vorgestellt. Paulini. Mein Mann ...«

»Tino. Das wissen wir doch, Jana«, erwiderte der Alte.

Verdutzt starrte Jana Paulini den grinsenden alten Mann an. »Ja, äh ... jedenfalls: Wenn das alles so sein soll, wie du sagst, Tino, und Sie, Frau Hertha ...«, sie nickte der alten Dame zu, »wie kommt es dann, dass er nie bei mir war? Ich war doch auch ein Kind ...« Das letzte Wort brachte sie nur zaghaft über die Lippen.

»Oh, er war bei Ihnen, meine Liebe.« Die alte Hertha nahm Janas Hand in die ihre. »Sie erinnern sich nur nicht daran. Sie haben ihn verloren, als Sie Ihre Kindheit verloren haben. Das ergeht vielen so. Die meisten Erwachsenen wollen ihn gar nicht mehr sehen, sie haben dafür keine Zeit. Aber wissen Sie: Ich glaube, dass jeder Mensch – egal, wie alt er ist – den Weihnachtsmann sehen kann. Wenn er will.«

Jana Paulini nickte. Als ein Lächeln über ihre Mundwinkel zuckte, schien sie sich fast darüber zu erschrecken. Dann fuhr sie sich mit der behandschuhten Hand über die Augen, zog ein Taschentuch hervor und schniefte leise hinein.

Mittlerweile war es völlig still geworden. Kein Auto fuhr vorbei, der Wind hatte sich gelegt und außer ihnen hier an der Litfaßsäule war kein Mensch zu sehen.

»Entschuldigen Sie, das ist mir sehr unangenehm.« Jana verstaute ihr Taschentuch umständlich wieder in der Manteltasche.

Der alte Mann lächelte sie an. »Wirklich? Warum?«

Sie zuckte mit den Schultern. »Ja, warum eigentlich?«

»Lotta! Looottaaa!«

Erschrocken wandte Lotta sich in die Richtung, aus der die Rufe kamen. Au weia, sie war viel zu spät dran. In Gedanken hörte sie Mama schon: Wo bist du nur gewesen? Weißt du, welche Sorgen ich mir gemacht habe? Weißt du, wie spät es ist?

Jetzt kam Mama um die Ecke. »Lotta!«, rief sie, halb verärgert, halb erleichtert, und wollte gerade anfangen zu schimpfen.

Da winkte der Alte sie heran. »Kirsten, schön, dich zu sehen! Frohe Weihnachten, mein Kind!«

Seine Augen funkelten über den Pausbacken. Der strahlend weiße Rauschebart quoll über den Fellkragen seines roten Samtmantels. Der Alte stützte sich auf seine Hände, die in Handschuhen aus edlem, schwarzem Hirschleder steckten, erhob sich und stampfte einmal mit seinen glänzend polierten Stulpenstiefeln auf. So groß hatte er im Sitzen gar nicht gewirkt, seine kräftige Gestalt überragte sogar Tino Paulini um fast einen Kopf. Als er sah, dass alle Augen auf ihn gerichtet waren, lachte er ein tiefes, warmes Lachen, das alle anderen ansteckte.

Lotta hatte den Kopf an die Schulter ihrer Mutter gelehnt und kam gerade wieder zu Atem, da spürte sie, wie etwas Kaltes ihre Nase berührte. Sie schaute zum Himmel und sah Hunderte zarte, weiße Kristalle sanft auf die Erde rieseln. »Seht mal! Es schneit!«

Alle blickten hinauf in das Meer aus Schneeflocken. Die alte Hertha seufzte selig und Jana Paulini giggelte wie ein freches Mädchen, das sich schon darauf freute, den Jungen neben ihr kräftig mit Schnee einzuseifen.

»Wisst ihr, was das bedeutet?«, rief Lotta. »Wenn es anfängt zu schneien, heißt das, er ist …« Sie zeigte auf die Litfaßsäule, wo eben noch der alte Mann gestanden hatte. Doch er war nicht mehr da.

Während Hertha leise kicherte und das junge Paar in Staunen ausbrach, lief Lotta um die Litfaßsäule herum, sah in die Seitenstraße, in die nächstliegenden Hauseingänge. Aber der alte Mann war so plötzlich und vollständig verschwunden, als wäre er nie hier gewesen.

»Da!« Tino Paulini bückte sich und hob eine grüne Karte auf. Er gab sie seiner Frau, die sie mit zitternden Händen aufklappte.

»Goldene Buchstaben«, wisperte sie, ehe sie laut vorlas: »Ich danke euch! Ihr habt mir den Glauben an die Menschen zurückgegeben, weil ihr an mich geglaubt habt. Jetzt wisst ihr wieder, wie es ist, ein großes Herz zu haben – verlernt es nicht. Frohe Weihnachten!«

Niemand sagte ein Wort. Alle standen lächelnd beieinander, eine seltsam vertraute Gemeinschaft, für immer verbunden, auch wenn jeder gleich wieder seine eigenen Wege gehen würde.

Schweigend machten sich alle auf den Heimweg. Lotta ging eng mit Mama umschlungen durch den frischen Schnee. Irgendwann begannen sie leise zu singen, »Herbei, o ihr Gläubigen«, Mamas Lieblingslied, als sie plötzlich hinter sich jemanden rufen hörten. Sie sprangen beiseite und entgingen knapp dem heranschnellenden Schneeball. Dann liefen die Paulinis lachend an ihnen vorbei, jeder mit einem Schneeball in der Hand.

»Wage es nicht!« Tino hob abwehrend die andere Hand. »Hast du nicht gesagt, wir müssen noch …«

»Wir müssen gar nichts. Wir machen eine Schneeballschlacht!«, rief Jana. »Fällt dir was Besseres ein an diesem Abend?«

Tino blieb stehen und wartete, bis seine Frau vor ihm stand. »O ja!« Er schlug ihr den Schneeball aus der Hand, nahm sie in den Arm und küsste sie.

Mama und Lotta wandten sich glucksend ab und gingen weiter.

»Ich bin stolz auf dich«, sagte Mama.

»Das war ja nicht ich«, sagte Lotta, »das waren wir alle. Vor allem … er.«

Ihre Mutter blieb stehen. »Ja, Spätzchen. Du hast recht. Und er wird er es immer schaffen.« Sie nahm Lotta in den Arm. »Was wollen wir heute Abend machen? Die Wohnung schmücken – oder Plätzchen backen?«

»Plätzchen, wir zwei?!« Lotta fiel ihr um den Hals. Dies würde das schönste Weihnachtsfest seit Langem. »O ja! Mandelmakronen!«

»Na klar: Mandelmakronen. Und Vanillekipferl!«, sagte Mama augenzwinkernd und schloss die Tür auf.

Und was meint ihr? Hat Lotta an der Litfaßsäule wirklich den Weihnachtsmann getroffen?

Nun, ich gebe zu: Ich weiß es nicht. Aber eines weiß ich sicher: Die alte Hertha hatte recht. Der Weihnachtsmann steckt in jedem von uns, auch in euch. Wie alt ihr seid, ist völlig egal: Hört einfach auf euer Herz, und wenn euch tatsächlich einmal der Weihnachtsmann begegnet, werdet ihr es wissen.

DER WEIHNACHTSTRAUM

Das Kerzenwachs war am Messingleuchter herunter-
gelaufen, hatte dicke Beulen und lange, blasse Fäden
geformt, sodass das Metall darunter fast verschwunden
war. Jetzt flackerte nur noch ein winziges Flämmchen
auf dem Docht über der flüssigen Wachsschicht, in der
neben einigen Dochtresten und einem kleinen, angeseng-
ten Stück der ehemals prachtvollen Blattgoldverzierung
auch eine verkohlte Fliege schwamm. Ein jäher Luftzug
löschte schließlich dies letzte Flämmchen aus, sodass das
Wachs zu erstarren begann und Docht, Blattgold und
Fliege in sich einschloss. Jetzt war der Raum nur noch
vom Flimmern des Fernsehers spärlich beleuchtet.

Der Luftzug, der die Flamme löschte, war einer
großen Wolldecke zuzuschreiben, die ein wenig
unwirsch von Herrn Eduard Hirsebrei beiseitegeschla-
gen worden war. Er hatte bis eben ferngesehen und
wollte nun zu Bett gehen. Was er gesehen hatte, hatte
ihm die Laune gründlich verdorben. Seit dem späten
Nachmittag hatte er vor dem Gerät gesessen und sich
einlullen lassen von heiler Welt.

Von Lichterglanz und Kerzenschein.

Von Jubelgesang und Glockenläuten.

Von strahlenden Kinderaugen und freudig erregten
Großeltern, die kaum erwarten konnten, ihre Geschenke
zu überreichen.

Von Nächstenliebe und Großzügigkeit.

Von Friede auf Erden und allen Menschen ein
Wohlgefallen …

Und dann kamen die Nachrichten. Nach der Papstansprache wurde von einigen tausend Kriegsopfern irgendwo in Afrika berichtet, in Südostasien hatten Piraten ein Schiff überfallen und die gesamte Mannschaft getötet, in Indien gab es einen Gefangenenaufstand, in Nordamerika waren die Grizzlybären fast vollständig ausgerottet, in Mannheim hatte ein betrunkener Familienvater im Streit den Weihnachtsbaum angezündet und seine Familie in dem Zimmer eingeschlossen, bis seine Frau und seine drei Kinder erstickt waren …

»Es ist doch unglaublich«, brummte Eduard Hirsebrei, »da feiert die halbe Menschheit das Fest der Liebe und die andere Hälfte übt sich in Mord und Totschlag. Ob in Indien oder Mannheim, das Weihnachtsfest hält die Menschen nicht davon ab, sich gegenseitig Leid anzutun. Weihnachten, wozu überhaupt? Wie gut, dass ich schon lange nicht mehr zu Philipp und seiner dummen Frau mit ihren garstigen kleinen Bälgern gehe. Freundlichkeit und Güte heucheln und Gans in mich reinstopfen. Geh mir weg mit Weihnachten!«

Ihr habt es sicher erraten: Philipp ist der Sohn von Eduard Hirsebrei. Und mit den garstigen kleinen Bälgern, ich muss es leider sagen, meinte Eduard Hirsebrei seine Enkel. Nicht schwer zu erkennen, dass er seine Familie nicht mochte. Seit einigen Jahren mied er den Kontakt, hatte alle Einladungen ausgeschlagen und telefonierte nicht einmal mehr mit seinem Sohn. Jetzt wollt ihr sicher wissen, warum Eduard Hirsebrei nichts mit seinen Verwandten zu tun haben wollte. Und ich könnte euch eine lange Geschichte erzählen, wie seine über alles geliebte Frau Karla bei Philipps Geburt starb und der Sohn das Einzige war, was ihm blieb. Wie er Philipp an sich klammerte, ihn niemals aus den Händen lassen wollte, nur um irgendwann mit ansehen zu müssen, dass eine fremde Frau ihm den Jungen wegnahm. Wie diese Frau dann auch noch drei gesunde Kinder gebar, ohne den geringsten Schaden zu nehmen, und wie aus ihnen die glückliche Familie wurde, die ihm versagt geblieben war. Wie er allein in der großen, leeren Wohnung hauste und mit jedem Tag verbitterter wurde …

All das könnte ich euch erzählen, aber dann bräuchte diese Geschichte ein eigenes Buch. Und ihr habt sicher auch so schon gemerkt: Herr Eduard Hirsebrei war nur deshalb so allein und betrübt, weil er nicht in der Lage war, das Glück anderer Menschen zu teilen, und glaubte, alle hätten ihn verlassen. Mag sein, dass ihn überdies die Leute griesgrämig werden ließen, die über seinen Nachnamen lachten (ihr etwa auch?). Aber letztlich war es die Angst vor der Einsamkeit, die Eduard Hirsebrei erst so einsam und verbittert gemacht hatte.

Und wie so viele einsame Menschen konnte er Weihnachten nicht leiden. Das könntet ihr sicher auch nicht, wenn ihr alles verloren hättet und den ganzen Heiligabend allein vor dem Fernseher säßet, den kalt gewordenen halben Teller Dosensuppe neben euch auf dem Tisch, auf dem ein kleiner Stumpen einer ehemals reich verzierten Kerze vor sich hinflackert, daneben eine angebissene und beiseitegeschobene Scheibe Christstollen. Denn wenn man sich an Heiligabend einsam fühlt, schmeckt nicht einmal der schönste Stollen, selbst mit einer dicken, duftenden Rolle Marzipan darin. Auch ihr würdet irgendwann den Fernseher abstellen, ein wenig traurig, sehr missmutig, und mit einem großen, leeren Loch im Herzen durch eure große, leere Wohnung ins Bad verschwinden, um die Zähne zu putzen. Das muss man nämlich auch an Heiligabend, sogar wenn man allein und einsam und verbittert ist.

Also tat Eduard Hirsebrei ebendies und schlüpfte dann in seinen Pyjama. Eigentlich war das eher ein Schlafanzug, aus blau-weiß gestreifter Baumwolle mit großen braunen Knöpfen an der Jacke. Und vielleicht sollte ich dazu sagen, dass einer der Jackenknöpfe schon fehlte; den hatte Herr Hirsebrei mit viel Mühe an der Schlafanzughose angenäht, damit der Schlitz nicht immer aufging. Ja, in der Tat, dieser Schlafanzug hatte einen Hosenschlitz, und ich erwähne das nur, um zu zeigen, dass der Name »Pyjama« zu einem so altmodischen Schlafanzug ganz bestimmt nicht passt.

Aber dieser Schlafanzug war einmal ein Geschenk von seiner Frau gewesen. Es war das letzte Weihnachtsgeschenk, das er von ihr erhalten hatte, und das einzige Ding in seiner ganzen Wohnung, das ihn an Weihnachten erinnerte, wie er es früher kannte. Leise sprach er beim Zuknöpfen der Schlafanzugjacke ein paar heimliche Worte zu seiner Frau, strich liebevoll den Kragen glatt und erblickte im Vorbeigehen sein Bild im Spiegel. Da starrte ihm ein alter, einsamer Kauz in einem zerschlissenen Schlafanzug entgegen, in dessen Gesicht ein leichter Anflug von Rosa schon wieder dem gewohnten Grau wich, während die Mundwinkel den nur zu gut bekannten Weg in Richtung Unterkiefer wanderten.

»Geh mir weg mit Weihnachten«, brummte Eduard Hirsebrei wieder, ließ sich aufs Bett fallen und schob die Pantoffeln vor den Nachttisch. Mit einem leeren Blick auf den Wecker, den er schon seit Jahren nicht mehr stellte, löschte er das Licht und schlüpfte unter die Decke.

Das heißt, er wollte unter die Decke schlüpfen. Auf halbem Wege allerdings stießen seine Füße auf einen Widerstand. Irgendetwas Großes, Schweres, aber Weiches musste auf seinem Bett liegen. Da war doch eben nichts gewesen, oder? Eduard Hirsebrei tastete im Dunkeln auf der Bettdecke umher – nichts. Trotzdem traten seine Füße noch immer gegen etwas, genau dort, wo er eben die Oberfläche abgetastet hatte. Er stutzte, zögerte ein wenig und griff zum Schalter der Nachttischlampe. Als sie mit einem kleinen »Klick« das Schlafzimmer wieder in ihr trübes Licht tauchte, erschrak Eduard Hirsebrei.

Auf seinem Bett, dort, wo seine Füße etwas gespürt, aber seine Hände nichts ertastet hatten, saß jemand.

Ein Fremder.

Mitten auf seinem Bett.

Mitten in der Nacht.

Herr Hirsebrei war so verdutzt, dass seine ersten Worte höflicher klangen, als er sie unter diesen Umständen beabsichtigt hätte: »Guten Abend. Ich fürchte, Sie sind durch ein Missgeschick vom Weg abgekommen oder haben eine falsche Tür genommen. Darf ich Sie darauf aufmerksam machen, dass dies mein Bett ist?«

Der Fremde wandte sich Eduard Hirsebrei zu und sagte mit einer tiefen, aber sehr sanften und leisen Stimme, fast wie ein Windhauch: »Oh!« Mehr sagte er nicht. Stattdessen musterte er Herrn Hirsebrei mindestens ebenso eindringlich wie dieser ihn.

Wenn ihr mich jetzt fragt, wie der Fremde aussah, so muss ich zugeben, dass ich das gar nicht genau sagen kann. Zum einen war ich ja nicht dabei, als die beiden sich trafen, zum anderen habe ich gehört, dass er auch nicht wirklich so oder so ausgesehen habe. Einmal soll er sehr groß und dick gewesen sein, dann wieder eher schmächtig, fast mager, einmal jung mit einem dichten Lockenschopf, dann wieder voller Falten, mit einem kruseligen weißen Bart und einer Nickelbrille unter einer kahlen Stirn. Sicher war sich Eduard Hirsebrei nur in einem: Die Gestalt des Fremden war grau, fast wie Nebel. Und genau wie Nebel war sie auch mal ganz dicht und trüb, mal klarte sie auf und wurde beinahe durchsichtig.

»Oh!«, sagte der Fremde erneut, genauso wie beim ersten Mal. Und als hätte er für sich entschieden, dass er mit »Oh!« allein keine Unterhaltung bestreiten könnte, sprach er weiter: »Das ist mir jetzt unangenehm. Ich hatte nicht bemerkt, dass du wach bist. Ts ts ts, blind wie ein Traumwandler.« Bei diesem Wort brach er in ein munteres Gickeln aus und konnte sich lange nicht beruhigen.

»Ähm …« Eduard Hirsebrei ergriff wieder das Wort, und da er sich etwas gefasst hatte, sprach er nicht mehr so höflich wie zuvor: »Was machen Sie auf meinem Bett? Wie kommen Sie hier rein? Und zu dieser Zeit – was erlauben Sie sich? Verschwinden Sie, ich will schlafen!«

Wie würdet ihr reagieren, wenn mitten in der Nacht ein Fremder auf eurem Bett säße? Ich wäre bestimmt nicht so mutig, ihn mir nichts, dir nichts rauszuwerfen. Wenn er allerdings eine so nebelhafte Gestalt besäße wie der Besucher Eduard Hirsebreis und eine ebenso sanfte Stimme, würde ich ihn vielleicht gar nicht rauswerfen wollen. Vielmehr wollte ich wissen, wer da vor mir sitzt. Ich denke, da geht es euch genauso. Hoffentlich erfahren wir das, ehe Herr Hirsebrei ihn vor die Tür setzt.

»Ja, ich weiß«, sagte der Fremde, »natürlich willst du schlafen. Deshalb bin ich ja hier, nur eben ein paar Minuten zu früh. Entschuldige bitte.«

Bei diesen Worten war Eduard Hirsebrei doch ein wenig verunsichert. Und stellte endlich die Frage, die mir als erste in den Sinn gekommen wäre: »Wer sind Sie?«

Ob ihr es glaubt oder nicht, als Antwort gab der Fremde wieder genau jenes »Oh!«, das wir schon zuvor von ihm gehört hatten. Diesmal sprach er jedoch weitaus zügiger weiter: »Oh, ich bin ein Traum.«

Ja, da sitzt ihr nun, und eure Lippen formen genauso wie meine ein unhörbares »Was?«, während ihr ungläubig den Kopf schüttelt. Was kann er damit meinen? Gut, man kann ja von einer leckeren Eiscreme sagen, sie sei ein Traum. Vielleicht auch von einem hübschen Kleid. Oder ihr habt schon euren Vater flüstern hören, das neue BMW-Modell sei einfach ein Traum. Aber das sagt man doch nur so, nicht wahr? Niemand von uns käme auf die Idee, zu sagen: »Hallo! Ich bin ein Traum.« Logisch, wir sind ja auch keine Träume. Wenn wir es jedoch nicht sagen, weil wir keine Träume sind, der Fremde es aber von sich sagt, dann bleibt nur ein Schluss: Er muss tatsächlich ein Traum sein.

Leider konnte Eduard Hirsebrei nicht in aller Ruhe darüber nachdenken, so wie wir jetzt. Daher brummte er nur spöttisch: »Ja natürlich, ein Traum. So ein Blödsinn. Na los, verschwinden Sie schon.«

Es machte leise »plopp«. Und der Fremde war verschwunden. Erstaunt setzte Eduard Hirsebrei sich auf – obwohl er doch jetzt endlich die Füße hätte ausstrecken können – und sah sich um. Konnte er so schnell in den Kleiderschrank geschlüpft sein? War die Tür geöffnet worden? Schauten da Schuhe unter den Vorhängen heraus? Oder hatte er sich unters Bett verkrochen? »He, wo sind Sie?«

Keine Antwort. Herr Hirsebrei fuhr sich über die Augen. »War wohl tatsächlich nur ein Traum.« Offenbar war er eingenickt und hatte im Schlaf jemanden auf seinem Bett sitzen sehen. Mit einem langen Gähnen sank er wieder in die Kissen zurück und schloss die Augen.

Doch rasch öffnete er sie wieder. Er spürte, gleich würde etwas passieren, etwas Ungeheuerliches. Und sei es nur …

Plopp.

Da war der Fremde wieder. Diesmal saß er auf der anderen Seite des Ehebetts, auf der Seite von Eduard Hirsebreis Frau, die seit vielen Jahren Nacht für Nacht unberührt blieb. »So ist es bequemer für dich. Ich sehe, du liegst schon. Wunderbar!«

Als aufmerksame Leser oder Zuhörer werdet ihr zwei Dinge festgestellt haben. Erstens: Diesmal hat der Fremde seine Worte nicht mit einem »Oh!« Begonnen, wahrscheinlich schien ihm das auf Dauer zu einfallslos. Und zweitens: Diesmal blieb Eduard Hirsebrei in der Tat liegen. Er dachte gar nicht daran, sich wieder aufzusetzen oder auch nur in die Richtung des Fremden zu sehen.

»Was wollen Sie eigentlich? Sie sollen verschwinden!«, grunzte er missmutig in der Annahme, ein betrunkener Witzbold treibe hier schlechte Scherze mit ihm.

»Nun, was will ein Traum? Er will geträumt werden. Dazu bin ich auf der Welt.« Der Fremde lächelte.

»Sicher«, knurrte Eduard Hirsebrei über den Rand der Bettdecke hinweg. »Sie sind ein Traum und haben eine Botschaft nur für mich. Blödsinn!« Er war steif und fest überzeugt, dieser Fremde auf seinem Bett konnte nie und nimmer ein Traum sein. Aber was war er dann? Ein Einbrecher? Der würde es sich kaum so gemütlich machen. Ein Obdachloser, der ein warmes Plätzchen suchte? Bisher war er ja sehr höflich … »Im Wohnzimmer steht ein Teller Suppe«, brummte Herr Hirsebrei, »und ein Stück Stollen ist noch da. Aber schlafen können Sie hier nicht!«

»Das hatte ich auch nicht vor, Eduard, schließlich muss ich mich gleich an die Arbeit machen. Ich habe doch einen Traumjob.« Wieder kicherte der Fremde in sich hinein, als hätte er mit seinem Wortspiel die größten

Komiker in den Schatten gestellt. Eduard Hirsebrei wurde hellhörig. Nicht wegen des Witzes, er war aus Prinzip humorlos und hätte dieses Wortspiel nie verstanden, geschweige denn darüber gelacht. Nein, was ihn stutzig machte, war sein Name. Der Fremde hatte ihn mit »Eduard« angeredet, dabei stand sein Vorname gar nicht auf dem Klingelschild. Auch im Telefonbuch war er nur unter »Hirsebrei, E.« zu finden. Und das konnte schließlich alles Mögliche heißen: Ernst oder Emil oder Engelbert oder gar Eustachius.

»Woher kennen Sie meinen Namen?«

»Ich hab mich dir ausgesucht für heute Nacht«, antwortete der Traum, »da soll ich doch deinen Namen kennen. Ich dachte, alte Menschen gehen früh zu Bett und ich bin schnell damit durch. Tja, Irrtum.« Er grinste.

»Mich ausgesucht?«, wiederholte Eduard Hirsebrei. »Soll das heißen, Sie sind …«

»Ein Traum, das habe ich doch gesagt.«

Langsam begann auch Herr Hirsebrei einzusehen, was wir schon vor ein paar Seiten verstanden haben: Auf seinem Bett – genauer gesagt: auf dem Bett seiner Frau – saß ein Traum. »Du bist ein Traum.«

Der Traum nickte. Es machte ihm nichts aus, dass Eduard Hirsebrei ihn plötzlich ebenfalls duzte, im Gegenteil, es gefiel ihm. Und es war ja auch das Natürlichste von der Welt, oder siezt ihr eure Träume?

»Wenn du ein Traum bist und mich ausgesucht hast, heißt das, dass du von mir geträumt werden willst?«, fragte Herr Hirsebrei. In seinem Kopf drehte sich alles.

»Oh! Kann sein«, warf der Traum ein. »Weißt du, ich schaue mir die Menschen vorher genau an. Man will sich ja nicht von irgendwem träumen lassen.« In diesen Worten schwang ein Hauch von Wichtigtuerei mit.

Nun wurde es Eduard Hirsebrei zu bunt. So etwas hatte er ja noch nie gehört, dass ein Traum auf dem Bett saß und sich seinen Träumer aussuchte. Absurd! Außerdem träumte er aus Prinzip nicht, das war etwas für hoffnungslose Romantiker. Oder Schriftsteller mit zu viel Fantasie. Oder Leute, die zu spät am Abend Käse aßen. »Also, bei mir bist du an der falschen Adresse. Ich träume nicht. Warum suchst du dir nicht irgendein Kind? Gibt hier genug im Haus davon.« Eigentlich hätte er »viel zu viele« sagen wollen, aber das traute er sich vor einem Traum dann doch nicht.

»Oh!«, sagte der Traum, »Viele Kinder würden mich gerne heute Nacht träumen. Schließlich gibt es kaum schönere Träume als einen Weihnachtstraum.«

»Ach, ein Weihnachtstraum, auch das noch!«, stöhnte Eduard Hirsebrei.

Der Traum funkelte ihn tadelnd an, und sofort sank Herr Hirsebrei kleinlaut in seine Kissen zurück. Offensichtlich zufrieden über die Wirkung seines Blicks sprach der Traum weiter: »Was sollte ich sonst sein in dieser Nacht? Der Weihnachtsmann kommt ja auch nicht am Himmelfahrtstag. Nein, heute ist die schönste Nacht des Jahres und du solltest dich freuen, dass ich zu dir komme. Du hast einen Weihnachtstraum dringend nötig!«

»Ich träume nicht!«, wiederholte Herr Hirsebrei.

»Blödsinn!«, lachte der Traum. »Jeder Mensch träumt. Fast jede Nacht kommt einer meiner Brüder zu dir. Zugegeben, der eine oder andere saß ein paar Stunden auf deiner Bettkante und ist wieder umgekehrt. War sich zu schade für jemanden, der ihn gleich wieder vergaß. Aber ich habe selbst einmal mitbekommen, dass du geträumt hast. Damals saß ich genau hier, auf dieser Seite des Betts, um mir meine Träumerin anzusehen.«

»Karla«, flüsterte Eduard Hirsebrei.

»Ja, deine Frau Karla hat mich damals geträumt und wir hatten große Freude daran. Es war Hochsommer und sehr heiß, und sie träumte mit mir von einem kühlen Bad im Meer und einem riesigen Eisbecher mit …«

»Ich dachte, du bist ein Weihnachtstraum«, unterbrach ihn Herr Hirsebrei.

»Doch nur an Weihnachten«, gab der Traum ungeduldig zurück, »eure Weihnachtsmänner vor den Kaufhäusern laufen ja auch nicht das ganze Jahr über mit Stiefeln und roten Mänteln herum, den Rest der Zeit sind sie ganz normale Menschen. Und ich bin dann eben ein ganz normaler Traum.«

Na ja, kein *ganz* normaler Traum. Immerhin hatte Karla ihn mal geträumt, das machte ihn zu einem ziemlich besonderen Traum. Eduard Hirsebrei fiel plötzlich etwas ein, worüber er sich am Anfang dieser seltsamen Begebenheit gewundert hatte. »Sag mal«, begann er zögernd, »du hast vorhin gesagt, du hättest mich ausgesucht. War ich der Einzige auf deiner Liste?«

Der Traum wiegte den Kopf. »Nicht ganz. Es gibt da noch dieses kleine Mädchen mit den zwei bloneden Zöpfen, das sich letztes Jahr sehnlichst einen Weihnachtstraum gewünscht hatte. Aber mein Bruder war in jener Nacht so schlecht gelaunt, dass er sie von einem griesgrämigen, alten Mann träumen ließ, der plötzlich in die Stube stapfte. Er war nur mit einem löchrigen Schlafanzug bekleidet, zertrampelte mit wüstem Schimpfen die Geschenke und warf den Weihnachtsbaum um. All die schönen Plätzchen und Leckereien auf dem Tisch waren mit Tannennadeln übersät, der Baumstamm zerschlug die Kuchenplatte und die Kanne mit dem heißen Kakao. Und als das Mädchen herzzerreißend weinte, lachte der alte Mann grimmig und rief immer wieder: ›Geh mir weg mit Weihnachten!‹« Der Traum lehnte sich zurück. »Jetzt hat das Mädchen Angst vor der Weihnachtsnacht und traut sich nicht, ins Bett zu gehen.«

Mit Bestürzung hörte Eduard Hirsebrei die Geschichte an. Die Beschreibung des griesgrämigen Alten passte genau auf ihn. Er meinte sogar, sich an diesen Vorfall zu erinnern. Hatte er wirklich einem kleinen Mädchen das Weihnachtsfest zerstört? Plötzlich sah er das traurige Gesicht vor sich, hörte das Schluchzen, spürte dicke Tränen auf seine knochigen Hände tropfen.

Und jäh regte sich ein fremdes, unbekanntes Gefühl in ihm: Mitgefühl. Es schnitt ihm ins Herz, dass ein Kind seinetwegen leiden sollte. Selbst wenn es nur im Traum war. Doch neben dem Schmerz war da noch etwas, wärmend und prickelnd. Ohne dass er wusste, wie ihm geschah, hörte er sich sagen: »Dann geh zu dem kleinen Mädchen. Es darf nicht sein, dass schon ein Kind Angst hat vor der Weihnachtsnacht.« Das kam noch früh genug.

Der Traum sah ihn lange und durchdringend an, dann lächelte er übers ganze Gesicht. »Ich werde heute eine Doppelschicht einlegen. Schließlich ist nur einmal im Jahr Weihnachten, da kann man mal über die Stränge schlagen.«

Nun strahlte auch Eduard Hirsebrei. »Heißt das, ich darf dich träumen? Oh, auf einmal freue ich mich darüber wie ein Kind. Sag, was werde ich träumen? So etwas Schönes wie Karla damals? Zeigst du mir vielleicht sogar sie im Traum? Unser letztes Weihnachtsfest?«

»Das weiß ich nicht. Ich bin nur der Traum, der Träumer bist du. Das macht es doch so spannend. Ich ziehe jeden Abend los, ohne zu wissen, was mich erwartet. Herrlich, was? Eben ein Traumjob!«

Und als wollte Eduard Hirsebrei mich Lügen strafen, zeigte sich tatsächlich ein Schmunzeln auf seinen Lippen. Er kicherte leise und wiederholte: »Traumjob, sehr gut!«

Als er sich beruhigt hatte, räusperte sich der Traum. »Da wäre noch eine Kleinigkeit.« Und auf Herrn Hirsebreis fragendes Gesicht hin erklärte er: »Nun ja, mich zu träumen wäre erheblich einfacher, um nicht zu sagen: nur dann möglich, wenn du schliefst.«

Das sah Eduard Hirsebrei sofort ein. »Eine letzte Frage: Werde ich mich an dich erinnern?«

Der Traum lächelte nur und zuckte mit den Schultern. Und noch ehe die Schultern wieder ganz unten waren oder ihr bis drei hättet zählen können, war Eduard Hirsebrei eingeschlafen.

Lautes Glockenläuten weckte ihn. Er schreckte hoch und sah auf die Uhr. Weihnachtsmorgen, neun Uhr dreißig, die Kirche rief zum Weihnachtsgottesdienst. Eduard hatte herrlich geschlafen – und … ja, ganz wundervoll geträumt. War das möglich? Er sprang aus dem Bett und lief ins Badezimmer, um sich zu rasieren. Und wie er den Rasierschaum im Gesicht verteilte und sich mit der Klinge über die Wange fuhr, stellte er plötzlich etwas Merkwürdiges fest: Er summte. Na so was, er hatte seit Jahren nicht mehr gesummt. Doch jetzt fand er gar nichts dabei, im Gegenteil, es bereitete ihm Vergnügen. Und damit nicht genug: Das, was er da summte, war ein Weihnachtslied.

Beim Anziehen, beim Kaffeekochen und am Frühstückstisch kam ihm ein Weihnachtslied nach dem anderen in den Sinn und jedes sang er von vorne bis hinten durch.

»Ich habe so lange nichts von Philipp gehört«, dachte er plötzlich. »Ich muss ihn unbedingt anrufen, ihm und seiner Familie ein schönes Weihnachtsfest wünschen!«

In dem Moment klingelte das Telefon. So schnell ihn seine alten Füße trugen, lief er durch den Flur, griff nach dem Hörer und schmetterte ein fröhliches »Hirsebrei?« in die Sprechmuschel.

»Vater?«

»Philipp, mein Sohn! Frohe Weihnachten, mein Junge! Wie geht es dir und deiner Familie?«

Am anderen Ende hörte man lange Zeit gar nichts. Dann ein Räuspern. Und schließlich die zögernde Frage: »Vater, geht's dir gut?«

»So gut, wie schon lange nicht mehr – heute ist Weihnachten, was?«

»Richtig«, sagte Philipp Hirsebrei zögernd. Dann fasste er sich ein Herz. »Deshalb rufe ich an, Vater. Selbst wäre ich nie auf die Idee gekommen. Aber als wir vorhin am Frühstückstisch saßen, und Pläne für das Festmahl schmiedeten, dass uns allen das Wasser im Mund zusammenlief, meinte unsere Kleinste plötzlich, wir sollten dich zum Weihnachtsessen einladen.«

»Mich?« Eduard Hirsebrei war verwirrt, er kannte seine jüngste Enkelin nicht einmal. Oder doch? Mit einem Mal sah er ein kleines Mädchen mit blonden Zöpfen vor sich.

»Hat mich auch gewundert, kannst du mir glauben. Ich habe das erst abgelehnt, schließlich weiß ich, dass du dir nichts aus Weihnachten machst. Und aus uns«, setzte sein Sohn mit einer Spur Bitterkeit hinzu.

Eduard schluckte. »Und trotzdem rufst du an.«

»Sie hat unablässig gebeten und gebettelt, hat sogar gesagt, wenn ihr Opa nicht kommt, dann isst sie auch nichts. Endlich bin ich weich geworden und habe versprochen, dich anzurufen.« Er atmete tief durch. »Das habe ich getan. Jetzt kannst du absagen und auflegen, damit ich ihr die Nachricht überbringen kann.«

»Wieso sollte ich?« Eduard Hirsebrei strahlte förmlich ins Telefon. »Liebend gerne komme ich zu euch zum Essen. Ich habe deine Frau und die Kinder ewig nicht mehr gesehen, sie sind bestimmt furchtbar groß geworden. Aber das sag‹ ich ihnen lieber nicht, das hast du schon nicht gerne gehört, früher als Kind.« Er lachte.

Philipp klang noch verdutzter als zuvor. »Du willst tatsächlich kommen?« Neben Unglauben schien eine Spur Panik in seiner Stimme mitzuschwingen.

»Aber natürlich, es wäre mir eine Riesenfreude.« Beinahe hätte er »Warum nicht?« gefragt, doch in diesem Moment begriff Eduard, warum sein Sohn so verhalten reagierte. Und es fielen ihm sofort eine Menge Warumnichts wieder ein. Das letzte Mal, als sie sich gesehen hatten, hatte er sehr unschöne Dinge über seine Schwiegertochter Viola gesagt. Das hatte Philipp ihm übel genommen und es sicher Viola berichtet. Eduard räusperte sich. »Es sei denn, ihr wollt mich nicht bei euch haben.«

Lange Zeit sagte sein Sohn nichts. Schon dachte Eduard, die Verbindung sei unterbrochen, als endlich eine Antwort kam. »Doch, Vater. Das wollen wir.«

»Wirklich? Auch Viola?«

»Wirklich, Vater. Und es war Viola, die mich bestärkt hat, dich anzurufen.«

Eduard Hirsebrei konnte kaum glauben, was er hörte. Vor Aufregung rauschte ihm das Blut in den Ohren. Gerade noch bekam er mit, dass Philipp ihn in einer Stunde abholen wollte. »In einer Stunde, hervorragend, mein Junge. Ich werde fertig sein.«

»Bis dann, Vater. Was ist bloß mit dir los?« Er legte auf.

Ja, was war mit Eduard Hirsebrei los? Das fragte er sich selbst, als er das Telefon zurücklegte und zur Flurtür ging. Was war aus dem einsamen, verbitterten und freudlosen Menschen geworden? Da standen noch die kalte Suppe und der angebissene Stollen, genau so, wie er sie gestern zurückgelassen hatte. Was war in der Zwischenzeit passiert?

Eine Weile dachte er darüber nach, dann kam ihm ein neuer Gedanke: Ob sie einen Weihnachtsbaum hatten? Ach, bestimmt. Wie lange hatte Eduard nicht mehr vor einem Weihnachtsbaum gesessen. Er musste daran denken, wie sie in seiner Kindheit darum herum gestanden und gesungen hatten. Wie herrlich war das gewesen. Und gleich würde es sicher noch schöner. Höchste Zeit für ihn, sich fertigzumachen!

Höchste Zeit? Um Himmels willen, in einer Stunde würde er drei Kindern gegenüberstehen und hätte kein Geschenk für sie. Was tun? So schnell wie die Frage kam ihm auch die Antwort in den Sinn: natürlich – Philipps altes Zimmer. Er hatte das Kinderzimmer seines Sohnes nie leer geräumt, schließlich brauchte er allein nicht mehr als zwei Zimmer. Und so war es noch voll von all den Spielsachen, die er früher schon einmal verschenkt hatte.

Er stöberte unter all den Kostbarkeiten und fand auch tatsächlich für jeden etwas. Bei den beiden Jungen ging es ganz schnell: eine Carrera-Bahn für den älteren und eine Playmobil-Ritterburg für den zweiten. Ein passendes Geschenk für das kleine Mädchen zu finden, war schon ein wenig schwieriger. Ein Märchenbuch im Bücherregal zog seinen Blick an. Aber das wäre viel zu wenig im Vergleich zu den anderen Geschenken. Da sollte er schon etwas Größeres finden! Zweimal ließ er den Blick durchs ganze Zimmer streifen, doch immer wieder griff er nach dem Märchenbuch. Und schließlich war er überzeugt: Das wäre genau das Richtige. Er pustete den Staub von den Geschenken, wischte sie sauber und verpackte sie, so gut er konnte, in Zeitungspapier.

Dann blieb ihm gerade noch Zeit, seinen schönsten Anzug anzuziehen und seine Haare ordentlich zu kämmen, ehe sein Sohn an der Tür klingelte.

Das Haus war mit vielen Lichtern geschmückt, aus der Küche duftete es nach Gänsebraten und Rotkohl, aus dem Wohnzimmer drang das Johlen spielender Kinder.

Aufgeregt und ein wenig beklommen war Eduard Hirsebrei durch die Tür getreten. Während der Autofahrt hatten sein Sohn und er nicht viel gesprochen. Sie hatten nebeneinandergesessen und eine Art stilles Einvernehmen gespürt. Hin und wieder hatten sie einander angesehen und zaghaft gelächelt.

Aber jetzt, jetzt würde er in Kürze jener Frau gegenüberstehen, die er bezichtigt hatte, ihm den Sohn wegzunehmen. Die er beleidigt hatte, ohne es so zu meinen. Die er verletzt hatte, ohne es zu wollen. Die er fortgestoßen hatte, ohne sie überhaupt zu kennen. Und er würde die Kinder sehen, die er einmal als missratene, kleine Bälger bezeichnet hatte. Damit hatte er sich die Chance genommen, sie aufwachsen zu sehen.

Nun war er hier zur Weihnachtsfeier eingeladen. In letzter Minute hatten Viola und Philipp umgeplant und für Eduard einen Platz an der Festtafel freigemacht. Alles auf den dringenden Wunsch seiner kleinen Enkelin, die ihn gar nicht kannte. Er wusste nur, dass sie Karla hieß.

Karla!

Zweimal war er kurz davor gewesen, seinen Sohn zu bitten, das Auto zu wenden. Wäre das hier wirklich sein Platz? Selbst wenn nicht, jetzt war es zu spät, darüber nachzudenken. Eduard Hirsebrei atmete tief durch.

In diesem Moment rief Philipp: »Wir sind da!«

Nahezu gleichzeitig öffneten sich Wohnzimmer- und Küchentür, schauten seine Schwiegertochter und die beiden Jungen ihn mit einer Mischung aus Skepsis und Erwartung an. Für einen unendlich langen Augenblick sagte niemand ein Wort.

Dann quetschte sich die kleine Karla zwischen ihren Brüdern durch und lief auf ihn zu. Zwei blonde Zöpfe wirbelten um ihren Kopf. »Opa! Opa!«, rief sie und umklammerte seine Oberschenkel.

Langsam beugte Eduard sich zu ihr hinab. Wieso kam sie ihm so bekannt vor? War es nur die Ähnlichkeit? »Karla«, sagte er mit rauer Stimme und strich ihr über die Wange. »Deine Großmutter hieß auch Karla.«

»Ich weiß.«

»Und du wirst bestimmt mal eine so wunderbare Frau wie sie.«

»Klar. Karlaklar!« Sie grinste verschmitzt und drehte sich zu ihren Brüdern um, die zögernd näherkamen.

»Hallo Großvater.«

»Hallo Max, hallo Wilhelm. Es ist so schön, euch zu sehen. Frohe Weihnachten.« Eduard Hirsebrei wuschelte ihnen durchs Haar und konnte nicht aufhören zu lächeln.

»Kinder, lasst euren Opa sich erst mal ausziehen!« Philipp hielt den Ältesten und die Tochter an der Hand, während Wilhelm Eduard Hirsebrei half, den Mantel aufzuhängen, und sich abmühte, den Hut oben auf die Ablage zu werfen.

»Warte, das machen wir zusammen!« Eduard hob den Jungen hoch, sodass er den Hut ablegen konnte.

»Danke, Großvater«, sagte Wilhelm.

»Nein, ich danke dir.« Er setzte seinen Enkel ab, der mit den anderen Kindern zurück ins Wohnzimmer lief.

Philipp war an die Küchentür getreten. »Viola?«

Seine Frau sah ihn an, ein Lächeln überflog ihr Gesicht, wich aber wieder der verhaltenen Skepsis. Endlich trat sie näher und streckte eine Hand aus. »Willkommen, Vater Eduard!«, sagte sie mit gefasster Stimme.

Eduard Hirsebrei griff nach der Hand und drückte sie. Einen Moment lang konnte er nichts sagen, teils, weil ihm die Rührung die Kiefer aufeinanderpresste, teils, weil er gar keine Worte gefunden hätte. Endlich raunte er: »Es tut mir leid.« Als hätten diese vier Wörter den Damm gebrochen, sprudelte es nun aus ihm hervor. »Es tut mir alles so leid. Ich war so dumm damals. Aber als Philipp ging, da dachte ich, ich würde von allen verlassen. Ich dachte, dass du ihn mir wegnimmst.« Er seufzte. »Und ich war zu dumm, zu begreifen, dass ich in Wirklichkeit eine neue Familie gewinnen könnte.«

Viola nickte sacht, endlich lösten sich ihre Gesichtszüge zu einem Lächeln auf. Sie legte die andere Hand auf seinen Arm. »Jetzt bist du ja da.«

Schnell schluckte Eduard Hirsebrei einen dicken Batzen Rührung hinunter. »Ja, jetzt bin ich da.« Er sah seiner Schwiegertochter in die Augen. Dann wandte er sich an seinen Sohn. »Du hast aber auch ein Glück. Hast du je gemerkt, was deine Frau für ein hübsches Gesicht hat? Und für ein freundliches, gütiges Wesen?«

Philipp nahm Viola in den Arm und küsste sie. »Das weiß ich längst.« Die Tür des Wohnzimmers knarrte leise, diesmal schauten drei Köpfe durch den Türspalt.

»Großvater«, fragte Max, der Älteste, »was ist eigentlich in der Tüte drin?« Er wies auf die große Tüte, die neben der Garderobe stand.

Eduard Hirsebrei griff sich ans Kinn. »In der Tüte? Hm, was mag da drin sein? Ich fürchte, das habe ich vergessen. Aber ich könnte mir denken, es sind Geschenke.«

Die Kinder juchzten aufgeregt und wollten sofort sehen, was es für sie gab.

Ehe er nach der Tüte griff, ging Eduards Blick zu seiner Schwiegertochter. »Geht das jetzt? Oder lieber nach dem Essen?«

»Die Gans braucht noch ein bisschen«, sagte Viola lächelnd. »Und ich bin sicher, die Kinder haben gerade überhaupt keinen Hunger.«

Johlend zogen die Kinder ihren Großvater ins Wohnzimmer, Philipp schleppte die riesige Tüte hinterdrein. Langsam zog Eduard Hirsebrei jedes der drei Geschenke heraus und gab Max die Carrera-Bahn, die dieser mit einem Jauchzen entgegennahm und sofort aufbaute. Wilhelm bekam das Paket mit der Ritterburg, worauf er mit großen Augen berichtete, dass er seit zwei Jahren Playmobil sammle und ihm diese Burg noch fehle. Aber weil sein Wunschzettel schon so lang gewesen sei, habe er sie nicht mehr aufgeschrieben. Schließlich drückte Eduard Hirsebrei der kleinen Karla das Märchenbuch in die Hände. Sie wickelte es aus dem Zeitungspapier und starrte mit offenem Mund auf das Titelbild. »Mein Buch!«

Philipp starrte seinen Vater verblüfft an. »So was«, sagte er, »wenn das kein Zufall ist. Gerade vor zwei

Wochen hat Karla ihr Märchenbuch in der U-Bahn verloren und war todtraurig darüber. Genau dieses. Woher wusstest du das?«

Karla aber sprang auf und umarmte Eduard Hirsebrei. »Ich hab's gewusst«, wisperte sie. »Diesmal warst du nicht böse und hast alles kaputtgemacht. Letzte Nacht haben wir zusammen Kakao getrunken.«

Wie aus weiter Ferne wehte ihn eine Erinnerung an. Letzte Nacht hatte er an Karla gedacht. An seine Karla, wie jede Nacht. Aber war er in Gedanken nicht auch bei der kleinen Karla gewesen? »Das werden wir nachher auch tun«, meinte er. »Kakao trinken und Kuchen essen.«

»Au ja. Frohe Weihnachten, Opa.«

»Frohe Weihnachten, kleine Karla«, flüsterte er. »Frohe Weihnachten!«

Und ihr wollt jetzt sicher wissen, ob so ein Weihnachtstraum auch mal zu euch kommt, was? Natürlich tut er das! An jedem Weihnachtsfest kommt ein Weihnachtstraum zu euch. Aber versucht nicht, wach zu bleiben, bis er sich zu euch auf die Bettkante setzt. Ich kann mir denken, dass die Träume nach dieser Begebenheit allesamt viel vorsichtiger geworden sind und immer gewissenhaft warten, bis ihr auch ganz bestimmt eingeschlafen seid. Und falls ihr doch einmal diesen Weihnachtstraum auf eurer Bettkante erwischt, dann gebt mir Bescheid. Ich wüsste zu gern, ob er noch immer jeden zweiten Satz mit »Oh!« beginnt.

DAS LETZTE GESCHENK

Leise gleitet die Tür beiseite. Monca tritt ein und schaut auf den Außenschirm. »So weit sind wir schon? Hinter Aldebaran? Warum hast du mir nicht Bescheid gesagt?«, fährt sie ihren Vater beleidigt an. »Du weißt genau, dass ich unbedingt den neuen Raumhafen sehen wollte!«

Ihr Vater blickt vom Steuerpult auf und lächelt beschwichtigend: »Der Raumhafen ist sowieso erst '54 fertig; bis dahin kommen wir noch mindestens dreimal daran vorbei. Und du hast so schön geschlafen, dass ich die Hypnokammer nicht öffnen wollte. Genug geredet, ich muss mich auf den Flug konzentrieren, wir kommen gleich durchs Varana-Meteoritenfeld. Und du solltest noch ein bisschen Ceti büffeln, damit du dich auch mit den Cetis unterhalten kannst, was?«

Monca mault ein kleines »Na gut«, lässt sich widerwillig vor ihrer Lernkonsole nieder und setzt den Hemisphären-Helm auf.

Und während Monca Vokabeln paukt, wollt ihr sicherlich wissen, was eine Science-Fiction-Geschichte in einem Weihnachtsbuch zu suchen hat, was? Denn das ist ja wohl klar, der Raumhafen, von dem Moncas Vater gesprochen hat, der ist nicht 1954 fertig geworden und der wird auch nicht 2054 fertig. Dieser Raumhafen soll im Jahre 2554 eröffnet werden – über 500 Jahre, nachdem ihr diese Geschichte lest. Es ist also tatsächlich eine Science-Fiction-Geschichte, und irgendetwas muss sie ja wohl mit Weihnachten zu tun haben. Ihr bewahrt ja eure Schuhe auch nicht im Kühlschrank auf, oder?

Ich würde euch jetzt gerne Moncas Vater vorstellen, aber da der sich gerade auf ein heikles Flugmanöver vorbereitet, denke ich, wir stören ihn besser nicht. Schauen wir lieber, wo die beiden eigentlich sind. Ich verspreche euch: Ihr legt die Ohren an! Zwar kenne ich mich mit den Sternenkarten der Zukunft nicht so genau aus – mit den heutigen übrigens auch nicht viel besser. Aber da Monca eben gesagt hat, sie seien schon an Aldebaran, einem großen hellen Stern, vorbei, denke ich, dass wir die beiden irgendwo in der Gegend finden, die wir heute als Sternbild des Stiers bezeichnen. Und sie sind, Moncas Vater hat es ja schon angedeutet, auf dem Weg nach Tau Ceti, einem Sternensystem im Sternbild Cetus, das auf Deutsch »Walfisch« heißt.

Wenn ihr euch eine Sternenkarte anseht, werdet ihr vielleicht denken: »Ach, das ist ja kein Problem: Einfach einmal wutsch! von hier nach da und schon sind sie angekommen.« Aber da täuscht ihr euch gewaltig.

Denn anders als auf unseren Landkarten liegen die Sternensysteme, Planeten und Galaxien, die man auf einer Sternenkarte sieht, nicht schön gerade nebeneinander. Im Gegenteil: Einige sind relativ nah bei der Erde, nur ein paar Hunderttausend Millionen Milliarden … ach, das kann man in Metern gar nicht ausdrücken. Andere hingegen liegen tief in den Weiten des Weltalls, so tief, dass sich heute noch kein Mensch vorstellen kann, sie jemals zu erreichen, nicht mal ein Raketenbauer oder ein Astronaut. Gut, vielleicht jemand, der Science-Fiction-Geschichten schreibt, aber Geschichtenschreiber können sich sowieso eine Menge ausdenken, von dem man nicht immer alles glauben muss.

Auf jeden Fall ist der Weg, den Monca und ihr Vater zurücklegen müssen, weiter, als ihr es euch in euren kühnsten Träumen ausmalen könnt. Ihr Raumschiff, ein Frachter der neuesten Generation, fliegt zwar unheimlich schnell – schneller, als würdet ihr mit einem Augenzwinkern einmal rund um die ganze Erde rasen –, trotzdem dauert die Reise der beiden noch fast drei Monate. Drei Monate, in denen so ziemlich gar nichts passiert, außer, dass hin und wieder ein anderes Raumschiff in weiter Entfernung auf ihrem Tiefenscanner erscheint oder dass ihr Frachter durch einen farbenfrohen Nebel saust.

Früher fand Monca diese Fahrten aufregend, sie freute sich immer darauf, weil sie ein großes Abenteuer darin sah. Aber heute ist es nur noch langweilig. Hätte sie nicht ihren Hemisphären-Helm, würde sie irgendwann vor Langeweile umkommen, da ist Monca sich sicher. Dieser Hemisphären-Helm ist nämlich nicht nur ein Gerät zum Lernen, man kann damit auch die tollsten Spiele spielen. Ihr könnt ihn euch vorstellen wie einen telepathischen VR-Helm, der euch nur durch die Kraft eurer Gedanken an einen beliebigen Ort bringen kann, zum Beispiel in den Urwald oder auf einen Vulkan. Man kann damit aber auch mit seinen Freunden in weit entfernten Sonnensystemen sprechen und die neuesten Hits und Filme sehen, die auf der Erde oder auf Pluto gerade angesagt sind.

Aber der Helm kann noch mehr: Er kann nicht nur Bilder und Töne erzeugen, sondern auch Gerüche und andere Sinneseindrücke. Wenn ihr euch damit auf eine Blumenwiese denkt, seht ihr die vielen bunten Blüten nicht nur, ihr könnt ihren Duft riechen. Und ihr hört nicht nur den Gesang der Vögel und das Brummen der Hummeln, ihr könnt spüren, wie sich ein Schmetterling auf euren Arm setzt. Ich kann mir denken, dass viele von euch sich jetzt wünschen, sie hätten so einen Helm, nicht wahr?

Das klingt auf den ersten Blick ja auch ganz toll, ich selber hätte sicher viel Spaß damit. Aber wenn ich es mir richtig überlege: Ich glaube, ich wäre lieber wirklich mit meinen Freunden zusammen, würde lieber auf einer echten Blumenwiese herumlaufen und einem lebendigen Schmetterling hinterherjagen. Und wenn ihr ehrlich seid: draußen mit euren Freunden Verstecken zu spielen, ein Baumhaus zu bauen oder nachts durch den Wald zu laufen macht doch viel mehr Spaß, als wenn ihr vorm Fernseher bloß immer zuseht, wie andere die Abenteuer erleben, oder?

Jedenfalls ist Monca mittlerweile ganz entschieden dieser Ansicht. Sie sehnt sich nach den schönen Eisfeldern auf dem Jupitermond Europa, nach den grünen Wäldern, die unter der dichten Wolkendecke von Takunogoya, einem kleinen Planeten im Sternbild Waage, liegen. Am meisten aber sehnt sie sich nach ihren Freunden, denen auf dem Mond Europa und denen auf dem Kontinent, vor allem nach tGfreGuni, einem etwa 375 Jahre alten Jungen aus dem Sirius-System. Dieser tGfreGuni ist, ihr habt es vielleicht am Alter sehen können, natürlich kein Mensch, er stammt von …

Aber ich sehe, euch rauchen längst die Köpfe. Also soll es reichen, wenn ich sage, dass tGfreGuni das ist, was wir heute als einen Außerirdischen bezeichnen. Das ist zu Monca Zeiten nichts Besonderes mehr. Ganz im Gegenteil, man kennt viele Außerirdische, besucht ihre Heimat, treibt Handel mit ihnen, wie Moncas Vater. Oder man verliebt sich in sie … Aber es wäre Monca sicher nicht recht, wenn ich mich hier über ihre erste große Liebe auslasse. Also Schluss jetzt! Monca und tGfreGuni mögen sich sehr gerne und damit basta.

Es wird auch höchste Zeit, unser Geschwätz zu beenden, denn gerade nimmt Monca ihren Hemisphärenhelm ab und wendet sich mit verdutztem Gesicht an ihren Vater. »Papa?«

»Hm?«

»Du Papa, guck doch mal!«

»Jetzt nicht, Monci. Ich muss mich konzentrieren.«

»Aber es ist wichtig. Ich hab eben was im Helm gesehen, das musst du dir angucken!«

»Monca, hat das nicht Zeit, bis wir aus dem Meteoritenfeld heraus sind? Du weißt, beim letzten Flug wäre uns um ein Haar die linke Antriebsdüse weggepfeffert worden. Das soll auf keinen Fall noch mal passieren!«

»Na gut!«, grummelt Monca beleidigt, steht auf und geht in ihre Kabine. Dort setzt sie sich auf ein großes, weiches Kissen und überlegt missmutig, wie sie ihre Laune verbessern könnte.

Wie durch Zufall fällt ihr Blick auf ihre Schatzkiste. Das ist natürlich keine echte Schatzkiste, so nennt Monca vielmehr ihre Ahnensammlung; eine kleine, schwarz-rote Box, in die jeder ihrer Vorfahren etwas gepackt hat, was ihm besonders viel bedeutet hat. Und so befinden sich darin Dinge ihrer Eltern und Großeltern und Urgroßeltern, ihrer Onkel und Tanten, Großonkel und Großtanten und überhaupt aller Menschen, die irgendwann einmal zu Moncas Familie gehörten. Ihr seht, das ist wirklich eine Schatzkiste.

Monca nimmt also die Ahnensammlung in die Hand, dreht sie ein paarmal hin und her und überlegt, was sie entnehmen könnte. Die Kostbarkeiten ihrer jüngeren Vorfahren kennt sie alle, heute hat sie Lust auf etwas ganz Neues. »Überrasch mich!«, sagt sie zur Ahnensammlung, stellt sie auf den Tisch und wartet.

Es piept einmal, dann hört man ein Surren. Langsam klappt die Box auseinander, öffnet sich zu allen Seiten, bis sie flach auf dem Tisch liegt. Und aus dem Boden der Box steigt etwas empor, das, na ja, fast wieder genauso aussieht wie die Box. Quaderförmig, ziemlich flach und rundherum ganz glatt. Eine dünne, glänzende Haut mit goldenen und silbernen Mustern umgibt das Ding. Monca befühlt sie vorsichtig, sie knistert und raschelt ein wenig. Auf jeder Seite befindet sich etwa in der Mitte eine Art Gewebe, allerdings sehr altmodisch, das offensichtlich einmal um das gesamte Ding geschlungen ist. Auf der Oberseite ist dieses Gewebe zu einem undefinierbaren Knäuel verschlungen, es scheint fast, als diene es zum Verschließen der Box.

Aber was steht denn da nun eigentlich vor Monca? Sie überlegt: Ihre Großmutter mütterlicherseits hatte ein Vitaspektroskop in die Ahnensammlung gelegt, einen kleinen Kasten von etwa derselben Größe, in dem man ihr ganzes Leben ablaufen sehen konnte. Aber da war ein Bildschirm dran, hier sieht man nur diese komische glatte Haut. Der Ksetonbutu, das Lieblingstier ihres Urgroßonkels, der hatte eine ähnlich glatte Haut, aber nicht mit so komischen Mustern drauf – und natürlich nicht mit einem so seltsamen Gewebe umwickelt.

In dem Moment piepst es wieder, das merkwürdige Kästchen dreht sich einmal um sich selbst und darunter schiebt sich ein Mikrochip hervor. Monca nimmt ihn und legt ihn in ihren Computer ein.

»Guten Tag«, sagt der Computer, als der Monitor aufleuchtet. »Bitte warte, bis ich die Daten gelesen habe.«

Als es ein paar Sekunden in allen Farben über den Bildschirm flimmert, denkt Monca wieder einmal, dass der Computer ein bisschen so klingt, als würde tGfreGuni ihren Vater imitieren. Ein letztes Flackern, dann sagt die tGfreGuni-Papa-Computerstimme: »Ich habe den Datenleseprozess abgeschlossen und starte die Datei.«

Im nächsten Moment erscheint ein alter Mann auf dem Bildschirm und lächelt Monca freundlich an. »Hallo Monca«, sagt er.

Obwohl Monca den Mann noch nie gesehen hat, wundert sie sich nicht darüber, dass er sie mit Namen anredet. Sie weiß, er hat in der Datei an dieser Stelle einfach eine Lücke gelassen, die ihr Computer automatisch mit ihrem Namen ausfüllt. Ist ja klar, schließlich ist der alte Mann einer ihrer Vorfahren, der schon seit vielen Jahren tot ist und niemals wissen konnte, dass es irgendwann einmal ein Mädchen namens Monca in seiner Familie geben würde. Aber wir sollten uns nicht mit so etwas aufhalten, mittlerweile hat der alte Mann schon einiges gesagt, was wir jetzt nie erfahren werden, also lasst uns rasch weiter lauschen, damit wir nicht noch mehr verpassen.

»Ich habe in diese Ahnensammlung etwas Besonderes gepackt. Etwas sehr Schönes, aber auch etwas sehr Trauriges. Schön ist es, weil es den Menschen durch lange Zeiten hindurch immer wieder Freude gemacht hat. Traurig, weil es so etwas von heute an nie wieder geben wird. Was du aus der Ahnensammlung geholt hast, ist das letzte Geschenk.«

Und als habe das Geschenk, denn nichts anderes ist ja die rätselhafte Box, seinen Namen gehört, dreht es sich mit einem lustigen Piepen um die eigene Achse. Jetzt wissen wir auch, dass die glatte Haut ein mit Gold und Silber bedrucktes Geschenkpapier ist; und das sonderbare Gewebe natürlich ein Geschenkband mit einer kunstvoll gewickelten Schleife.

Monca mustert das Geschenk skeptisch und überlegt schon, wozu es wohl gut sein könnte, da meldet sich wieder die Stimme des Alten zu Wort.

»Solche Geschenke hat man sich früher gegenseitig gegeben, an Festtagen, zum Gedenken der eigenen Geburt, oder zu Weihnachten. Nun, Monca, du wirst sicher nicht wissen, was ich damit sagen will. Pass auf: Es war in alten Zeiten unter den Menschen Sitte, dass sie für die, die ihnen besonders am Herzen lagen, schöne Dinge besorgten und ihnen schenkten. ›Wozu das denn?‹, wirst du fragen, ›warum holt sich der andere nicht einfach aus dem Replikator, was er braucht?‹ Nun, damals gab es keine Replikatoren. Wenn man etwas haben wollte, musste man es sich selbst bauen oder kaufen. Es sei denn, Freunde oder Verwandte wollten jemandem eine Freude machen. Dann haben sie diese Dinge gekauft, sie hübsch verpackt und ihm geschenkt.«

»Toll!«, ruft Monca. »Also immer, wenn man irgendwas haben will, es aber nicht selber, wie heißt das, kaufen kann, sagt man einem Freund Bescheid und der besorgt das dann? Das ist ja fast wie ein Replikator.«

»Ganz so ist das nicht«, antwortet der alte Mann lächelnd. »Wenn man sich andauernd etwas geschenkt hätte, wäre es ja nichts Besonderes mehr gewesen. Das war das Schöne an den Geschenken: Zu einem bestimmten Anlass hast du jemandem etwas geschenkt und damit gezeigt, dass er dir wertvoll ist. Ein Geschenk war eine Art Freundschaftszeichen. Oder ein Liebesbeweis. Und weil der Beschenkte nicht gleich wissen sollte, was man ihm gab, hat man die Geschenke eingepackt, in diese glatte Haut, die du da siehst. Man nannte sie Papier und hat sie zum Schreiben, Lesen, Reinigen und eben zum Einpacken verwendet. Natürlich sollte ein Geschenk hübsch aussehen, deshalb war das Papier mit Mustern bedruckt und man hat oft eine große Schleife aus Geschenkband drum herumgewickelt. Ich finde, mir ist da ein schönes Geschenk gelungen.«

Monca schweigt lange. Sie betrachtet das Geschenk und beginnt langsam zu lächeln, immer breiter. Schließlich lacht sie von einem Ohr zum anderen. »Und jetzt hast du es mir geschenkt!«, ruft sie dem alten Mann zu, von dem wir leider immer noch nicht wissen, wer er ist.

»So ist es!« Auch der Alte lacht, sodass sich sein kurzer grauer Bart lustig auf und ab bewegt. Dann wird er wieder ernster: »Weil auch du etwas Besonderes bist. Ich weiß, du willst jetzt einwenden, dass ich das gar nicht wissen kann, weil wir uns nie kennengelernt haben. Aber so meinte ich das nicht. Was ich sagen will: Jeder Mensch ist etwas Besonderes. Und jeder verdient ein Geschenk von uns. Natürlich vor allem zu Weihnachten.«

»Schon wieder dieses Wein..., wie heißt das? Und was ist das eigentlich?«, fragt Monca ungeduldig.

Doch … »Ich habe das Abspielen der Datei beendet«, verkündet tGfreGuni-Papa, und der Bildschirm wird wieder schwarz.

Typisch, immer im falschen Moment! Monca läuft grübelnd in ihrem Zimmer umher. Jetzt hat sie ein Geschenk und weiß gar nicht, was sie damit soll. Viel schlimmer, sie hat eine Frage und Urururururururgroßvater Giuseppe ist schon wieder entladen. Wer kann ihr jetzt sagen, was Weinenachte ist, oder wie das heißt?

Sie geht noch einmal an den Computer, aktiviert die Informationskonsole und stellt ihre Frage: »Was ist Weinenachte?«

Es rattert ungewöhnlich und dauert ein paar Sekunden, ehe der Computer eine völlig unbefriedigende Antwort ausspuckt: »Tut mir leid; ich habe deine Anfrage nicht erkannt oder den Begriff nicht in der Datenbank gespeichert. Jedenfalls konnte ich keine möglichen Übereinstimmungen finden. Im Datenbestand gefundene Wortbestandteile sind: Wein, acht, Nacht, eine, NENAC, CHT. Bitte sage mir, nach welchem Wortbestandteil du suchst.«

»Blödmann!«, schreit Monca. »Ich will keinen Wortbestandteil, ich will das ganze Wort, so wie Urururururururgroßvater Giuseppe es gesagt hat!«

»Auch diese Anfrage habe ich leider nicht verstanden«, antwortet die Computerstimme. »Bitte formuliere deine Frage präziser. Die Vorsilbe Ur- deutet darauf hin, dass du nach Informationen aus einem prähistorischen Zeitalter suchst. Soll ich die Recherche im historischen Archiv starten?«

»Versuch's doch! Wie soll ich hier auf dem Frachter Zugriff aufs historische Archiv kriegen?«, fährt Monca den Rechner an.

Doch der antwortet nur so, wie es ihm eben möglich ist: »Tut mir leid, die Frage kann ich nicht beantworten, da ich keinen Zugriff auf die technische Dokumentation des Betriebssystems habe. Möchtest du stattdessen ...«

Da Monca den Computer gerade missmutig ausschaltet, kann ich mal kurz eingreifen, um die Fragen zu beantworten, die ihr bestimmt inzwischen habt. Also, wir wissen jetzt, dass der alte Mann mit dem Geschenk Moncas Urururururururgroßvater Giuseppe ist. Und wir wissen, dass es zu Moncas Zeit weder Geschenke noch das Weihnachtsfest gibt. Stellt euch vor, man hat es irgendwann vergessen! Wahrscheinlich ist es immer unwichtiger geworden, niemand hat sich mehr daran erinnert, warum es gefeiert wird, und schließlich hat man aufgehört, es zu feiern. Und wenn die Menschen alles, was sie haben wollen, einfach aus einem Replikator holen können, wozu sollen sie sich dann noch etwas schenken? Ihr merkt, dass die Zukunft doch nicht so toll ist, wie ihr anfangs gedacht habt, oder?

Monca jedenfalls ist völlig verwirrt. Und so geht sie wieder zu ihrem Vater und versucht, von ihm etwas über dieses unbekannte Fest zu erfahren. Aber was soll ich euch sagen? Ihr Vater ist immer noch damit beschäftigt, das Raumschiff heil durch das Meteoroidenfeld zu steuern. Und als Monca hereinkommt und ihn nach einem Fest fragt, das so ähnlich wie »Wein« und »Acht« heißt, schüttelt er abwesend den Kopf.

»Keine Ahnung, Monci, stör mich jetzt bitte nicht! Diese blöden Meteoroiden liegen viel dichter zusammen als beim letzten Mal. Hier muss ein interstellarer Sturm gewütet haben. Wenn das so weitergeht, kommen wir nicht heil durch.«

»Aber Papa, ich muss wissen, was Urururururururgroßvater Giuseppe damit gemeint hat. Ich glaube, es war ihm wichtig. Kann ich mal eben an den Hauptcomputer? Vielleicht steht da was.«

»Nein!«, brüllt ihr Vater. »Pass auf! Da kommt was Großes auf uns zu. Halt dich fest!«

In dem Moment blickt Monca auf den Außenbildschirm und sieht den riesigen Himmelskörper, der auf ihr Raumschiff zurast. Vor Schreck klammert sie sich an die Lehne ihres Sitzes. Der Gesteinsbrocken auf dem Bildschirm wird immer größer, kommt immer näher.

»Verdammt! Ich kann nicht ausweichen! Er wird uns treffen!« Moncas Vater umklammert den Steuerknüppel krampfhaft mit beiden Händen. Schweiß steht ihm auf der Stirn. Hektisch drückt er auf den Knöpfen vor ihm herum. Sein Gesicht ist knallrot vor Aufregung.

Und Monca hat Angst. So viel Angst hat sie noch nie gehabt, denn sie hat ihren Vater nie so aufgeregt gesehen. Schnell setzt sie sich in ihren Stuhl und schafft es gerade noch, den Sicherheitsbügel zu schließen. Dann geht ein solcher Stoß durchs Raumschiff, dass sie mit Sicherheit nicht auf den Beinen geblieben wäre. Mit einem ohrenbetäubenden Donnern rammt der riesige Meteoroid den Frachter, zerdrückt die gesamte linke Seite, zerschmettert die Tragfläche und stößt das Raumschiff mit ungeheurem Schwung weit hinaus ins All.

Das Nächste, was Monca wahrnimmt, ist Stille. Alles ist still und dunkel, vollkommen dunkel. Verzweifelt versucht sie, etwas zu erkennen, bis ihr klar wird: Der Aufprall des Meteoroids muss die Stromversorgung komplett zerstört haben.

Mit Mühe gelingt es ihr, sich aus ihrem eingerasteten Sicherheitsbügel zu befreien. Sofort verlieren ihre Füße den Kontakt zum Boden, in letzter Sekunde kann Monca sich an der Lehne festhalten, sonst wäre sie in die Dunkelheit geschwebt.

Die Magnetschuhe! Die Hände an die Sitzlehne gekrampft, dreht sie die Füße in die Richtung, wo der Fußboden sein müsste. Dann fühlt sie eine feste Fläche unter den Sohlen und stößt die Fersen aneinander. Es piept leise und Monca spürt, wie sie am Boden festhängt. Als Nächstes tastet sie in ihrer Hosentasche nach dem Multistick. Kaum hat sie ihn in der Hand, drückt sie auf die runde Taste. Endlich wieder Licht! Zwar nur ein dünner blass-weißer Kegel, aber Licht.

»Papa!«, ruft sie leise. »Papa! Wo bist du?«

Langsam tastet sie sich vorwärts zum Sitz ihres Vaters, vorbei an Bauteilen aus der Kabine, die im schalen Licht an ihr vorüberschweben wie Miniatur-Meteoroiden. Als kurz darauf ihr Knie an die Lehne stößt, lenkt sie den Lichtstrahl auf den Körper ihres Vaters.

»Papa! Papa! Wach auf!« Sie rüttelt ihn vorsichtig, sein Kopf ist offenbar beim Unfall aufs Steuerpult aufgeschlagen. Ohnmächtig hängt er vor ihr, der Kopf schwingt schwerelos umher. Monca gibt ihm leichte Schläge auf die Wangen, ruft nochmals nach ihm – vergeblich.

Jetzt nicht die Nerven verlieren! Sie braucht Wasser, damit kriegt sie ihn wieder wach. Aber die Replikatoren funktionieren ohne Strom nicht. Wieso springt die sekundäre Energieversorgung nicht an? Kann die auch kaputt sein? Mist!

In diesem Moment kommt ihr die rettende Idee: ihr Vitaltrunk von heute Morgen. Der steht noch zur Hälfte in ihrem Zimmer, und nass ist der schließlich auch.

So schnell es in dem trüben Licht geht, tastet sie sich zu ihrem Zimmer vor, vorbei an umherschwebenden Gegenständen, die im weißen Strahl mitunter Grimassen zu schneiden scheinen. Mit aller Kraft öffnet sie die Schiebetür und sieht sich um. Hier fliegt noch mehr durch die Gegend. Das flatternde Wesen dort muss ihre Bettdecke sein, die sie mal wieder nicht festgeschnallt hat. Kurz fällt ihr Blick auf den glitzernden Geschenkkasten vor dem Kabinenfenster, dann findet sie endlich die Gummiflasche mit dem Vitaltrunk.

Mit der Flasche in der Hand stolpert Monca zurück in den Steuerraum, öffnet den Verschluss und drückt kräftig auf die weiche Flasche. Wie eine gelb wabernde Schlange windet der Vitaltrunk sich ihrem Vater entgegen und landet mit lautem Plätschern in seinem Gesicht.

Prustend reißt ihr Vater die Augen auf. »Was ist los?«

»Alles klar, Papa. Du bist nur ohnmächtig geworden beim Aufprall. Tut dir was weh?«

Leise stöhnend bewegt er sich, reckt Arme und Beine und schreit plötzlich auf: »Ahh! Mein Bein; ich fürchte, es ist gebrochen. Was ist denn bloß passiert?«

»Der Meteoroid hat uns erwischt. Beide Energiesysteme sind hin. Und wahrscheinlich eine Tragfläche.«

Einen Moment lang sagt ihr Vater gar nichts. Dann flüstert er: »45 Minuten.«

»Was?«, fragt Monca leise, obwohl sie weiß, was er meint. Sie hat alles über ihren Raumfrachter gelernt und weiß, dass nach einem Systemausfall etwa 45 Minuten zur Rettung bleiben, bis das Überleben an Bord unmöglich wird. Vorausgesetzt, die Hülle bleibt stabil und hält den Druck.

Rasch steht sie auf und tastet sich durch den düsteren Raum. »Wir reparieren die Energieversorgung wieder«, versucht sie, ihren Vater aufzumuntern. »Und dann kümmern wir uns nach und nach um die anderen Dinge. Was meinst du, wie fangen wir an?«

»Monci, ich fürchte, wir haben keine Chance. Die Schäden sind an der Außenhülle, mit meinem Bein kann ich auf keinen Fall raus. Außerdem kriegen wir die Türen nicht auf ohne Strom. Komm, hilf mir mal!«

Monca stützt ihn, während er sich stöhnend zur großen, glatten Fläche des Außenbildschirms schleppt. Gemeinsam drücken sie mit aller Kraft und schaffen es endlich, den Schirm beiseitezuschieben, um das dahinterliegende Fenster freizulegen.

»Sieh dir das an!«, seufzt ihr Vater. »Der Aufprall hat uns weit fortgeschleudert, wir trudeln steuerlos durchs All. Keine Ahnung, wo wir sind. Ich weiß nur eins: Wenn wir noch einem dieser Felsbrocken zu nahe kommen, leben wir nicht einmal mehr 45 Minuten.«

Das kann doch nicht wahr sein! Gerade eben war alles in Ordnung; sie hat das Geschenk von Urururururururgroßvater Giuseppe betrachtet und war irgendwie so richtig glücklich. Und jetzt soll alles vorbei sein?

Das Geschenk! Das wird sie aber auf jeden Fall noch auspacken. Eine letzte Freude will sie sich gönnen.

»Moment, Papa. Ich bin gleich wieder da.«

Sie sieht, wie ihr Vater im fahlen Schimmerlicht nickt und langsam an der Wand neben dem Fenster herabsinkt, das Gesicht schmerzverzerrt.

Rasch stürzt sie in ihr Zimmer, stößt sich das Knie am Schreibtisch und den Kopf an einem herabgesackten Versorgungsschlauch, bis sie endlich das Geschenk in der Hand hält. Wieder bei ihrem Vater angekommen, hält sie es ihm hin: »Schau mal, Papa!«

Ihr Vater kneift die Augen zusammen, um das dunkle Paket, das Monca vor ihm herumschwenkt, besser erkennen zu können. Endlich sieht er, was sie ihm da entgegenstreckt. Vorsichtig nimmt er das Paket in die Hand, auf seinem besorgten, schmerzverzerrten Gesicht zeigt sich ein kleines Lächeln. »Na so was, Urururururgroßvater Giuseppes Geschenk! Ich wusste, dass du es irgendwann findest. Nur hätte ich mir gewünscht, dass du daran mehr Freude hast.« Ihm rollt eine Träne die Wange herunter.

»Wieso kennst du das?«, fragt Monca verdutzt. »Es war doch in der Ahnensammlung. Hast du denn …?«

»Ja«, unterbricht ihr Vater sie, »ich habe es selbst einmal gefunden. Ich habe mit Urururururgroßvater Giuseppe gesprochen, und er hat mir erzählt, wie wundervoll es war, zu schenken und beschenkt zu werden. Deshalb habe ich beschlossen, das Geschenk wieder in die Ahnensammlung zurückzulegen, weil du dieselbe Freude haben solltest. Und denk dir, als ich das meinem Vater erzählt habe, hat er gelacht und mich umarmt. Denn er hat als junger Mann genau dasselbe getan. Und vor ihm sein Vater und dessen Vater. So ist es seit Generationen tatsächlich immer wieder ein Geschenk von einem Familienmitglied zum anderen.« Traurig fügt er hinzu: »Bis heute! Du bist die Letzte, die es erhält.«

Monca schluckt. Es ist also tatsächlich zu Ende? Gibt es keine Hoffnung? Es muss doch irgendwie ...

Da kommt ihr etwas anderes in den Sinn. »Sag mal, Papa, hast du das Geschenk eigentlich ausgepackt?«

»Nein, ich hatte Angst, ich könnte es nicht wieder so zusammenbauen, wie es ist. Soweit ich weiß, hat niemand in unserer Familie es ausgepackt. Der Einzige, der weiß, was in dem Geschenkpapier ist, ist dein Ururururururgroßvater Giuseppe. Nur leider hat er es nicht in der Info-Datei gespeichert.« Er sieht sich seufzend um. »Aber ich denke, *du* kannst es aufmachen, es wird niemanden geben, dem du es weiterschenken kannst.«

Nein, ehe sie das schöne Geschenk kaputtmacht, will sie noch etwas wissen. »Papa, was ist Weinenachte?«

Ihr Vater lächelt. »Ach Monci, das wollte ich damals auch als Allererstes wissen. Es muss was Tolles gewesen sein, so wie der alte Giuseppe davon erzählt, was? Also, ich hab in der historischen Datenbank recherchiert und herausgefunden, dass es mal religiöse Gründe hatte. Man feierte an Weihnachten den Geburtstag eines heiligen Mannes. Und weil er zu seiner Geburt Geschenke bekam und sich alle so freuten, haben die Menschen irgendwann angefangen, sich auch etwas zu schenken. Bevor es Replikatoren gab, war das eine beliebte Tradition.«

Monca hört sich die Geschichte schweigend an. »Toll«, sagt sie dann, »so eine Geburtstagsfeier möchte ich auch mal haben, wo alle solche Geschenke kriegen.«

Sie lacht auf bei dem Gedanken – bis sie sieht, dass ihr Vater schnell den Kopf abwendet. In dem Moment begreift sie, dass sie nie wieder Geburtstag haben wird.

Nun wird auch sie traurig. Mit belegter Stimme fragt sie ihren Vater: »Wie viel Zeit haben wir noch, um das Geschenk aufzumachen?«

Ihr Vater sieht auf seine Uhr. Dank des Tridentinium-Panzers ist sie nicht kaputt gegangen. Er drückt ein paar Knöpfe und starrt mit großen Augen auf die Uhr. »Das ist doch nicht möglich«, stammelt er.

»Was denn?«

»Na ja, ich sehe gerade, dass heute ... heute ist auf der Erde der 25. Dezember – Weihnachten..«

»Oh!«, ruft Monca aus und spürt, wie mit einem Schwung ihre ganze Freude zurückkehrt. Wenn dies schon ihr letzter Tag ist, dann können sie ihn auch feiern. »Oh Papa, lass uns Weihnachten feiern. Komm, wir packen das Geschenk aus.«

Lächelnd nickt ihr Vater, und die beiden beugen sich über das Paket. Gerade will Monca nach der Schleife greifen, als ein lautes Poltern sie zusammenfahren lässt.

Es rumpelt an der Außenwand, das Raumschiff beginnt zu schwanken, ein saugendes Geräusch erfüllt die Kabine. Voller Angst legen sich die beiden flach auf den Boden und klammern sich aneinander. Es ist so weit, die Hülle bricht. Da plötzlich ...

»Ho ho ho!«

Ein gleißender Lichtstrahl dringt in die Kabine. Mit einem hässlichen Quietschen wird ein Stück der Außenwand aufgetrennt; wie mit einem riesigen Dosenöffner. Ich gebe zu, der Vergleich hinkt, in der Zeit, in der Monca lebt, gibt es überhaupt keine Konservendosen mehr – und deshalb auch keine Dosenöffner.

»Ho ho ho!« Noch einmal grölt eine tiefe, dröhnende Stimme herein, die aufgeschnittene Außenwand klappt beiseite und ein riesiger roter Mantel wird sichtbar.

Wie bitte? Ihr könnt euch denken, das glaube ich genauso wenig wie ihr: der Weihnachtsmann, mitten im Weltall, im Jahr 2548? Das ist doch nicht möglich.

Und ihr habt recht, natürlich ist es nicht der Weihnachtsmann. Schon schiebt sich ein großer, grünlichblau schimmernder Huf durch das Loch, eine ebensolche Klaue krallt sich an der Seitenwand fest, und schließlich klettert mit Ächzen und Stöhnen ein etwa zweieinhalb Meter großes Wesen in den Raumfrachter. In einer Hand, wenn man es denn Hand nennen will, trägt es eine hell strahlende Lampe, in zwei anderen eine riesige Kiste. Sein ganzer Körper schimmert in der grünlich-blauen Farbe. Hübsch, denkt ihr jetzt vielleicht, aber sagte ich schon, dass das, was ich eben Körper genannt habe, in Form und Größe am ehesten einem Walross gleicht? Und habe ich erwähnt, dass der überraschende Besucher drei pickelige Arme und fünf behaarte Beine mit eckigen Hufen daran besitzt? Ach, und wisst ihr schon, dass aus dem Kopf des Fremden nicht nur vier Hörner in alle Richtungen hervorstoßen, sondern dass vom kahlen Schädel ständig ein dicker Strom bräunlichen Schleims herabtropft?

Also, hübsch würde ich das nicht nennen, wenigstens nicht nach unseren Maßstäben; eher doch bedrohlich oder Furcht einflößend; oder vielleicht noch eklig. *Abstoßend* wäre das Allerharmloseste, was mir einfiele. Und dennoch – ich habe später erfahren, dass eben dieser Besucher auf seinem Heimatplaneten zum schönsten Mann des Weltalls gekürt worden ist. Ihr seht, Geschmäcker sind verschieden.

Im Moment allerdings steht der Furcht einflößende Kerl mit weit aufgerissenem Maul (tut mir leid, aber dazu kann ich einfach nicht *Mund* sagen) mitten in der Kabine und blickt sich suchend um. Noch einmal ruft er »Ho ho ho!«, wartet einen Moment, schüttelt den Kopf und murmelt enttäuscht: »Huhu, ha hahahu hahu.«

Monca befreit sich aus dem Klammergriff ihres Vaters, der sie verstecken will, und richtet sich auf.

»Hallo«, gurgelt sie leise, denn ihr schnürt die Angst die Kehle zu. Sie hat zwar schon viele außerirdische Wesen kennengelernt, aber selten so gewaltige; und sie weiß auch, dass der Kontakt zu einer völlig fremden Rasse gefährlich werden kann. Aber der Fremde hat sie offensichtlich gerufen, und als er keine Antwort bekam, war er nicht wütend oder böse, sondern traurig. Also kann er doch kein schlechter Kerl sein. Vorausgesetzt, es ist überhaupt ein Kerl ...

»Hallo«, sagt Monca noch einmal etwas lauter.

Der außerirdische Riese dreht sich langsam zu ihr um. Als er sie erblickt, reißt er erneut den ... na gut, den Mund weit auf (ich kann mir denken, das soll ein Lächeln sein, aber es sieht wirklich ganz entsetzlich aus) und ruft entzückt: »Hiiii! Hu hahaha!«

Fragend starrt Monca ihn an. »Was hast du gesagt?«

»Huhu ha huhahahu, ho he hehaha hohohu...« Der Fremde bricht in einen Schwall von Hus und Hos und Has aus, läuft dabei aufgeregt um Monca herum und weist mit der Lampe bald hierhin und bald dorthin. Mit einem spitzen, langen »Hiiiiiiiiii!« spielt er sehr überzeugend ein havariertes Raumschiff, und endlich wird Monca klar, dass der Fremde ihr gerade erzählt, wie er den Unfall im Meteoroidenfeld beobachtet hat.

Schlagartig begreift sie: Der Fremde ist nur aus einem Grund hier: um ihnen zu helfen.

»Papa, komm raus. Er will uns retten, glaub ich.«

»Hä?« Mindestens ebenso verdutzt wie Monca eben starrt der Fremde nun sie an, offenbar versteht er sie genauso wenig wie sie ihn.

Zögernd steht ihr Vater auf. »Sei vorsichtig, Monci. Aaahh!« Sofort knickt er wieder ein, verzieht das

Gesicht vor Schmerzen und stützt sich auf das Steuerpult, um das gebrochene Bein zu entlasten.

Der Fremde scheint entzückt: »Aaahh!«, wiederholt er freudestrahlend und öffnet flink seine mitgebrachte Kiste. Er holt ein großes Glas mit graugrünem, blubberndem Schleim heraus, und geht damit zu Moncas Vater. Und noch ehe der oder Monca etwas tun können, wirft der Fremde ihn auf den Boden und kniet sich über ihn. Schnell schraubt er das Glas auf und gießt einen dicken Tropfen des stinkenden Schleims auf das gebrochene Bein.

»Nein!«, schreit Moncas Vater und zieht das verletzte Bein erschrocken zu sich heran.

»Hu«, sagt der Fremde nur, schraubt das Glas wieder zu und beobachtet in Ruhe, was passiert.

Und was soll ich euch sagen: An der Stelle, an der eben noch ein Stück vom Schienbeinknochen aus dem Unterschenkel von Moncas Vater ragte, fängt es an zu knistern, zu blubbern und zu brodeln. Der Schleim dringt in die Wunde ein, sprüht ein paar Funken, und nach wenigen Sekunden ist der Knochen wieder ganz und die Wunde verheilt.

»Wow! Das ist … Mann … Danke!«, stammelt Moncas Vater, steht auf und probiert das geheilte Bein aus – es lässt sich bewegen, als wäre nie etwas damit gewesen. »Unglaublich. Das ist toll. Genau wie früher. Ich meine, gut, ich hab da jetzt ein Stück Haut mit blaugrünen Schuppen drauf, aber das ist …«

»Cool!«, ruft Monca. Sie wendet sich an den Fremden. »Sag mal, kannst du uns helfen, unseren Raumfrachter wieder flott zu kriegen?«

»Hä?« Ratlos starrt der Fremde sie an.

Wie gut, dass wenigstens »Hä?« in beiden Sprachen dasselbe zu bedeuten scheint. Sie geht in der Kabine umher, immer gefolgt vom Lichtkegel der Lampe und weist auf die verschiedenen zertrümmerten Geräte.

»Hooo!« Der Fremde nickt und will gerade wieder in eine Tirade von Hus und Has ausbrechen, als Monca ihm mit der ausgestreckten Hand Einhalt gebietet.

»Halt! Das hier muss als Erstes repariert werden.« Sie weist mit dem Finger energisch auf eine kleine, durchsichtige Kugel, auf deren Grund etwas liegt, das an eine ausgetrocknete Qualle erinnert.

Der Fremde scheint zu begreifen, nickt und macht sich in seinem Koffer auf die Suche nach Werkzeug. Währenddessen kümmert Moncas Vater sich um die Energieversorgung. Und tatsächlich: Zwei Minuten später springt die Notversorgung an, plötzlich ist die Kabine wieder hell erleuchtet.

»Haa, he hehu ha hohi geschafft. Und das hier ist auch fertig.«

Monca grinst.

Vielleicht habt ihr schon erraten, woran der Fremde da gebastelt hat: an der Übersetzungskugel. Jetzt funktioniert sie wieder so, wie sie soll: Ein silbernes Licht schimmert über ihre Innenseite, und das, was wie eine vertrocknete Qualle am Boden lag, flattert jetzt wie eine hauchzarte Fahne im Zentrum, bei jedem Ton von einem silbernen Blitz erleuchtet. Und alles, was in der Kabine gesagt wird, wird von der Kugel so reflektiert, dass jeder es verstehen kann.

»Prima!«, ruft Monca, »endlich können wir uns unterhalten. Erst mal vielen Dank, dass du uns gerettet hast. Aber sag mal, wer bist du eigentlich?«

»Nichts zu danken«, meint der Fremde mit tiefer, hohler Stimme, »das war ja mein Auftrag. Euer Raumfrachter war durch den Meteoroid in eine Flugbahn gebracht worden, die ihn auf einem unserer Monde hätte aufschlagen lassen. Das hätte diesen aus der Bahn geworfen, sodass er auf unseren Planeten Hoho gestürzt wäre. Äußerst misslich. Das zweite Mal innerhalb von drei Hohihu; und wir haben nur noch vier Monde.«

Da seht ihr, dass auch im 26. Jahrhundert die Technik noch ihre Macken hat. Kaum soll die Übersetzungskugel ein Wort reflektieren, das sie nicht kennt, gibt sie auf und wirft es so zurück, wie es kam. Von daher werden wir nie erfahren, wie viel Zeit ein Hohihu ist.

»Ach, übrigens, ich heiße Erwin.«

Erwin? Ein riesiges, bläulich-grünes, gehörntes, braunen Schleim schwitzendes Wesen heißt Erwin? Tja, so ist das mit Übersetzungskugeln. Jedes Wort, das sie kennen, wird übersetzt. Und obwohl es mir widerstrebt – da wir seinen echten Hoho-Namen nicht wissen, muss ich unseren Freund wohl oder übel Erwin nennen.

»Hi, Erwin. Ich bin Monca und das ist mein Vater Andobar. Wir kommen von der Erde und wollten ...«

»Was?« Erwin reißt entgeistert die Augen auf. »Von der Erde? Da lebt noch wer? Wir hatten euch schon im 20. Jahrhundert abgeschrieben und uns nicht mehr um euch gekümmert. Keine Ahnung von nichts, aber überall die Finger drin haben wollen, das hat uns nicht gefallen. Und nun seht euch an. Wie habt ihr es geschafft, euch nicht gegenseitig umzubringen? Das ist ja fast ein Wunder.«

»Das könnten wir auch sagen«, schaltet sich Moncas Vater Andobar ein. »Für uns ist es ein Wunder, dass du uns gerettet hast. Wir hatten gedacht, alles ist vorbei.«

»Was heißt vorbei«, grinst Erwin, »jetzt geht's erst los. Wir haben noch eine Menge zu tun. Also, lasst uns anfangen!«

Er wirft Moncas Vater eine Art Lötkolben zu, mit dem der natürlich überhaupt nichts anfangen kann. Das Einzige, was er erkennt, ist der große rote Knopf, auf dem »Hihihe« steht.

»Das heißt *reparieren*. Einfach auf ein kaputtes Instrument halten, den Knopf drücken und warten, bis die kleine Uhr oben am Griff auf null gelaufen ist – fertig!«

Monca erhält von Erwin einen Besen in die Hand gedrückt und will schon wieder anfangen zu maulen – das passt ja auch zu ihr –, bis Erwin ihr erklärt, wie dieser Besen funktioniert.

»Schau her, du stellst ihn gerade hin, drehst den Griff auf, warte mal, wie war das jetzt? Ich glaube, das hier ist *Entrümpeln und Entgiften*. Nimm das mal, für alle Fälle. So, jetzt hier den Knopf aktivieren« – ein Klick, und der Besen fängt an zu vibrieren – »und jetzt lässt du ihn los und musst nur noch aufpassen, dass er nicht das Blumenwasser austrinkt. Aber ich sehe, ihr habt gar keine Blumen. Schade eigentlich.«

Während Monca zusieht, wie Erwins Besen wieder Ordnung in das Raumschiff bringt, reparieren ihr Vater und der außerirdische Gast in wenigen Stunden alle Geräte. Der Außenbildschirm zeigt nach einigem Flackern den Planeten Hoho in seiner ganzen Pracht, umkreist von seinen vier Monden. Wenn ihr ihn sehen könntet, würde er euch an einen dampfenden Semmelknödel erinnern, der eben aus dem Kochtopf genommen wurde. Aber da Monca keine Semmelknödel kennt, ist sie einfach nur entzückt von den braunen Flecken und den kleinen grünen Punkten, die sich über den gelben Planeten verteilen.

Wenig später springt das Steuerpult wieder an, und als Moncas Vater erstaunt bemerkt, dass da plötzlich ein paar Knöpfe mehr seien, grinst Erwin spitzbübisch.

»Na ja, unsere Reparaturgeräte passen eure Instrumente unseren Standards an. Ihr könnt in Zukunft mit Megaturbo und Abstandshalter fliegen, damit euch kein Meteoroid mehr in die Quere kommt.«

Piep! Moncas Lernkonsole startet wieder. Und auch hier: alles neu! Monca sieht das gesamte bekannte Universum (das ist im 26. Jahrhundert ziemlich viel) auf ihrem Bildschirm und darunter steht: *Hihoho hiho ho huhu hu:*

»Erwin, kannst du mal kurz kommen? Ich glaube, das hilft mir so nicht viel.«

Erwin blickt auf den Bildschirm und grinst. »Stimmt, du könntest höchstens die Hoho-Wörter laut vorlesen und dein Vater sagt dir dann, was er gehört hat. Aber das ist nicht so einfach, es kommt ja auf die richtige Betonung an. Das erste Wort auf dem Bildschirm kann zum Beispiel *Information* heißen, aber auch *Unterhose* oder *Sahnebaiser,* je nachdem, wie du es betonst. Aber warte mal eben!«

Er holt aus seiner Kiste einen Telefonhörer heraus, legt ihn auf Moncas Lernkonsole und wartet, bis es einmal pfeift. Dann hebt er den Hörer hoch und legt ihn andersherum wieder auf.

Nach einem weiteren Pfiff ändert sich die Schrift auf dem Bildschirm: »Bitte Informationsgebiet angeben:« steht jetzt dort. In der Mitte des Fensters blinkt ein Quadrat. Monca bestätigt die Position und erkennt beim Heranzoomen, dass das blinkende Quadrat auf der Milchstraße sitzt, genauer: auf unserem Sonnensystem, ja sogar direkt auf der Erde. Noch einmal bestätigt Monca die Position und sieht anschließend die Aufforderung »Planet Erde – Datenbank wählen«.

»Das ist ja irre!«, schreit Monca. »Wie geht das denn? Ich hab Zugriff auf die historische Datenbank. An die kommen wir doch eigentlich gar nicht ran. Mann, Erwin, wie hast du das gemacht?«

Erwin grinst stolz. »Tja, ganz schön gut, unsere Techniker, was? Mit unserer Erweiterung kannst du alle Informationen jeder Kultur, die ihr jemals besucht habt, abrufen, egal, ob ihr sie eingelesen habt oder nicht. Und unser Dataport hier« – er hält den Telefonhörer hoch – »hat euch auch das gesamte Wissen unserer Kultur ins System gespielt.« Er runzelt die Stirn. »Ach, eine Frage hätte ich. Um die Sprache auf eure umzustellen, musste ich erst alle Daten aus eurem System auslesen. Ist das in Ordnung, wenn ich die bei uns einspiele? Ihr müsst wissen, wir sind süchtig nach Informationen; und ihr habt gemerkt, was euer Sonnensystem betrifft, sind wir nicht gerade auf der Höhe der Zeit.«

Monca sieht ihren Vater an, der lächelnd nickt. »Klar, Erwin. Dann könnt ihr euch ansehen, was bei uns im Sonnensystem so alles los ist.«

»Geht klar«, meint Erwin grinsend. »So, ich glaube, wir haben langsam alles fertig, oder?«

»Na ja, bis auf eine Kleinigkeit!« Moncas Vater nickt nach draußen. »Hast du dir die Tragfläche angesehen?«

»Mann!« Erwin schlägt sich mit einer Klaue vor die Stirn, mitten zwischen zwei Hörner, wodurch ein paar dicke Schleimtropfen quer durch die Kabine fliegen.

Monca schafft es gerade noch, einem Tropfen auszuweichen, aber bei ihrem Vater landet ein besonders dicker mitten auf der Brust und fließt langsam und zäh über sein Thermoshirt. Aber ich wollte eigentlich nicht von den ekligen Tropfen berichten, sondern von Erwin, der ja gerade so vehement »Mann!« gerufen hat. Also …

»Mann!« Erwin schlägt sich mit seiner Klaue vor die Stirn, »das hab ich ja völlig vergessen: die Außenhülle!«

Er greift in die Tasche seines roten Mantels, den wir am Anfang fälschlich für den Weihnachtsmannmantel gehalten haben, und holt eine kleine Fernbedienung heraus, fast so wie die, die bei euch auf dem Wohnzimmertisch liegt. »Vakuum-Reformer!«, grinst er und zeigt den beiden das kleine Gerät.

Dann drückt er blitzschnell erst den einen, dann den anderen, dann wieder den einen und schließlich einen dritten Knopf. Es knirscht und kracht fürchterlich, das Raumschiff ächzt und knarrt, bis plötzlich – ein Piep, ein Summen und ein kleines Knacken – sich die Stimme des Computers meldet: »Der Raumfrachter DS 100 ist einsatzbereit; alle Systeme arbeiten einwandfrei. Der Hüllenzustand liegt bei einhundert Prozent.«

Monca und ihr Vater sehen sich an und brechen gleichzeitig in Jubelgeschrei aus. Sie fassen sich bei den Händen und tanzen lachend ums Steuerpult herum, bis sie sich, außer Atem vom Tanzen und von der Freude, in die Arme fallen. Selten hat Monca ihren Vater so fröhlich gesehen, mittlerweile scheint ihn auch die blaugrüne Stelle an seinem Bein kein bisschen mehr zu stören.

Erwin, der die beiden glücklich betrachtet hat, tritt ein paar Schritte zurück. Gerade will er sich umdrehen und langsam und leise zum Loch in der Wand zurückkehren, da ruft Monca: »Erwin! Wo willst du hin?«

Er dreht sich um. »Na ja, hier ist doch alles erledigt, ich mach mich mal wieder auf die Socken.« (Ich denke, hier hat die Übersetzungskugel wirklich sehr frei übersetzt, schließlich trägt Erwin weder Socken noch Schuhe. Und ob es dieses Sprichwort auf Hoho gibt?)

»Das kommt gar nicht infrage! Einfach so wegschleichen … Wir müssen uns doch bei dir bedanken.« Monca läuft zu ihm, und ehe sie richtig überlegt, dass sie einen blaugrünen, schuppigen, Schleim bedeckten Riesenkörper vor sich hat, umarmt sie ihn. Auch ihr Vater kommt hinzu und drückt Erwin nacheinander alle drei Klauen. »Danke, Erwin. Du hast uns das Leben gerettet und unser Raumschiff repariert. Ohne dich wären wir …«

»Ach, papperlapapp«, unterbricht Erwin ihn, »das ist mein Job. Übrigens hab ich den Raumfrachter nicht nur repariert, sondern gleich ein bisschen aufgemotzt. Eure Technik hinkt ja doch etwas hinterher. Nach Tau Ceti – dahin wolltet ihr, oder? – braucht ihr jetzt zwei Tage.«

»Zwei … zwei Tage?«, stammelt Moncas Vater, »unglaublich, das ist dreißig Mal so schnell wie vorher! Dann kann Monca viel öfter zu Hause bei ihren Freunden sein.« Mit feuchten Augen schüttelt er Erwins mittlere Klaue so lange und fest, dass dieser schon Angst bekommt, er würde sie nicht wieder hergeben.

»Entschuldige, aber meine Hand ist nicht mit inbegriffen, die würde ich gerne wieder mitnehmen.« Der Hoho zwinkert Monca verschmitzt zu.

Die hat in diesem Moment einen Geistesblitz, die beste Idee, die sie jemals hatte. Ohne ein Wort verschwindet sie in Richtung Steuerpult.

Ihr Vater, der mittlerweile Erwins Klaue losgelassen hat, lächelt verlegen. »Ach, Erwin, es ist nur, weil ich dir so gerne danken möchte. Und wir haben nichts, um dir zu zeigen, wie dankbar wir sind.«

»Haben wir doch!« Etwas unwirsch schiebt Monca ihren Vater beiseite und stellt sich feierlich mit den Armen hinter dem Rücken vor Erwin auf. »Lieber Erwin«, beginnt sie, »du hast uns heute nicht nur das Leben gerettet und unser Raumschiff repariert, du hast uns gezeigt, dass wir mitunter dort Freunde finden, wo wir es am wenigsten erwarten. Du hast uns Hoffnung gegeben und uns gezeigt, dass wir nicht alleine sind, auch in den Weiten des Alls nicht. Und zum Dank dafür möchte ich dir das hier geben.«

Sie holt – ihr habt es euch bestimmt schon denken können – das wunderbar eingepackte Geschenk hinter dem Rücken hervor und drückt es dem außerirdischen Retter in die Hand, der sie fragend ansieht.

»Vielen Dank. Äh, und was ist das?«

»Das ist ein Geschenk. Bei uns auf der Erde hat man viele Jahre den Menschen, die man mochte oder denen man dankbar war, etwas geschenkt, um ihnen zu zeigen, wie wertvoll sie sind. Leider ist der Brauch bei uns vergessen worden, dies ist das letzte Geschenk. Mein Urururururururgroßvater hat es für uns aufbewahrt, damit wir uns immer an diesen schönen Brauch erinnern. Aber ich bin sicher, Urururururururgroßvater Giuseppe hätte gesagt: Wenn jemand das letzte Geschenk erhalten soll, dann du.«

Gerade will Monca den gerührten Erwin wieder umarmen, als sie merkt, dass man von einem ergriffenen Hoho lieber etwas Abstand halten sollte. Aus seinen Augen quellen statt unserer Tränen dicke schwarze Kugeln, die mit einem lauten »Plopp!« zerplatzen und die gesamte Steuerkabine des Raumfrachters mit schmierig-stinkenden, schwarzen Tropfen überziehen.

»Ein Geschenk? Danke, so etwas habe ich noch nie bekommen. Es ist wunderschön. So etwas Wunderbares. Ich danke euch!« Immer wieder bedankt sich Erwin mit vielen Worten und noch mehr seiner ekligen, schwarzen Tränen. Ihr könnt euch sicher vorstellen, was für ein neuer Schwall von Hus und Has und Hos das im Original wäre. Und wie Monca und ihr Vater langsam von oben bis unten schwarz werden.

Endlich erreicht Erwin das Loch, hinter dem sein Raumschiff angedockt hat, und steigt unter vielen weiteren Danksagungen hindurch.

Ehe er sich daran macht, das Loch wieder zu reparieren, sagt er zu Monca und ihrem Vater: »Ich danke euch und werde euch nie vergessen. Ich habe schon viele gerettet, aber niemand hat mir so viel zurückgegeben. Monca, du hast recht, man findet Freunde dort, wo man es am wenigsten erwartet. Ich hätte nie gedacht, einmal Freunde in eurem Sonnensystem zu finden. Passt gut auf euch auf! Und wenn ihr mal wieder in der Nähe seid, kommt vorbei. Ihr seid herzlich willkommen.«

»Sehr lieb von dir, Erwin.« Moncas Vater strahlt und fährt dann mit einem besorgten Blick auf die Wände der Kabine fort: »Aber ich fürchte, wir müssen hier jetzt erst mal ordentlich sauber machen.«

»Kein Problem, die Einrichtung eures Frachters ist jetzt selbstreinigend, in ein paar Minuten ist alles wieder tipptop. Das Einzige, was ihr waschen müsst, seid ihr selbst. Das kann in der Tat eine ganze Zeit dauern.«

Kichernd fügt Erwin die aufgetrennte Außenwand des Raumschiffs zusammen, durch einen letzten Spalt sieht man eine seiner Klauen winken, hört noch einen Moment sein gurgelndes Kichern, dann ist alles still.

Ein leichter Ruck geht durch das Schiff, gefolgt von einem leisen, metallischen Scheppern, und plötzlich sieht man auf dem Außenschirm Erwins Raumschiff davongleiten, wie einen riesigen Kraken, der sich durchs Weltall auf den Planeten Hoho zu bewegt.

Monca und ihr Vater sehen sich an und brechen fast gleichzeitig in ein lautes »Iiiiih!« aus.

Kopfschüttelnd betrachtet Moncas Vater seine mit schwarzem Schleim verschmierte Tochter. »Na, dann auf in unsere Hygroduschen. Wie ich Erwin kenne, sind die auch megaschnell geworden und wir sollten in Nullkommanichts wieder sauber sein.«

Doch da hat er sich getäuscht. Die Duschen sind zwar in der Tat jetzt so schnell, dass ein normal verschmutzter Mensch – sagen wir mal, ihr nach einem Tag im Wald oder nachdem ihr euer Fahrrad repariert habt – in nur fünf Sekunden sauber, trocken, ordentlich frisiert und mit frischer Wäsche eingekleidet wäre. Euer Vater hätte in der Zeit sogar noch eine Rasur bekommen. Aber ihr ahnt nicht, wie hartnäckig Hoho-Tränen sind. Eine Viertelstunde muss Monca allein auf dem Gesicht herumschrubben, um die schwarzen Flecken loszuwerden.

Nach einer Stunde treffen sich die beiden endlich wieder in der Steuerkabine, die funkelt und blitzt, als sei sie nie dreckig gewesen.

»Und jetzt?« Monca merkt: Etwas ist anders, nicht nur die neue Technik im Raumschiff, nein, auch ihr Vater hat sich verändert, auch sie hat sich verändert.

Die beiden blicken sich an, und wie aus einem Munde sagen sie: »Jetzt feiern wir Weihnachten!«

»Wie macht man das eigentlich?« Monca sitzt am Tisch und wartet auf das, was ihr Vater aus dem Replikator holt. Bratäpfel will er machen, hat er gesagt. Monca hat keine Ahnung, was das sein soll, und sie ist sich sicher, dass auch ihr Vater so etwas noch nie gegessen hat. Trotzdem schnuppert sie gespannt und voller Vorfreude nach dem süßlich-schmeichelnden Duft.

»Wie macht man was?«, fragt ihr Vater.

»Na ja, wie feiert man Weihnachten?«

»Ich habe keine Ahnung. Aber ich denke mal, fürs Erste reicht es, wenn wir zusammensitzen und uns darüber freuen, dass wir noch leben.«

»Prima Idee«, ruft Monca, »und morgen kann ich in der historischen Datenbank forschen, um alles über Weihnachten herauszufinden. Ich muss nur …« In diesem Moment stockt sie, ihr Blick fällt auf den Außenschirm. »Papa, guck mal.«

Beide starren auf den Anblick vor ihnen. Der Planet Hoho, vorhin noch schmutzig graubraun, strahlt jetzt leuchtend rot, und über den ganzen Planeten schwingen sich in glitzerndem Weiß riesige Buchstaben.

»Huha Hoha«, liest Moncas Vater.

Was aus der Übersetzungskugel tönt, verschlägt ihnen den Atem: »Monca-Geschenktag«.

»Monca-Geschenktag – was ist das denn?«, fragt Monca nach einer Weile.

Die Antwort folgt prompt, nach einem kurzen Piep, aus dem Computer: »Der Monca-Geschenktag ist ein seit dem heutigen Tag regelmäßig auf dem Planeten Hoho gefeiertes Fest zur Erinnerung an die neu entstandene Freundschaft zwischen den Planeten Hoho und Erde. Der vom Erdling Monca eingeführte Brauch, sich als Zeichen der Wertschätzung Geschenke zu überreichen und sich so gegenseitig eine Freude zu machen, wird von den Hohos übernommen. Er entwickelt sich in kurzer Zeit zur beliebtesten Tradition auf ihrem Planeten.«

Fassungslos sieht Monca ihren Vater an, dann den Bildschirm mit dem leuchtenden Planeten, dann wieder ihren Vater.

Der lächelt sie an und sagt leise: »Ach Monci, ich glaube, du musst gar nicht in der historischen Datenbank nachsehen, was Weihnachten bedeutet. Du hast es schon ganz genau begriffen. Ich bin stolz auf dich.«

Und er nimmt sie fest in den Arm – aber nicht zu lange, schließlich sollen doch die Bratäpfel nicht kalt werden.

· ·* · ·*·✦· ★ · · · ·

So, nun wisst ihr fast alles über Moncas Erlebnis am Weihnachtstag. Ihr wisst, wie sie und ihr Vater Weihnachten wiederentdeckt haben, ihr habt gehört, wie das letzte Geschenk zum ersten geworden ist, und ihr …

»Halt!«, ruft ihr jetzt bestimmt und ihr habt recht. Natürlich habe ich das Allerwichtigste vergessen. Das Allerwichtigste bei einem Geschenk ist doch: Was steckt drin, oder?

Tja, ich fürchte, ich muss euch enttäuschen. Schließlich weiß ich nicht mehr über die ganze Geschichte, als ich bis hierhin aufgeschrieben habe. Und wenn wir ein paar Jahre später noch einmal den Computer befragen würden, könnte der uns auch nichts sagen. Denn Erwin und die Hohos haben das Geschenk niemals geöffnet. Sie haben es Jahrhunderte lang weiterverschenkt, viele ähnliche gebastelt und auch diese verschenkt. Doch nie hat einer ein Geschenk ausgepackt. Offenbar wussten sie: Die Freude steckt im Schenken und nicht im Geschenk.

DAS GROßE LOS

Eine ganze Zeit war sie dem kleinen Stück Papier schon auf den Fersen. Der Kinderschrei hatte sie aufgeschreckt wie eine Alarmsirene im süßlichen »Stille Nacht«-Gedudel. Sie hatte gesehen, wie der Junge nach etwas schnappte, wie er verzweifelt versuchte, den Zettel wieder einzufangen, und schließlich von seiner Mutter fortgezogen wurde.

Sofort hatte Elly die Jagd fortgesetzt, war hinterhergehetzt, als der Zettel im Sturm davonwirbelte, fort von Lichterglanz und Kaufrausch. So schnell es ging, schlurfte sie ihm nach, rutschte auf der feuchten Straße fast aus, lief in der Finsternis beinahe gegen den Pfosten eines Haltestellenschilds. Doch sie ließ den Papierfetzen nicht aus den Augen. Schließlich ahnte sie, nein, sie wusste, was dort vor ihr durchs Dunkel flatterte.

Jetzt segelte es in den Park. Hier wehte der Wind schwächer, das machte es einfacher, ihm zu folgen. Wie eine große Schneeflocke tänzelte es vor ihr her durch die Dunkelheit, sank tiefer, trudelte langsamer und fiel endlich hinter einer Hecke zu Boden. Jetzt war es ihres. Ihre Chance auf hunderttausend Euro. »Wir erfüllen Träume – das Weihnachtslos von Kaufhaus Wahlberg.« Elly atmete durch, stakste unsicher durchs hohe Gras, bog die Zweige der Buchenhecke beiseite. Da lag es. Das Bild eines vor Glück strahlenden Paars und eine goldene 100.000. Mitten auf dem Feuilletonteil der ZEIT.

Verdammt ... das durfte doch nicht wahr sein! Das war das Bett von Gemüse-Hacke. Ausgerechnet!

Jetzt bloß nichts falsch machen, ganz ruhig bleiben. Irgendwo unter diesen ausgebreiteten Zeitungsblättern lag der Widerling und schien zu schlafen. Ansonsten würde er reden. Hacke redete immer. Ohne Pause. Ohne Zuhörer. Oder war das nur eine Masche? Konnte er still sein, wenn er wollte?

Elly musste es riskieren. Hauptsache, sie bekäme dieses verdammte Zittern in den Griff. Mit geschlossenen Augen atmete sie tief durch. Du kannst es, wenn du dich konzentrierst! Ein weiterer Atemzug, dann näherte sich ihre Hand nur leicht zitternd dem Los.

Langsam.

Ganz langsam.

Nur noch ein Stückchen.

Sie strauchelte, konnte sich gerade eben an den Zweigen festhalten. Ein trockenes Buchenblatt fiel von ihrer Wollmütze auf die Zeitung, schien mit einem ohrenbetäubenden Rascheln auf dem Papier zu landen.

Erschrocken zuckte Elly zurück und hielt den Atem an. Ihre Hand zitterte stärker, war es die Anspannung, war es die verdammte Krankheit? Egal, sie würde sich diese Chance nicht entgehen lassen.

Noch einmal zwang sie sich zur Ruhe, noch einmal beugte sie sich vor. Langsam, Elly, nicht zittern ...

Da schnellte eine Hand unter der Zeitung hervor und umklammerte ihren Arm. Elly stöhnte auf vor Schmerz. Der Ast, an den sie sich geklammert hatte, brach und sie fiel vornüber, rutschte auf den feuchten Zeitungsblättern umher, verteilte sie überall. Irgendwo in dem Wust von Papier verschwand ihr großes Los.

»Na kiek mal, Advokaten-Elly!«

»Hacke«, zischte sie, »lass mich bloß in Ruhe!«

»Ich dich?« Gemüse-Hacke wühlte sich aus der Zeitung.

Elly versuchte, ihre Hände unter Kontrolle zu bekommen, um aus dem zerknitterten Papier ihren Schatz zu bergen.

»Suchste das hier?« Hackes triumphierender Unterton ließ nichts Gutes ahnen. Und tatsächlich: In der Hand hielt er ihr Los.

»Gib das her!«

Hacke kicherte. »Ist dir kalt, Elly? Du zitterst ja so.«

»Mistkerl!« Instinktiv wollte sie die Hände in den Rocktaschen verbergen, wie immer, wenn jemand darauf starrte. Doch sie besann sich eines Besseren und streckte sie Hacke entgegen. »Das ist mein Los! Gib es her!«

»Lass ma sehn.« Hacke drehte das Stück Papier hin und her, wisperte leise. Schließlich grinste er. »Tut mir leid. Steht kein Name drauf, Frau Anwältin.«

Elly kochte. »Anwaltsgehilfin, du Idiot! Jetzt gib – mir – mein – Los!« Sie griff nach dem Papierstreifen.

Als hätte sie ein brennendes Streichholz in eine Benzinlache geworfen, sprang Hacke auf. Er packte sie am Kragen und zog sie auf die Füße. »Wenn de mir wat klauen willst, ja, dann biste in Nullkommanix Madam Friedhofswärterin!« Abrupt ließ er sie los.

Elly fiel in sich zusammen und sackte auf die Zeitungsblätter. Schwer atmend stützte sie sich auf den Händen ab. Wenigstens so hielten sie still. Langsam hob sie den Kopf und starrte Hacke an, der triumphierend mit ihrem Los wedelte. Dieser Mistkerl, so konnte er nicht mit ihr umspringen. Das würde er bereuen. Nur kurz zu Kräften kommen, dann würde sie ihm, dann würde sie …

Ihre Kehle wurde eng. Nicht jetzt. Nicht vor ihm! Doch schon rann die erste Träne über ihre Wange. Elly schluckte. Schluckte ihre Wut herunter, ihre Hilflosigkeit, ihren bitteren Speichel. »Gut«, sagte sie mit leidlich fester Stimme. »Was, meinst du, sollen wir tun?«

Hacke verfiel in sein närrisches Selbstgespräch. Wie immer. Irgendwann nickte er und kicherte zufrieden. »Ganz einfach: Das Los kricht der …«

»Oder die …«

»Der, der das meiste Pech in Leben hatte!«

»Oder die«, insistierte Elly. Sie würde ihm nicht noch einmal nachgeben.

»Mann, du bist ein Besen! Das Los kricht, wer das meiste Pech hatte. Zufrieden?«

Das hörte sich fair an, bemerkenswert clever für einen wie Hacke. »Einverstanden! Das sollte leicht zu entscheiden sein. Ich habe seit – warte – seit zwölf Tagen keine warme Mahlzeit mehr gehabt!« Triumphierend schnappte sie ihm das Los aus der Hand.

»Selber Schuld«, blaffte Hacke. »Warum gehste nich zur Bahnhofsmission? Heiße Suppe und Lebkuchen!«

Ja, warum? Könnte er das verstehen? Wusste ein Mann wie Hacke, wie sich eine Frau fühlte, die fünf dreckige, stinkende Röcke übereinanderwickelte? Konnte er ihre Scham empfinden, wenn trotzdem noch die gelb gefleckte Unterwäsche durch die Löcher schimmerte? »Und du?«, schnauzte Elly zurück.

»Ich? Hab seit drei Wochen nich genug Knete für 'n Schnaps gehabt!« Zipp, grapschte er nach dem Los.

»Ist das dein Ernst? Schnaps?«

»Ja, Schnaps. Schon klar, Frau Anwältin, du erträgst dieses Leben locker ohne Schnaps.« Hacke schniefte und wischte sich mit der Faust die Nase.

Elly schluckte. So verletzlich hatte sie ihn nie erlebt. Hacke zeigte Gefühle. Hacke *hatte* Gefühle. Trotzdem, nicht weich werden, nicht jetzt! »Was weißt du schon? Ich hatte eine Wohnung, Eigentum, in der Kaiserstraße. Ich hatte ein Leben!« Sie griff nach dem strahlenden Paar.

Doch Hacke ließ nicht locker, seine Finger klammerten sich krampfhaft an das Los. »Ach, glaubste, ich bin uff der Straße geborn? Warum heiß ich wohl Gemüse-Hacke? Ich war Händler, einer von den besten auf'm Großmarkt.«

Auch Elly griff fester zu. »Dann kam meine Chefin mit einem großen Fall auf mich zu. Ich hätte nur alles so vorbereiten müssen, dass sie den Prozess gewinnt, dann wäre ich Büroleiterin geworden.«

»Ich hab 'n todsicheren Tipp gekricht: ›Okraschoten sind nächstes Jahr der Renner‹, ham se gesagt!« Hackes Fingerknöchel traten weiß hervor.

»Sie hat verloren. Eine fiese Sache, die sie fast ihre Lizenz gekostet hätte. Und plötzlich war nicht nur meine Chance auf die Büroleitung dahin, sondern auch das Vertrauensverhältnis unwiederbringlich zerstört, hat meine Chefin gemeint.« Verbissen zog sie am Los.

»Tja, dann wollt kein Schwein Okraschoten! Meine Frau ist mit ihrer Geschäftshälfte auf und davon und hat mir nur die Schulden zurückgelassen!«

»Ich war nicht nur die Stelle in der Kanzlei los, meine Ex-Chefin hat auch noch dafür gesorgt, dass ich nirgends mehr ein Bein an die Erde kriege. Dann ging alles ganz schnell: Job weg, Wohnung weg, Leben weg.«

»Ich musste Haus und Autos verkloppen und stand ohne ein‹ Pfennig auffer Straße!«

Erst jetzt merkte Elly, dass Hacke den Griff gelockert hatte. Sie ließ das Los aus der Hand gleiten und sah zu, wie es zu Boden trudelte. »Das habe ich nicht gewusst«, flüsterte sie.

»Ich auch nich‹«, brummte Hacke. »Und nu?«

Eine Weile starrten sie beide auf das lächelnde Paar und die goldene 100.000. Dann hob Elly das Los auf, riss es in zwei Teile und gab Hacke eine Hälfte. Der nickte zufrieden und lächelte.

Das konnte doch nicht sein: Gemüse-Hacke lächelte.

· ·*· ·*·*· ★ ★ *· ·· ·

So kalt kam es Elly gar nicht vor, aber auf den Wiesen im Park lag der erste Schnee, dazwischen zogen sich die Wege wie braune Flüsse aus Matsch. In den vergangenen Jahren hatte sie dieses Wetter verflucht, sich in Hinterhöfen oder Müllcontainern verkrochen und ganz ihrem Zittern hingegeben. Doch nun schritt sie vergnügt neben Gemüse-Hacke einher. Und immer, wenn sie ihren zerschlissenen Mantel fester zog, legte er einen Arm um sie. Die Loshälften trugen sie bei sich. Wie stets in den letzten beiden Wochen.

Und heute, einen Tag vor Heiligabend, war es so weit. Heute Abend würde in den Lokalnachrichten verkündet, wer künftig ein sorgenfreies Leben führen könnte.

Elly war so aufgeregt. Ein sorgenfreies Leben an Hackes Seite. Ein Neuanfang. Das wäre es! Nie mehr um das warme Schlafquartier im Hauptbahnhof streiten, sich nie wieder ein Frühstück zusammenschnorren …

Auf dem Platz vorm Bahnhof entdeckte Elly den Jungen. Die leeren Augen ins Nichts gerichtet, schüttelte er eine Sammelbüchse, die mit ihrem blechernen Rasseln die Glocke des Weihnachtsmanns im Gebäude übertönte. Zu dem trostlosen Rhythmus leierte eine junge Frau neben ihm: »Spendet für das Kinderheim! Schenkt den Kindern Weihnachtsfreude! Spendet für das Kinderheim!«

Je länger Elly die beiden ansah, umso lebendiger stand ihr die Erinnerung an den Jungen vor Augen, der damals vorm Kaufhaus Wahlberg weinend seinem Los hinterhergelaufen war. Ihrem Los. Sie hätte es nicht zurückbringen können, der Junge war längst verschwunden, das Los weit fortgeweht. Und nun war es zu spät, sie konnte die Vergangenheit nicht ändern. Nur das Hier und Jetzt.

Ihr Blick ging zu Hacke, während sie ihre Hälfte des Loses hervorkramte. Ein sorgenfreies Leben? Das gab es nicht. Aber ein Neuanfang, der war auch ohne hunderttausend Euro zu schaffen. Dieses Los hatte einem Kind gehört, und ein Kind sollte es wieder bekommen.

Stirnrunzelnd, mit fast schmerzverzerrtem Gesicht musterte Hacke den Schnipsel in ihrer Hand. Mit lautem Seufzen griff er in die Brusttasche seines speckigen Parkas und zog die andere Hälfte des Loses hervor. »Hunderttausend Tacken ...«

»Wir schaffen das auch so. Zusammen.« Elly warf ihren Schnipsel in die Sammeldose und lächelte ihn an. »Ich habe mein großes Los schon.«

Hacke atmete tief durch, betrachtete seine Hälfte, dann Elly. Schließlich nickte er und steckte auch seinen Abschnitt in die Dose.

Sie legte den Kopf an seine Schulter. »Frohe Weihnachten, mein Hacke.«

Abends wollten sie es sich zur Belohnung einmal richtig gut gehen lassen: Im Gemeindesaal der Paulskirche gab es ein kleines Festmahl für die Obdachlosen – Hähnchenschenkel mit Rotkohl, Zimtpudding zum Nachtisch.

War es Zufall oder hatte Hacke absichtlich den Weg am Kaufhaus Wahlberg vorbei gewählt? Jedenfalls standen im Schaufenster, zwischen Glaskugeln und Lichter-ketten, Dutzende Bildschirme und übertrugen die Zie-hung des Lotteriehauptgewinns. Hacke hielt an.

»Komm«, drängte Elly, »das ist doch unwichtig. Ich hab Hunger.«

Aber Hacke blieb stehen.

Und so konnte auch Elly nicht anders: Sie musste hinsehen. In wenigen Augenblicken war es so weit. Sie schloss die Augen. Zum ersten Mal seit Tagen schwankte ihr Kopf wieder hin und her. Wollte sie es wirklich wissen? Was würde das noch bringen? Was würde geschehen, wenn tatsächlich ...

»Unsre Zahl«, flüsterte Hacke. »Das is unsre Zahl! Hunderttausend Euro!« Er wurde lauter, murmelte, fluchte.

Elly sah, wie seine Lippen sich immer schneller bewegten, wie Unglaube, Zorn und Verzweiflung über sein Gesicht huschten.

Rasch griff sie nach seiner Hand und drückte sie, ganz fest. »Wir schaffen das auch so«, sagte sie lächelnd. »Zusammen.«

»Zusammen?«, wiederholte Hacke trotzig und blickte sie an. Langsam wurde er ruhiger, sein Gesicht ent-spannte sich. »Zusammen.« Endlich schmiegte er sich an sie und drückte ihre Hand. »Frohe Weihnachten, meine Elly.«

GWAIN SC

MISTER EASTWATERS PROBLEME
MIT WEIHNACHTEN

»Och Scheiße, Mann!«

Ich weiß, das sind eigentlich nicht die richtigen Worte, um eine Weihnachtsgeschichte zu beginnen. Aber genau das rief Jenny, als ich beschloss, euch ihre Geschichte zu erzählen. »Och Scheiße, Mann!«

Jenny saß vor ihrer Playstation und hatte den Rennwagen mal wieder kurz vor der Ziellinie gegen die Bande gesetzt. Nicht, dass sie Schwierigkeiten mit dem Spiel an sich hatte. Im Gegenteil: Sie hatte schon drei Rennstrecken in Bestzeit absolviert und es auf einigen anderen ein paarmal aufs Siegertreppchen geschafft. Deshalb war sie so sauer, dass es diesmal einfach nicht klappen wollte.

Irgendwas stimmte mit dem Lenkrad nicht, es hakte beim Drehen nach links und knarrte komisch, wenn sie zurück zur Mitte lenkte. Kein Wunder, dass Jenny die Strecke nicht schaffte. Mit diesem Schrottteil hätte selbst Sebastian Vettel versagt. Sie hatte die Basis schon zweimal aufgeschraubt, alle Kontakte überprüft, die beweglichen Teile mit Silikonspray behandelt – aber vergeblich. Das Gerät war hin. Mehrfach war sie deswegen schon zu ihrer Mutter geschlichen und hatte das Problem vorsichtig angedeutet.

Jetzt versuchte sie es erneut, ging in die Küche und streunte ein paarmal um den Küchentisch herum, wo ihre Mutter Plätzchen ausstach. »Mutti, ich brauch unbedingt ganz dringend ein neues Lenkrad!«

Wie all die anderen Male lächelte ihre Mutter und meinte, sie solle doch dem Weihnachtsmann einen Brief schreiben, der werde ihr den Wunsch schon erfüllen.

»Oh, Mutti«, stöhnte Jenny, »ich bin zehn! An den Weihnachtsmann glaub ich schon ewig nicht mehr. Das war früher, als ich noch ein Kind war.« Ihre Mutter grinste. »Ach, so lange ist das schon her?«

»Sehr witzig. Was ist denn nun mit dem Lenkrad. Guck mal, hier!« Sie streckte das Smartphone mit dem Bild ihres Wunsch-Lenkrads vor.

Stirnrunzelnd warf ihre Mutter einen Blick darauf. »Und was ist mit der neuen Grafikkarte und den RAM-Bausteinen? Ich dachte, du wolltest deinen PC aufrüsten.«

»Schon.« Das war in der Tat wichtig, sonst könnte sie kaum eines der Games spielen, die im Frühjahr herauskommen sollten. Jenny legte den Kopf schief. »Und wenn du mir einfach keine Anziehsachen schenkst? Die alten Sachen sind doch noch gut.«

»Schätzchen, nur weil du dir nichts aus Kleidung machst, heißt das nicht, dass du nicht wächst. Du brauchst neues Zeug.«

Aber zu Weihnachten sollte man doch Dinge bekommen, die man sich wünschte, keine, die man brauchte. Jenny versuchte es noch einmal. »Das Lenkrad brauch ich aber auch!«

»Jetzt ist Schluss, Jenny!« Ihre Mutter hob die frisch ausgestochenen Zimtsterne aufs Backblech. »Dies ist der einzige Abend, an dem ich Zeit zum Plätzchenbacken habe. Übrigens wollten wir das eigentlich zusammen machen, schon vergessen?«

Vergessen hatte Jenny es nicht. Aber Plätzchenbacken, das war irgendwie … Mädchenkram. »Findest du das nicht altmodisch? Warum müssen immer die

Frauen backen? In der Schule hat unsere Lehrerin neulich gemeint, dass Jungs und Männer genauso gut in der Küche arbeiten können.«

»Da hat sie recht. Nur habe ich keinen Mann greifbar. Aber da du ja schon so erwachsen bist, kannst du dir einen Mann zum Backen suchen. Und am besten gleich auch eine Arbeit. Dann kannst du dir nämlich das neue Lenkrad ganz einfach selber kaufen.« Jetzt lächelte ihre Mutter noch mehr, Jenny hatte das Gefühl, dass sie sie nicht ganz ernst nahm.

»Mütter!«, stöhnte sie und verzog sich in ihr Zimmer.

Lustlos ließ sie sich aufs Bett fallen. Und jetzt? Sie ließ den Blick durchs Zimmer schweifen, über die Truhe mit den Legosteinen, den ferngesteuerten Ferrari-Rennwagen, den Chemie-Experimentierkasten. Aber sie fand nichts, worauf sie Lust hatte. Gelangweilt wälzte sie sich auf dem Bett hin und her und stieß sich den Kopf am Nachtschrank. Das Buch fiel herunter, das sie zum Nikolaus geschenkt bekommen hatte. Sie hob es auf. Lauter Weihnachtsgeschichten. Aber alle so lang und ohne Bilder.

Vielleicht sollte sie es noch mal mit der Playstation probieren. Auf die Bagger-Simulation, sonst eines ihrer Lieblingsspiele, hatte sie heute keine Lust. Dann eben Super Mario oder so was. Einfach nur durch die Gegend hüpfen, ohne groß nachzudenken. Sie griff nach dem Controller, schaltete die Konsole ein und wartete, dass der Startbildschirm aufleuchtete. Doch … nichts. Der Bildschirm blieb schwarz.

Jenny überprüfte den Netzschalter, das Stromkabel, die Kontrollleuchte: Alles war in Ordnung. Nur der Fernseher blieb dunkel. Stattdessen hörte sie ein leises Pfeifen, das in lautes Knirschen überging. Kam das etwa aus der Playstation? Jenny hob das Gerät hoch und legte ein Ohr daran. Plötzlich ein Klirren, wie eine berstende Glasscheibe. Dann war alles wieder still.

Ah! Der Bildschirm war nicht mehr dunkel. Er war ... zerbrochen. Aber nicht kaputt. Ich weiß, das klingt merkwürdig. Schließlich hatte ihr Monitor gar keine Glasscheibe, die zerbersten konnte. Trotzdem sah sie ein gesplittertes Loch, so, als wären es in Wirklichkeit zwei Scheiben. Die Kunststoffoberfläche auf Jennys Seite war heil und glatt, dahinter aber klaffte ein großes Loch, das am Rand von scharfkantigen Scherben umrahmt wurde. Und durch dieses Loch starrte ein Gesicht.

Ein kleiner gelblicher, runder Kopf mit großen Augen und einem vor Schreck aufgerissenen Mund unter der Knollennase. Das Wesen war nicht viel größer als der Kater von Frau Hahnemann aus dem dritten Stock, auch wenn es mit Sicherheit kein Kater war. Entsetzt starrte es Jenny an, bis sich eine der Glasscherben vom oberen Bildschirmrand löste und ihm auf die Nase fiel.

»Autsch!«, rief das Wesen mit hoher, fiepender Stimme. Und dann flüsterte es: »Oh nein! Oh weh! Oh Schreck! Oh Gott! Oh nein!« Und verschwand.

Keine fünf Sekunden später tauchte es am linken Bildschirmrand wieder auf, langsam, mit zugekniffenen Augen. So macht ihr das vielleicht auch manchmal, oder? Solange man die Augen noch nicht aufgemacht hat, ist alles in Ordnung. Weil man so tun kann, als wäre das Unglück nicht passiert. Genau so erging es diesem Wesen im Bildschirm. Und als es endlich doch die Augen öffnete, verzog es wieder entsetzt das Gesicht. »Oh Gott! Oh nein! Oje! Oh Schreck! Oh weh!«

Nun verschwand es auf der anderen Seite. Tauchte kurze Zeit später erneut auf, lief nervös von links nach rechts und wieder zurück. Und wann immer es an der kaputten Scheibe vorbeikam, blieb es stehen und jammerte »Oje!« oder »Oh Gott!« oder »Oh nein!« oder alles auf einmal. Und verschwand wieder.

Zuerst fand Jenny das total witzig. War das Werbung für ein neues Spiel? Aber als das Männchen an die zehn Mal hin- und hergelaufen war und nichts anderes hervorbrachte als »Oje! Oh weh! Oh Gott!«, wurde die Sache langsam langweilig.

Sie drückte ein paar Knöpfe auf dem Controller. Was war denn los? Verwirrt schaute sie auf die Playstation – die war gar nicht eingeschaltet. Dann war dieses Wesen dort auf dem Bildschirm … echt?

»Entschuldigung«, sagte Jenny, so höflich sie konnte.

Das Männchen auf der anderen Seite verharrte, stieß einen gellenden Schrei aus und kippte um. Kurz darauf hörte Jenny ein leises, verzweifeltes Wimmern, das von irgendwo unterhalb des kaputten Monitors zu kommen schien. Worte mischten sich in das Gewimmer, wurden deutlicher, bis Jenny ein paar Sätze verstand: »Es kann mich sehen! Um Himmels willen! Wenn das der Chef erfährt. Es hat mich gesehen!«

»Äh, Entschuldigung!«, rief Jenny, jetzt ein wenig forscher. »Was machen Sie in meinem Monitor?«

Zur Antwort bekam sie nur ein leises Schniefen zu hören. Endlich zeigte sich ein kahler Schädel am unteren Bildschirmrand, dem das schon bekannte Gesicht folgte. Dann der Oberkörper des kleinen Kerls. Er trug ein weißes Hemd und ein grünes Nadelstreifenjackett, dazu eine putzige blaue Krawatte mit winzigen Geschenkpaketen darauf. In seiner Jackettasche steckte das kleinste Handy, das Jenny je gesehen hatte. Die Innentasche auf der anderen Seite war seltsam ausgebeult.

Mit zusammengekniffenen Augen blickte der kleine Mann aus dem Monitor und tastete auf dem schmalen

Schreibtisch vor sich herum. Endlich fand er eine Brille, setzte sie auf und erschrak gleich wieder, als er Jenny klar vor sich sah. Doch er nahm sich zusammen und sagte: »G-guten ... guten Tag ... äh ... Herr Töpfer.«

Jenny drehte sich verblüfft um. Herr Töpfer? Wer sollte das sein? Hier war doch nur sie. »Guten Tag«, grüßte sie zögernd zurück. »Meinen Sie etwa mich?«

»Sicher, sicher.« Der kleine Kerl nahm die Brille von der Knollennase und schaute suchend auf die Scherben am Rand des Monitors. »Ach nein, nichts mehr zu sehen. Aber ich war gerade bei J. Töpfer, letztes Jahr zwei Videospiele und ein StarWars-Raumgleiter aus Legosteinen, im Jahr zuvor ... warten Sie ...« Er griff in die Innentasche seines Jacketts. Die Beule wurde ein wenig flacher und ein zerfleddertes Buch kam zum Vorschein, in dem er eifrig blätterte. »Wie gut, dass ich es immer noch ... Huch, das kann nicht sein.« Er starrte Jenny an, dann ins Buch, dann wieder auf Jenny. »Tatsächlich: *J. Töpfer* ist Jennifer Töpfer.«

»Jenny«, korrigierte sie.

»Oje! O weh! Das kann nicht sein. Haben Sie vielleicht einen Bruder ... Frau Töpfer?«

»Nein, wieso?«

»Dann haben wir all die Jahre falsche Geschenke geliefert.« Der kleine Mann seufzte zerknirscht.

»Was? Wer *wir*? Wer sind Sie überhaupt?«

Der Mann zwinkerte nervös. »Oh, entschuldigen Sie meine schlechten Manieren. Ich bin ein wenig außer mir, solch ein Vorfall hätte nicht passieren sollen. Sie dürften mich gar nicht sehen. Da es aber nun so gekommen ist, erlauben Sie mir, mich vorzustellen.« Er verbeugte sich leicht. »Mein Name ist Frederick Duncan Willowby Eastwater. Ich bin Ihr Weihnachtself.«

Ihr was? Ach. Das war ja ein Hammer. Ihr Weihnachtself? Ich gebe zu: Auch ich war verblüfft, als sich Frederick Eastwater als Weihnachtself zu erkennen gab. Ich hatte gemeint, diese kleinen Wichte würden in den kanadischen Eisöden in der Werkstatt des Weihnachtsmanns arbeiten. Dass es hier in Deutschland Weihnachtselfen gab, dazu noch hinter einem Flachbildschirm, das war mir neu. Und bestimmt wusstet ihr genauso wenig wie ich, dass diese kleinen Burschen weiße Hemden und Nadelstreifenanzüge tragen? Ich hatte sie mir in grün-roten Filzwämsern und einer Art Strumpfhose vorgestellt, mit einer Zipfelmütze auf dem Kopf und mit einem kleinen, gezwirbelten Bart. Frederick Eastwater erinnerte eher an einen Beamten als an einen Weihnachtself. Aber entschuldigt, ich will nicht die Geschichte aufhalten.

»Sie sind was?«, staunte Jenny.

»Ihr Weihnachtself. Haben Sie nie von Weihnachtselfen gehört?« Mr. Eastwater wirkte enttäuscht.

»Doch natürlich«, versicherte Jenny eilig, »aber ich dachte nicht, dass …« Dass es sie wirklich gibt, wollte sie sagen, konnte sich jedoch zurückhalten. Das wäre sonst auch sehr unhöflich gegenüber Mr. Eastwater gewesen. Zum Glück fiel ihr ein Ausweg ein. »Ich wusste nicht, dass man sie sehen kann. Ich dachte, Weihnachtselfen wären unsichtbar.«

»Nun ja«, murmelte Mr. Eastwater verlegen, »so ist das geplant. Bisher hat es auch immer geklappt. Aber seit dem letzten Update …«

»Dem was?«

»Dem Update. Systemupdate.« Der Weihnachtself griff erneut in sein Jackett, zog ein noch dickeres Buch aus der Innentasche und warf es auf den Schreibtisch. Der dumpfe Aufprall wirbelte graue Staubflocken auf und ließ ein paar Glasscherben knirschen.

Jenny versuchte, einen Blick auf den Buchtitel zu erhaschen, und als sie ihr Gesicht ganz dicht an den Bildschirm brachte, konnte sie tatsächlich etwas entziffern: *IXLS International Christmas Logistics System 4.5 – Manual.* »Cool«, sagte Jenny.

Mr. Eastwater seufzte. »Leider ist es furchtbar unübersichtlich und voller Fehler. Seit dem Update auf Version 4.8 stimmt nichts mehr und wir bekommen kein aktuelles Handbuch. Sonst wäre das Ganze hier nie passiert.« Missmutig schnippte er eine Glasscherbe vom Schreibtisch und schlug das Buch auf.

»Was ist denn das für ein System? Und wieso ist überhaupt Ihr Monitor zersplittert?«

Verlegen schaute der Elf auf das dicke Handbuch. »Das da ist mir aus Versehen aus der Hand gerutscht.«

»Bitte was? Aus Versehen? Gib zu, du hast es im Ärger gegen den Bildschirm geworfen.«

Der Elf wurde blass. »Ich?« Er fuhr sich mit einem Tuch über den kahlen Kopf und murmelte »Oje! O weh!« Dann hielt er inne, als wäre ihm ein Einfall gekommen. »Oh, Sie dürfen mich gerne duzen, Frau Töpfer. Nennen Sie mich einfach Freddy, das machen alle.«

»Okay, Freddy. Ich bin Jenny.«

Freddy schüttelte vehement den Kopf. »Nein, ausgeschlossen. Wir dürfen unsere Kunden nicht duzen, das wäre ein Verstoß gegen die Verhaltensmaßregeln.«

»Kunden? Wer soll denn das sein, eure Kunden?«

»Sie zum Beispiel, Frau Töpfer. Die minderjährigen Geschenkempfänger im Einzugsgebiet. Früher nannten wir sie *die Kinder dieser Welt*, aber seit ein paar Jahren haben wir bei der Arbeit die neue Sprachregelung.«

»Okay.« Jenny verstand überhaupt nichts mehr. »Und *bei der Arbeit* heißt, du hilfst dem Weihnachtsmann beim Durchlesen der Weihnachtswünsche, bei der Herstellung der Geschenke und beim Verteilen?«

»Äh, nicht so ganz.« Bekümmert zog der Weihnachtself die Augenbrauen hoch.

»Aber du arbeitest doch in der Werkstatt des Weihnachtsmanns, oder?«

Traurig schüttelte Frederick Eastwater den Kopf. »Das war einmal. Vor der großen Umstrukturierung. Das war herrlich: Wir Weihnachtselfen haben gemeinsam in der Werkstatt gearbeitet, gedrechselt, geformt, gemalt, verpackt – jeder war für alles zuständig, konnte alles perfekt, war mit ganzem Herzen bei der Sache. Wir hatten einen Heidenspaß und die großartigste Bezahlung, die man sich wünschen kann: ein Leben voller Freude.« Ein Funkeln trat in die Augen des Weihnachtselfs.

Mit einem Mal war es Jenny gar nicht mehr langweilig. »Warum kommst du nicht rüber in mein Zimmer und erzählst mir die Geschichte? Oder kommst du nicht durch den Monitor?«

»Frau Töpfer, entschuldigen Sie mal! Natürlich käme ich durch diese lächerliche Scheibe …«, er betastete die Monitoroberfläche, »diese seltsame Plastikhaut hindurch. Aber das verbietet sich. Es ist schon ein furchtbares Unglück, dass wir überhaupt miteinander sprechen.«

Jenny überlegte. »Freddy, du bist doch mein persönlicher Weihnachtself, oder?«

Der Elf nickte eifrig.

»Und du musst meine Weihnachtswünsche erfüllen.«

»Stimmt! Wenn es in meiner Macht steht.«

»Gut«, sagte Jenny, »dann wünsche ich mir zu Weihnachten, dass du jetzt in mein Zimmer rüberkommst und die Geschichte erzählst.«

Irgendwo piepte es, dann surrte es leise und vom oberen Bildschirmrand kam ein Zettel angeflattert, den

Freddy mit spitzen Fingern auffing. »Ach herrje, die Tinte! Die ist auch noch gar nicht ausgereift. Jedes Mal schwarze Finger, wie oft habe ich mich schon beschwert. Was haben wir denn hier?« Er las den Zettel vor, und seine Miene verfinsterte sich immer mehr. »Achtung! Expresswunsch! – Wunschbeauftragter: F.D.W. Eastwater, Abteilung D-173, Region WB-12, Mitarbeiter-Nr. 3051 – Wunschbegünstigte/r: Frau Jennifer Töpfer – Wunschgegenstand: Auftauchen von Frederick Duncan Willowby Eastwater im Zimmer von Frau Jennifer Töpfer – Erfüllungstermin: umgehend. Hinweis: Bitte machen Sie den/die Beschenkte/n darauf aufmerksam, dass dieser Expresswunsch bei Erfüllung das WP-Konto um drei Punkte reduziert.«

Jenny schwirrte der Kopf vor so viel Zahlen und Anweisungen. »WP-Konto?«

»Ihre Weihnachtspunkte. Die wurden mit Version 2.0 eingeführt. Unnützer neumodischer Technikkram!« Mürrisch zerknüllte Freddy den Zettel und warf ihn gegen die Mattscheibe.

Doch der Papierball flog einfach durch sie hindurch, prallte von Jennys Schulranzen ab und kullerte über den Teppich, bis er vorm Kleiderschrank liegen blieb.

Der Weihnachtself folgte ihm, laut klagend, dass Jenny ihn mit einem wirklich ungezogenen Trick hereingelegt habe und dass sie so etwas nicht machen dürfe mit ihrem Wunschbeauftragten. Aber da der Wunsch den offiziellen Dienstweg genommen habe, bleibe ihm keine Wahl. »Da sehen Sie, wie fehlerhaft das System ist. So ein Wunsch dürfte niemals weitergeleitet werden. Und erst recht nicht zur sofortigen Erfüllung«, schimpfte Freddy, während er auf seinen Schreibtisch stieg, um durch die enge Öffnung des Monitors zu klettern.

Nicht ohne Anstrengung: Für einen Weihnachtself, der vierhundertdreiundvierzig Jahre alt war, war das Durchdringen eines Computerbildschirms keine Leichtigkeit, selbst wenn er nur wenig größer war als Frau Hahnemanns Kater.

»Cool!« Jenny staunte nicht schlecht, als der Bildschirm sich dehnte wie ein Luftballon beim Aufblasen und dann durch ein Loch Freddys Hand auftauchte. Es quietschte leise, als er sich hindurchzwängte. Gerade wollte Jenny ausprobieren, ob sie die Gummihaut auch durchdringen könnte. Doch der Elf zog schon seinen Fuß heraus, und sofort war die Oberfläche wieder so fest, dass Jenny sich die Finger daran stieß.

Im selben Augenblick hörte sie vom Kleiderschrank her ein knisterndes Brutzeln. Sie sah sich um: Soeben löste sich der zerknüllte Wunschauftrag, den Freddy vorhin wütend herübergeworfen hatte, in Rauch auf.

»Wow!«

»Was denn?«, fragte Freddy. »Wunsch erfüllt – Auftrag erledigt.« Er sah sich interessiert um. »Beeindruckend. Ganz anders als am Bildschirm.«

»Wie meinst du das? Guckst du etwa aus dem Bildschirm in mein Zimmer?«

»Natürlich«, erklärte Freddy. »Die Recherche ist meine wichtigste Aufgabe.« Sein Blick blieb am Ferrari-Rennwagen hängen. »Sind Sie sicher, dass Sie keinen Bruder haben? Oder nicht doch ein Junge sind?«

»Ganz sicher. Wieso weißt du das nicht, wenn du spionierst?«

»Recherchierst.« Er seufzte. »Die Gesichter unserer Kunden sind verpixelt. Datenschutz. Und damit wir keine persönliche Bindung zu einzelnen Klienten aufbauen.«

»Verpixelt?«

»Ja«, sagte er leise und sah zu Boden. »Ich kann mir vorstellen, dass dies nicht Ihrem Bild von einem Weihnachtself entspricht. Und Sie haben recht, Frau Töpfer. Ich werde Ihnen die Geschichte erzählen.«

»Schluss damit«, rief Jenny, »ich will nicht *Frau Töpfer* genannt werden. Sag Jenny zu mir. Und wenn du es nicht freiwillig tust, wünsche ich es mir halt zu Weihn…«

»Schon gut, schon gut«, unterbrach Freddy sie. »Sie sind – Entschuldigung, du bist – wirklich ein harter Brocken. Damals, als der Weihnachtsmann noch selber Buch führte, hätte das Punktabzüge gegeben. Aber lass mich mit der Geschichte anfangen.«

Er sprang auf ein Kissen, das auf Jennys Bett lag. Doch offenbar sahen die Kissen durch den Bildschirm fester aus, als sie waren. Kaum hatte der Elf Platz genommen, bogen sich die Ecken wie Fangarme nach oben und er versank bis über beide Ohren im weichen Stoff. Verzweifelt ruderte er mit den Armen. »Hefe! Hefe! If fiege feine Fuft! If erfiffe!«

Jenny boxte einmal gegen die pralle Seite des Kissens. Sofort – probiert es ruhig aus, wenn ihr mir nicht glaubt – wurde die Füllung in die Mitte gedrückt, das Kissen gab den Elf frei und katapultierte ihn mit einem Schwung aufs Bett.

»O weh!«, stöhnte Freddy, »dieses Zimmer ist gefährlicher, als es von drüben aussieht. Dass es hier Elfenfresser gibt! W-was wollte ich … eigentlich hier …«

»Du wolltest mir erzählen, warum ihr in eurer Werkstatt diesen Schrottcomputer habt.«

»Richtig.« Er sah sich um, kroch auf allen vieren ans Fußende des Betts und betastete vorsichtig die Holzplatte, ehe er sich dagegenlehnte. »Also, wie du weißt, betreibt der Weihnachtsmann am Nordpol seine Werkstatt. Bis vor ein paar Jahren arbeiteten wir Weihnachtselfen dort alle gemeinsam. Wir lasen die Post, die ihr Kinder dem Weihnachtsmann geschrieben habt, haben die Wünsche sortiert und registriert. Und natürlich haben wir die Geschenke gebastelt – viele noch von Hand –, sie verpackt und in den Schlitten geräumt, damit der Weihnachtsmann sie verteilen konnte.«

»Warte mal, du meinst … den Weihnachtsmann?« Jennys Augen weiteten sich. »Den gibt es wirklich?«

»Was für eine – entschuldige – dämliche Frage ist das denn?« Freddy funkelte sie an.

Ziemlich unverschämt, fand Jenny, für einen Weihnachtself, der sich eben nicht einmal getraut hatte, sie zu duzen, und dann beinahe in einem stinknormalen Kissen erstickt wäre. Andererseits war die Frage tatsächlich dumm, wenn man sie einem Weihnachtself stellte.

»Also weiter.« Freddy stand auf und strich sich die Krawatte glatt. »Das Ganze hätte schön so weitergehen können, hätte nicht eines Tages ein superschlauer Elf dem Weihnachtsmann diesen Floh ins Ohr gesetzt. Weißt du, wir bastelten schon seit ein paar Jahren immer mehr modernes Zeug, weil die Kinder sich plötzlich alle Computer und PlayStations und Gameboys wünschten. Und der vorlaute Dumm-Elf meinte zum Weihnachtsmann, man könnte den Geschenkeprozess doch rationalisieren. Das hat er gesagt: ›den ganzen Geschenkeprozess rationalisieren‹. Wir sollten Computer einsetzen, weil dann alles schneller ginge.«

Inzwischen lief Freddy so aufgeregt auf dem Bett umher, dass seine schwarzen Lackschuhe eine Vielzahl von Dellen in die Decke gedrückt hatten. Außer Atem blieb er stehen und wischte sich mit einem Tuch über die haarlose Stirn. »Der Superelf zog das eiskalt durch. Die Werkstatt wurde umstrukturiert. Plötzlich gab es Abteilungen: Wunschannahme, Produktion, Materialbeschaffung, Qualitätssicherung. Der Weihnachtsmann wurde in Pension geschickt, die Geschenkzustellung übernahm die Logistikabteilung. Und damit nicht genug: Kaum hörte dieser dynamische Blöd-Elf vom Internet, wurden wir verdonnert, die Wünsche per Direktrecherche vor Ort zu erfassen.« Erschöpft hockte er sich mitten aufs Bett. »Aber das System steckt voller Fehler und Sicherheitslücken. Seitdem läuft alles schief.«

»Moment mal, heißt das, ihr guckt in alle Kinderzimmer? Auf der ganzen Welt? Wie soll das gehen?«

»Das ist es ja: Es geht nicht. Guck dir den Schinken doch mal an!« Freddy stand wieder auf und zeigte durch den Bildschirm zum Systemhandbuch auf seinem Schreibtisch. »Kein Elf versteht, was da drinsteht. Aber das Allerschlimmste ist …« Plumps!

Das hat Freddy natürlich nicht gesagt; Plumps! steht hier nur, weil es in etwa dieses Geräusch gab, als der Elf mitten im Lamentieren über eine von Jennys Socken stolperte und vom Bett kopfüber in den Papierkorb fiel.

Mühsam krabbelte er wieder heraus. »Ähm, tja, also.« Peinlich berührt schnippte er sich ein Stück Mandarinenschale von der Glatze und beschloss, dass es das Beste sei, dieses Missgeschick einfach zu übergehen.

»Das eigentliche Problem ist, dass die Kinder sich schon gar nichts mehr wünschen. Die einen bekommen sowieso immer das, was sie am liebsten hätten: das neueste Smartphone, die aktuellsten Games, riesige Lego-Szenarien und was weiß ich. Und die anderen erreichen wir nicht, weil sie gar keine Computer haben und wir nicht abklären können, was diese Kinder haben möchten.

Also hat unser selbst ernannter Generalelf entschieden, dass es demnächst einfach gar keine Wunsch-Geschenke mehr gibt, sondern nur noch feste vorproduzierte Einheitswaren. So kann die gesamte Rechercheabteilung wegrationalisiert werden. Und wenn doch mal Post mit echten, ehrlichen Kinderwünschen reinkommt, wird die gleich geshreddert, weil die Bearbeitung *nicht effizient* ist. Irgend so ein Ding bestimmt einfach, was die Kinder bekommen. Geoffrey nennt es *Algorithmus*.« Angewidert schüttelte Freddy sich.

»Geoffrey, ist das dieser blöde Elf? Warte mal«, rief Jenny, ehe Freddy reagieren konnte. »Rechercheabteilung? Da sitzt du doch.«

Statt zu antworten, zuckte der Weihnachtself nur resigniert mit den Schultern.

»Und was machst du, wenn es die Rechercheabteilung nicht mehr gibt? Wirst du versetzt?«

»Wohin? Es ist ja sonst nichts zu tun. Die Produktion soll künftig nicht mehr in der Werkstatt stattfinden, wir kaufen einfach alles in China. Das sei billiger, meint Geoffrey.« Freddy seufzte. »Ich werde verschwinden.«

»Wie verschwinden?«

»Wenn ein Weihnachtself nicht mehr gebraucht wird, verschwindet er einfach. Wohin, das weiß niemand.«

»Wie schrecklich«, wisperte Jenny.

»Immer noch besser als das, was dem armen Jorge passiert ist. Nach drei Jahren, ohne den Weihnachtsmann zu sehen, ist er vor Trübsal und Kummer gestorben.«

»Echt? Ich hätte gedacht, Elfen sind unsterblich.«

»Sind wir eigentlich auch. Du kannst dir vorstellen, welche Panik bei uns ausgebrochen ist damals.« Seufzend fuhr Freddy sich mit beiden Händen über den kahlen Kopf. »Ach, es ist alles so furchtbar. Wenn ich es als Weihnachtself dürfte, würde ich gerne fluchen!« Verzweifelt ließ er sich rücklings aufs Bett fallen.

Für einen Moment war Jenny versucht, zu grinsen, weil es einfach zu lustig aussah, wie der Elf da platt in einer Kuhle lag. Aber nach dieser Geschichte und einem Blick auf sein jammervolles Gesicht war an Grinsen nicht zu denken. Dafür kam ihr eine andere Idee.

Im selben Moment ratterte es im PlayStation-Monitor. Der Weihnachtself griff durch die Scheibe wie durch einen dünnen Vorhang aus Wasser und holte einen neuen Wunschauftrag hervor. Während er las, weiteten sich seine Augen. Mit einem verschmitzten Lächeln sah er Jenny an »Was für eine großartige Idee. Wenn das System schon Lücken hat, sollte man die auch nutzen. Vielen Dank, Jenny. Nun denn: Verdreckter Weihnachtsstern! Dreimal verhagelter Eisbärenhaufen! Gequirlte Rentierkacke ...« Nachdem Freddy ein paar Mal nach Herzenslust geflucht hatte – für jemanden, der das angeblich niemals tat, kannte er ziemlich coole Schimpfwörter – schoss aus dem Wunschauftrag in seiner Hand eine kleine Stichflamme hervor und der Zettel löste sich unter Zischen und Brutzeln in Nichts auf.

Eine Zeit lang starrten sie schweigend vor sich hin. Jenny musste das alles erst einmal verarbeiten. Das war echt traurig, was ihr Weihnachtself da erzählte. Keine Wünsche mehr, nur noch Einheitsgeschenke. Aber es stimmte ja: Wenn sie ehrlich war, musste sie zugeben, dass die Sachen, die sie gern haben wollte, gar keine Wünsche waren, die aus tiefstem Herzen kamen. Sie sah etwas im Fernsehen oder bei ihren Freundinnen oder im Internet und fand das cool. Dabei war es ihr bis eben egal gewesen, ob das in der Werkstatt des Weihnachtsmanns hergestellt wurde oder in China. Aber jetzt ...

Was für eine schreckliche Vorstellung, dass die armen Elfen alle verschwinden würden, der Weihnachtsmann in seinem Haus eingesperrt war und bald so ein Algorithmus bestimmen würde, was sie geschenkt bekam. Nein, so sollte es nicht sein! Sie muste etwas unternehmen. Aber was?

Freddy schien ähnliche Gedanken zu haben. »Eigentlich schade, dass du kein Junge bist.«

»Hä? Wieso?«

»Na ja, dann hättest du mehr Ahnung von Technik und Computern und so.«

Jenny konnte kaum glauben, was sie hörte. »Hallo? Hast du dich mal umgesehen? Mädchen können genauso viel von Technik und IT verstehen wie Jungs. Manchmal sogar mehr!« Wenn die Weihnachtselfen so weit hinter dem Mond lebten, war es kein Wunder, dass sie ersetzt werden sollten.

»O natürlich.« Freddy sah sich verlegen im Zimmer um. »Du hängst ja den ganzen Tag vorm Computer und bastelst so Jungssachen zusammen.«

»Das ist Technikspielzeug für Jungs *und* Mädchen!«

»Richtig, entschuldige. Dann könnte es tatsächlich klappen. Könntest du mit rüberkommen und das System in Gang bringen?«

Jenny überlegte kurz. »Wieso willst du ein System wieder in Gang bringen, das dich abschaffen wird?«

Freddy zuckte mit den Achseln. »Meine Aufgabe.«

»Wäre es nicht viel besser, wenn ich mir einfach wünsche, dass alles wieder so wird wie früher?«

»Das wäre wundervoll«, sagte Freddy und schüttelte gleichzeitig den Kopf. »Aber für so einen Wunsch bräuchtest du mehr WP-Punkte auf deinem Konto, als du im ganzen Leben erwerben könntest.«

Jenny nickte. »Okay, dann komme ich mit rüber. Aber nicht, um das System in Gang zu bringen, sondern damit wir es gemeinsam abschaffen. Damit es wieder wird wie früher.«

Freddys Augen wurden fast so groß wie Überraschungseier, und auf seinem Mund ... war das ein Grinsen? Tatsächlich, der Weihnachtself grinste. Erst vorsichtig, dann so breit, dass Jenny schon befürchtete, der kleine Kopf würde in zwei Teile zerbrechen. »Was für eine umwerfende Idee! Tollkühn!« Die Augen des Elfs füllten sich mit Tränen. »Die Elfenwelt wäre dir ewig dankbar.« Er sprang auf und hüpfte von einem kurzen Bein aufs andere. »Aber wie wollen wir das anstellen? Wir müssten an Meister Geoffrey vorbei zum Hauptsystem kommen und verhindern, dass das nächste Update eingespielt wird. Wie sollen wir das schaffen?«

»Langsam, langsam«, mahnte Jenny. »Ich weiß ja nicht mal, wie es bei euch aussieht, wo man hinlaufen muss, wie bei euch überhaupt alles funktioniert. Erst mal muss ich in den Monitor rein. Für dich ist das kein Ding, klar. Aber was mache ich?«

»Die Größe ist nicht das Problem, eher, wie ich die Befugnis bekomme, einen Menschen hereinzulassen.«

»Befugnis?«, fragte Jenny.

»Mit Memo #3626 ist festgelegt worden, dass unter keinen Umständen Außenstehende in den Betrieb gelangen dürfen, vor allem minderjährige Geschenkempfänger.« Enttäuscht nickte Freddy in ihre Richtung.

»Warte mal«, rief Jenny. »Wird diese Regel auch durch euer Sicherheitssystem überwacht?«

»Natürlich.«

»Dann weiß ich, was wir machen!«

Könnt ihr euch denken, wie die beiden das Problem gelöst haben? Na klar. Jenny hat sich einfach zu Weihnachten gewünscht, jetzt sofort hinter den Bildschirm zu kommen. Im Nullkommanichts ratterte der Wunschauftrag aus dem Drucker, gefolgt von einem offiziellen Genehmigungsschreiben für Jenny, die Weihnachtswerkstatt zu besuchen.

Freddy schüttelte verblüfft den Kopf, als er das hochamtliche, offizielle Dokument las. »Dass das tatsächlich geklappt hat ... Da siehst du mal, wie da der Wurm drin ist! Nicht mal die Menschenabwehrroutine funktioniert, dabei hatten wir schon sieben oder acht Sicherheitsupdates. Früher kamen ständig Kinder bei uns vorbei, alle dreihundert, vierhundert Jahre. Bis Meister Geoffrey in seinem Geheimhaltungswahn keinem Sterblichen mehr gestattet hat, die Werkstatt zu sehen. Aber mit dem neuen Algorithmus hat halt die Wunscherfüllung Priorität. Na los, lass uns das ausnutzen und betreten, was einmal die Weihnachtswerkstatt war!«

Ehe Jenny fragen konnte, wie sie in den Bildschirm passen sollte, breitete sich plötzlich ein merkwürdiges Gefühl in ihr aus, zuerst über die Beine, dann in den Bauch und die Brust, in den Kopf und die Arme. Ein Ziehen und Zerren, ein Kribbeln und Jucken. Und Freddy Eastwater vor ihr – wuchs.

Oder nein: Sie selbst schrumpfte! Schon war sie nur noch so hoch wie ihr Schreibtisch. Dann wie der Stuhl. Und schließlich konnte sie den Rand ihres Papierkorbs von unten sehen. »Na, was sagst du nun?«, fragte Freddy, nur noch einen halben Kopf kleiner als sie selbst.

»Wow!« Mehr konnte Jenny nicht sagen. »Wow!«

Ohne Zeit zu verlieren, kletterten die beiden auf den Schreibtisch – gar nicht so einfach, wenn man nur noch die Größe von Frau Hahnemanns Kater, nicht aber dessen kräftige Hinterbeine hatte. Mit einer Räuberleiter erreichte Jenny die Sitzfläche des Schreibtischstuhls. Sie zog den Weihnachtself herauf und dann versuchten sie dasselbe noch einmal, um auf die Tischplatte zu kommen. Um ein Haar wären sie mit dem Stuhl davongerollt, erst im letzten Moment packte Jenny das Kabel ihres Lenkrads und hangelte sich daran hoch – wenigstens dafür war das Ding noch gut. Endlich standen die beiden vor dem Monitor.

»So, es geht los!«, sagte Freddy. »Pass auf: Das ist nur ein Notfallzugang. Ich weiß nicht, was passiert, wenn wir da einfach reinspazieren. Wunsch hin oder her, wir dürfen auf keinen Fall Alarm auslösen. Besser, wir schmuggeln dich als Mitarbeiter rein. Oben links hat jeder Bildschirm einen winzigen Scanner für das Ohr.«

»Das Ohr?«

»Ja, jedes Elfenohr ist einmalig.« Freddy warf einen Blick auf ihren Kopf und zog die Stirn in Falten. »Und leider völlig anders als Menschenohren.«

»Wieso?« Skeptisch musterte Jenny das Ohr des Elfs. Ja gut, es war ein klein wenig spitzer als ihres. Aber sonst sah es ganz normal aus.

»Ich werde gleich mein Ohr scannen, und sobald der Bildschirm durchlässig wird, läufst du los. Ich komme dann hinterher. Erst wenn ich das Ohr wegnehme, wird die Durchlasskontrolle wieder aktiviert.«

»Aha«, sagte Jenny. »Und woher weißt du das? Ich dachte, das ist nur ein Notfalldurchgang, den du niemals benutzt.«

Über das Gesicht des Elfs huschte ein blau-grüner Schimmer, während er verlegen die Krawatte glattstrich. »Na ja, das war … das hat mir mal jemand gesagt. Man muss ja für Notfälle gewappnet sein, oder? Und ein Notfallsystem auch testen. Gründlich testen.« Als

Freddy Jenny jetzt zuzwinkerte, zeigte er ein verschmitztes Lächeln. Und schon stand er bei der Ecke des Bildschirms und hielt sein Ohr vor einen winzigen schwarzen Punkt. Die Stelle glitzerte silbern und mit einem feinen Rauschen verwandelte sich die starre, feste Fläche des Monitors in einen flüssigen Vorhang.

Jenny atmete tief durch. Ob sie als Mensch einfach so …? Sie sah sich noch einmal im Zimmer um, nahm ihren ganzen Mut zusammen und trat in den Silbervorhang. Es war warm und ein wenig feucht, als schritte sie durch einen Nebelschleier an einem lauen Sommermorgen. Einen Wimpernschlag später trat Freddy durch die Scheibe, und sofort war sie wieder kalt und fest.

Nun stand Jenny im Büro ihres Weihnachtselfs, wenn man es denn ein Büro nennen wollte. Es bestand nur aus dem kleinen Schreibtisch, auf dem das dicke Handbuch lag, dem Drucker, der die Wunschzettel ausspie, und zehn Monitoren.

»Willkommen in meiner bescheidenen Wirkungsstätte«, sagte Freddy. »Ein bisschen nüchtern, aber was soll ich machen? Ich hab überlegt, den Raum freundlicher zu gestalten, dachte an einen Gummibaum dort in der Ecke und eine Azalee auf dem Schreibtisch, aber das wurde nicht genehmigt. Unnötiger Schmuck lenke nur davon ab, fehlende Spielsachen in den Kinderzimmern zu registrieren, hieß es.«

Nachdem Jenny fasziniert ihr eigenes Zimmer in Augenschein genommen hatte, das durch einen Monitor viel interessanter und bedeutsamer aussah, als wenn man drinstand, sah sie auf die restlichen Bildschirme an der Wand. »Sag mal, wozu sind denn die anderen da?«

»Die sind für meine anderen Kunden«, erklärte Freddy. »Du bist ja nicht der einzige. Hier ist Frau

Peters, da Herr Gonzales, Frau Wu, Frau Zwitoslawskaya ...« Er verstummte einen Moment und sah dann Jenny an. »Entschuldigung, aber jetzt, wo wir hier sind – darf ich dich da doch lieber siezen? Wegen der Vorschriften. Falls wir scheitern ... wenn dann jemand hört, dass ich einen Kunden duze, gibt's noch zusätzlich Ärger.« Er senkte den Kopf. »Es reicht doch, wenn mein Job gestrichen wird.«

Jenny nickte. »Geht in Ordnung, Mr. Eastwater.«

»Sehr schön, vielen Dank.« Freddy schwieg einen Moment, räusperte sich und schnippte eine künstliche Schneeflocke von seinem Schreibtisch. »Tja ... Und wie geht's jetzt weiter? Haben Sie sich dazu schon Gedanken gemacht, Frau Töpfer?« Das »Sie« kam dem Elf offenbar viel leichter über die Lippen.

»Hab ich«, sagte Jenny. »Was, wenn wir einfach den zentralen Computer abschalten?« Jedes Gerät hatte einen Ausschaltknopf, warum sollte das Weihnachtselfen-System eine Ausnahme bilden?

»Abschalten?«, fragte Freddy mit skeptischem Ton und legte den Kopf schief. »Einfach???« Er trat an den Schreibtisch und begann, an seiner Krawatte zu nesteln. »Du hast ... äh, Sie haben ja keine Ahnung.«

»Was machst du denn da?«

»Wir müssen uns umziehen.« Freddy knöpfte seine Jacke auf und legte sie säuberlich auf den Tisch. »Wenn wir die Sachbearbeitung verlassen und in die IT-Abteilung wollen, brauchen wir einen Passierschein. Den haben wir aber nicht. Also werden wir zu Technikern. Die kommen überall rein.« Er zog die Hose aus und legte sie auf die Jacke, schließlich auch Hemd und Krawatte.

»Wie? Ich soll mich auch umziehen?«, fragte Jenny und versuchte, sich das Grinsen zu verkneifen. Das ginge euch sicher ähnlich, wenn ihr einen Elf in rot-grün karierten Boxershorts sehen würdet.

»Sie ganz besonders. Ein Weihnachtself im Sakko ist eine Sache. Aber ein Mensch?« Freddy sog die Luft zwischen den Zähnen ein. »Mit Jeans und Nike-Sweatshirt ziehen Sie so viel Aufmerksamkeit auf sich, als trügen Sie einen geschmückten Tannenbaum auf dem Kopf.«

Nun geschah etwas Verrücktes: Der Elf faltete die Kleidungsstücke zusammen – den ganzen Stapel auf einmal! Er faltete und faltete, und der Kleiderstapel wurde immer schmaler, aber nicht dicker. Mr. Eastwater faltete, bis der Stapel so klein war, dass er in seiner Hand verschwand. Dann zog er eine Schreibtischschublade auf und legte seine Kleidung, die mit bloßem Auge nicht mehr zu sehen war, hinein. Er holte etwas anderes Unsichtbares heraus und begann, es auseinanderzufalten. Zunächst konnte Jenny nur einen kleinen, blauen Fleck erkennen, aber je länger Freddy faltete, umso deutlicher nahm der Fleck die Gestalt eines blauen Arbeitsoveralls an.

»Das ist ja irre!«, staunte Jenny. »Ich hab gar nicht gewusst, dass ihr so was könnt.«

»Na hören Sie mal, wir sind schließlich Elfen. Wenn wir nicht mal in der Lage wären, unsere Kleidung zu falten, könnte der Weihnachtsmann gleich Menschen einstellen. Nichts für ungut.« Er warf ihr den fertig entfalteten Overall zu. »Ziehen Sie den an. Hoffen wir, dass ein Technik-Overall einigermaßen unauffällig wirkt und man Sie nicht gleich erkennt. Vielleicht noch ein Helm, um die missrat... äh, die etwas kleinen Ohren zu kaschieren.«

»Vergiss es!« Jenny hob abwehrend beide Hände. »Ich trage keinen Helm!«

Pikiert zuckte Freddy mit den Schultern. »Schön. Dann müssen wir sehen, ob wir auch so zum zentralen Rechnerraum kommen, ohne allzu sehr aufzufallen.«

Während Jenny nach einer Möglichkeit suchte, sich ungestört umzuziehen, fiel ihr ein Zettel ins Auge. Sie hob ihn auf – es war der Auftrag mit ihrem Wunsch, die Weihnachtswerkstatt zu sehen. »Hey, Freddy. Wieso hat sich der Zettel nicht selbst verbrannt?«

»Warum wohl?« Der Elf entfaltete gerade einen zweiten Arbeitsanzug. »Weil Sie die Werkstatt noch nicht gesehen haben. Das hier ist ja nur mein kleines Büro in der Bestellannahme. Der Rest kommt doch erst. Also los, ziehen Sie sich um!«

»Würde ich ja. Aber …« Jenny ließ den Blick durch den Raum gleiten und demonstrativ auf Freddy ruhen.

»Aber?«

»Könntest du vielleicht draußen warten?«

Für einen Moment betrachtete der Weihnachtself sie verwirrt, dann murmelte er ein »O ja, natürlich«, schlüpfte in seinen Overall und verschwand durch die Tür.

Ein paar Minuten später schlichen die zwei durch einen langen Gang mit vielen Türen, zwischen denen immer neue Gänge zu beiden Seiten abgingen. In der Luft lag ein leises Brummen, das lauter wurde, je näher sie einer Tür aus Milchglas kamen.

»Bis vor ein paar Jahren waren das zwei große wunderschöne Zimmer mit Buchenholztäfelung und dickem Wollteppich« seufzte Freddy. »Hier wurden Puppen und Stofftiere gebaut. Eine der ersten Abteilungen, die stillgelegt und durch kleine Büros für Sachbearbeiter ersetzt wurden. Aber komm weiter, äh … ich meine natürlich, Frau Töpfer.«

»He, Freddy!«, tönte es aus einem Seitengang.

Erschrocken wandte der Elf den Kopf. »Oh nein, Winston und Nepomuk!«

»Was machst du denn hier? Und im Overall? Bist du zur Wartung eingeteilt, oder was?«

Freddy überlegte einen Moment. »Ach, die zwei sind in Ordnung«, raunte er Jenny zu. »Wir teilen uns ein Zimmer. Ich denke, wir sollten sie einweihen. Vielleicht haben sie eine Idee, die uns weiterhilft.«

Jenny musterte die beiden Weihnachtselfen, die sich aus dem Gang näherten. Sie sahen fast genauso aus wie zuvor Freddy in seinem Nadelstreifenanzug. Allerdings hatte der eine rote Haare und Sommersprossen, während der zweite mit einem faltigen Gesicht, langen weißen Haaren und dicker Nickelbrille wie ein Greis aussah.

Nachdem Winston und Nepomuk den Schreck verwunden hatten, einem Menschen gegenüberzustehen, lauschten sie unter vielen »Ohs« und »Ahs« der Geschichte. Sie zeigten sich erschüttert über den technischen Defekt in Freddys Büro, bewunderten seinen Mut, einfach zu Jenny ins Zimmer zu gehen, und waren dankbar für ihre Hilfsbereitschaft. Allerdings zeigte sich auch eine gewisse Skepsis in ihren Gesichtern, als würden sie dem Mädchen nicht zutrauen, etwas an der Situation in der Weihnachtswerkstatt zu ändern.

Also kam Freddy zur Sache. »Habt ihr je davon reden gehört, wo man den Hauptcomputer ausschaltet?«

Beide schüttelten den Kopf. »Das reine Ausschalten dürfte nichts bringen«, wandte Jenny ein. »Wenn man ihn nach dem Absturz wieder hochfährt und eventuell noch eine Systemreparatur durchführt, ist alles beim Alten. Man müsste die Stromzufuhr unterbrechen.«

Die drei Elfen schauten sie an, als hätte sie Chinesisch gesprochen. »Stromzufuhr?«, fragte Freddy.

»Erzähl mir nicht, ihr habt keinen Strom. Wie sollen eure Computer denn sonst funktionieren?«

»Oder nicht funktionieren«, brummte Winston. »Natürlich haben wir Strom. Aber ich wüsste nicht, woher der kommt.«

»Ich auch nicht«, meinte Freddy.

Der alte Nepomuk schüttelte den Kopf. »Der Strom war einfach plötzlich da. Vor vielleicht hundert Jahren hatten wir auf einmal elektrisches Licht und kleine Maschinen. Sogar der Weihnachtsbaum war irgendwann elektrisch beleuchtet.«

»Vielleicht sollten wir Jeremiah fragen«, sagte Winston. »Immerhin ist er der Älteste von uns und hat die klügsten Ideen. Wenn jemand weiß, woher der Strom kommt, dann er.«

»Prima Idee«, sagte Freddy. »Wenn wir nur wüssten, wo er ist.« Er wandte sich Jenny zu. »Jeremiah hat sich damals geweigert, diese ganze Umstrukturierung mitzumachen. Damit war er Geoffrey …«

Die beiden anderen Elfen keuchten vor Schreck und sahen sich um.

Auch Freddys Augen wurden groß. »Ich meinte natürlich *Meister* Geoffrey! Damit war Jeremiah Meister Geoffrey ein Dorn im Auge. Die beiden hatten sich nie gemocht. Aber was mag ihm zugestoßen sein, als er sich entschieden gegen Meister Geoffreys Pläne gestellt hat?«

»Ich glaube, man hat Jeremiah pensioniert«, warf Winston ein.

Nepomuk schüttelte den Kopf. »Weihnachtselfen werden nicht pensioniert. Wenn ein Elf nicht mehr gebraucht wird, verschwindet er halt, und das war's!«

Winston blickte ihn entsetzt an. »Du meinst, er ist verschwunden?«

»Das glaube ich nicht, nicht Jeremiah«, sagte Freddy. »Lasst uns weitersehen, ob Jenny am Hauptcomputer etwas ausrichten kann. Wenn nicht, können wir immer noch Jeremiah suchen.«

Nepomuk und Winston starrten ihn entgeistert an.

»Was ist los?«, fragte Freddy.

»Du hast mich *Jenny* genannt!«, raunte ihm Jenny über die Schulter zu.

Für einen Moment blickte Freddy genauso erschrocken drein wie seine Elfenkollegen. Dann fasste er sich. »Ja, ich nenne sie ›Jenny‹. Ich bin immerhin ihr Weihnachtself. Dieses Gesieze geht mir schon lange auf den Spekulatius. Früher haben wir alle Kunden beim Vornamen genannt, da hießen sie auch noch *Kinder*, nicht *Klienten*. Und wenn wir diese Zeit zurückholen wollen, können wir gleich mit Jenny anfangen!«

Nun war es Jenny, die etwas erstaunt schaute, als ihr die beiden anderen Elfen erfreut die Hand schüttelten und sie ein ums andere Mal »Liebe Jenny!«, »Gute Jenny!« oder »Kluge Jenny!« nannten.

In diesem Moment flog neben ihnen eine Tür auf. Ein Elf mit hochrotem Kopf schoss heraus und begann mit einem wütenden Gezeter. »Was soll denn dieser Lärm? Wir haben alle Hände voll zu tun in der heißen Phase, wir müssen uns konzentrieren, sonst schaffen wir unser Soll nicht! Habt ihr nichts zu tun? Was hängt ihr hier im Gang rum und krakeelt, dass man drinnen …«

Er verstummte und starrte mit schreckgeweiteten Augen Jenny an. »Ein Mensch«, flüsterte er. Und dann tat er, was Freddy bei ihrer ersten Begegnung getan hatte: Er lief auf und ab, von links nach rechts und wieder zurück, und rief verzweifelt »O weh!« und »O je!« und »O nein!« oder auch »O Schreck!«. Mit einem letzten Blick auf Jenny und einem gequälten »Oioi-oioioi!« verschwand er schließlich hinter seiner Tür.

Keiner der vier rührte sich. Erst nach ein paar Sekunden wandten sich alle Köpfe zur Bürotür.

»Und jetzt?«, fragte Jenny.

»Jetzt haben wir ein Problem.« Winston trat an die Tür. »Severin Leberecht Wanzenhausen, einer dieser Ich-mache-alles-richtig-Elfen. Der wird uns melden, sobald er kann.«

»Und wenn er nicht kann?«, krächzte Nepomuk.

»Was meinst du?« Freddy wurde blass. »Du willst ihn doch nicht etwa …«

»Aber nein.« Der Alte holte aus seinem Jackett eine Phiole heraus, die glitzerte und funkelte wie eine Discokugel. »Sternenstaub. Ich schlafe seit einigen Jahrzehnten nicht mehr so gut wie früher, da hat mir Sankt Martin den Sternenstaub empfohlen. Ich musste ihn zwar dem Krampus für ein Heidengeld abkaufen, aber das hat sich gelohnt.« Er schüttelte die Phiole. »Nur ein Glitzerkristall und du schläfst sofort ein.«

»Wow!« Fasziniert betrachtete Jenny das Fläschchen. »Und du meinst, das wirkt auch bei ihm?«

»Das wirkt bei jedem. Also haltet euch vorsichtshalber die Augen zu!« Mit zitternden Fingern griff Nepomuk nach dem Stopfen der Phiole.

»Und was« … *ist mit dir?* wollte Jenny eigentlich fragen, doch Freddy packte sie an der Schulter und drehte sie herum.

»Augen zu!«, zischte er.

Jenny hörte, wie der Alte den Stopfen zog, dann ein leises Klirren – offenbar schüttete Nepomuk den Sternenstaub ins Schlüsselloch. Ja, jetzt pustete er kräftig. Dann hörte sie nichts mehr.

Langsam drehte sie sich um.

Nepomuk lag neben der Tür und schlief.

»O nein«, jammerte Freddy. »Das kann nicht sein. Es sollte doch diesen Severin treffen.«

»Vielleicht hat's den ja auch erwischt.« Winston schritt zur Tür. »Ich schau mal nach.«

»Nein!«, riefen Freddy und Jenny.

Doch es war zu spät. Sie konnten gerade noch ein paar Schritte zurücktreten und durch die geöffnete Tür zusehen, wie Winston in einer Sternenstaubwolke niedersank. Immerhin lag auch der hysterische Elf schnarchend in seinem Büro und konnte ihnen nicht mehr gefährlich werden.

»Und jetzt?«, fragte Jenny ratlos.

»Jetzt warten wir, bis der Staub verflogen ist. Dann beseitigen wir die Spuren und sehen zu, wie wir allein weiterkommen.« Freddy seufzte. »Das war ja ohnehin der Plan.«

»Und wie lange wirkt dieses Zeug? Werden sie wieder aufwachen?«

»Natürlich. Nur wann, das kann ich dir nicht sagen. Es würde dir ohnehin nichts nützen, oder weißt du, wie lange ein Lametta in eurer Zeit dauert?«

Jenny schüttelte den Kopf, hockte sich mit Freddy in den Gang und sah zu, wie sich nach und nach der Sternenstaub auflöste.

»Also dann!«, meinte Freddy. »Ich nehm Winston und du Nepomuk, der ist leichter.« Er packte seinen Freund an den Füßen und zog ihn ins Büro, nicht, ohne sich vorher vergewissert zu haben, dass kein Körnchen Sternenstaub mehr umherflog, in das er hätte schauen können.

»Was ich nicht verstehe: Wieso geht der Weihnachtsmann einfach so in Pension?«, fragte Jenny, nachdem die beiden mit Müh und Not alle drei schlafenden

Weihnachtselfen in dem winzigen Büro verstaut und sich wieder auf den Weg gemacht hatten.

»Ach, der Weihnachtsmann«, jammerte Freddy leise, »der hat sich ja nicht selbst zur Ruhe gesetzt. Geoff..., *Meister* Geoffrey hat ihn überzeugt, dass das neue System alles viel einfacher macht. Gut, das tat es auch. Aber ziemlich bald wurde alles *so* einfach, dass man selbst den Weihnachtsmann einsparen konnte. Also hat Meister Geoffrey gesagt, der Chef solle sich erholen, wir würden ihm Bescheid sagen, wenn es wieder Weihnachten sei.«

»Wieso weiß er das nicht selbst?«

»Das ist der leidige Punkt: Der Weihnachtsmann besitzt weder Uhr noch Kalender. Das Zeitmanagement liegt komplett bei den Elfen. Wir haben ihn immer kurz vor Weihnachten geweckt. Ihm heißen Kakao gekocht, Mantel und Schuhe bereitgestellt, die Rentiere angespannt, den Schlitten gepackt und, und, und. Bis ... naja ... du weißt schon. Seitdem steht der Schlitten im Schuppen, die Tiere fressen sich dick und rund, der Mantel ist eingemottet und die Geschenke werden einfach mit der Post versandt. Den Chef haben wir seit Jahren nicht mehr gesehen.«

»Warum weckt ihr ihn nicht?«, fragte Jenny.

»Das würden wir gern. Aber während wir übers Jahr unsere Arbeit gemacht und Spielzeuge gebaut haben – damals durften wir das noch! –, hat jemand um das Haus des Weihnachtsmanns einen hohen Zaun errichtet. Dreimal darfst du raten, wer.«

»Meister Geoffrey.« Allmählich begriff Jenny, wie die Dinge lagen. Sie spürte in ihrer Hand etwas zucken. Der Wunschauftrag, den sie aus Freddys Büro mitgenommen hatte, bewegte sich und knisterte leise.

»Ja.« Freddy grinste und zeigte auf eine riesige messingbeschlagene Holztür. »Wir sind gleich da.«

In diesem Moment erscholl ein lautes Signal aus einem Lautsprecher dicht hinter ihnen. Und aus einem direkt über der großen Tür. Dann rief eine blecherne Stimme: »Achtung! Eindringlingsalarm! Achtung! Eindringlingsalarm!«

Jenny erstarrte. »Meinen die mich?«

»Ja, zum brüchigen Schaukelpferd! Wen sonst?«

Ein Pfiff ließ sie herumfahren. Winston und der alte Nepomuk stürmten heran, während durch die Türen im Gang verzagte Elfengesichter hervorlugten und nach den Lautsprechern mit der Blechstimme schauten.

»Beim Barte Knecht Ruprechts!«, schimpfte Winston. »Severin hat den Alarm ausgelöst. Wir müssen uns verstecken!«

»Aber wieso seid ihr schon wieder …?«

»Was weiß ich! Vielleicht hat der blühende Weihnachtsstern auf seinem Schreibtisch den Sternenstaub absorbiert. Jedenfalls waren wir in Nullkommanichts wieder wach. Und ehe wir ihm eins überziehen konnten, war sein Finger schon auf dem Alarmknopf.«

»Das ist übel«, keuchte der alte Nepomuk hinter ihm. Er war zwischen den blechernen Alarmrufen und den nervös tuschelnden Elfen kaum zu verstehen.

Und da war noch ein Geräusch. Stiefelschritte. Viele Stiefel, die im Gleichschritt heranmarschierten.

»Die Patrouille!« Freddy presste beide Hände an die Schläfen. »Dreimal verzwirbeltes Engelshaar! Wir müssen hier weg!« Er sah sich suchend um und wies auf eine schmale Tür wenige Meter vorm Eingang zur Weihnachtswerkstatt. »Unsere einzige Chance ist der Facility Storeroom. Wenn der offen ist.«

»Der was?«, fragte Jenny.

»So heißt unsere Besenkammer seit ein paar Jahren.« Schwer atmend riss Nepomuk die Tür auf. »Dem Christkind sei Dank!«

Er ließ die anderen hinein und wollte gerade folgen, als ein lauter Ruf ertönte. »Nepomuk!«

Der alte Weihnachtself warf die Tür zu, es wurde stockfinster. Und ein wenig ruhiger. Das Getuschel der anderen Elfen war kaum noch zu hören; dafür schnarrte »Achtung! Eindringlingsalarm!« weiterhin penetrant durch die Wand.

»Was hat Nepomuk getan?«, wisperte Jenny.

»Uns gerettet«, raunte Winston. »Vor allem dich und deinen waghalsigen Weihnachtself.«

»Wieso bin ich waghalsig?«, fragte Freddy leise. »*Ich* habe keinen Kollegen niedergeschlagen.«

Ehe Winston antworten konnte, hörten sie von draußen eine scharfe Stimme: »Wer hat hier den Menschenalarm ausgelöst? Antworte!«

Dann Nepomuk: »Verzeihung, Herr Hauptmann, das war ich. Du weißt, ich bin alt und kann mich nicht an diese neue Technik gewöhnen. Eben schaltete ich meinen Monitor um, und direkt vor mir sah ich riesengroß das Gesicht eines Mädchens. Das hat mich so erschreckt, dass …«

»Bröckelnder Zimtstern! Nepomuk, du Pfeffernuss, pass bloß auf!«, kam die Stimme des Wach-Elfs etwas milder. »Du weißt doch, Meister Geoffrey hat …« Er räusperte sich, dann fiel die Stimme wieder in ihren alten Ton. »Mitarbeiter Nr. 1704, hiermit verwarne ich dich. Unser Geschäftsführer Meister Geoffrey erwartet von allen Weihnachtselfen Effizienz und Kooperation. Du hast mit deiner albernen Angst vor diesem Kind, ääh … ich meine, vor dieser Klientin minutenlang die gesamte Rechercheabteilung lahmgelegt. So was darf nicht vorkommen!« Und wieder etwas leiser raunte er: »Sei bloß vorsichtig, Nepomuk.«

Die Patrouille zog davon, begleitet von den Rufen ihres Anführers: »Zurück an die Arbeit! Los los!«

Endlich wurden auch das Tröten und die Blechstimme ausgeschaltet. Mit einem Mal war es still, fast christnachtstill. Jenny und die beiden Elfen atmeten auf, als sich die Tür öffnete und Nepomuk mit einem Lächeln in seinem Bart eintrat. Das war knapp!

Freddy pfiff durch die Zähne. »So ein Mist, jetzt ist Geoff gewarnt und wird uns im Auge behalten. Kommt, wir müssen weiter!«

In diesem Moment schrillte eine Glocke los.

»O nein!«, rief Jenny. »Schon wieder Alarm?«

Freddy beruhigte sie. »Nur das Zeichen für den Feierabend. Gleich wird draußen im Gang und in der Werkstatt-Halle ein Riesengewusel sein. Eine bessere Tarnung können wir uns gar nicht wünschen. Also los!« Er hatte die Hand schon auf der Türklinke.

Sie mischten sich unter die anderen Weihnachtselfen, die durch die offene Holztür in den Gang strömten. Viele davon im Arbeitsoverall, ein paar auch im Anzug. Tatsächlich nahm niemand von ihnen Notiz, alle schienen es eilig zu haben, von ihrem Arbeitsplatz fortzukommen. Die vier Verschwörer passierten die großen Türflügel aus Eichenholz, und im selben Augenblick gab es einen zischenden Knall. Jenny starrte auf ihre Hand, aus der ein paar verkohlte Aschefetzen rieselten.

»Willkommen in der großen Halle der Weihnachtswerkstatt!«, rief Freddy, während Jenny die Reste ihres Wunschzettels unauffällig von der Handfläche blies.

Nepomuk fügte betreten hinzu: »Oder dem, was davon übrig ist.«

Der große Raum war komplett weiß gestrichen, fensterlos und von Neonröhren beleuchtet. Die Wände waren in regelmäßigen Abständen von Türen durchbrochen, durch die von überall her Kabel zu einem riesigen grauen Kasten liefen, der in der Mitte der Halle stand. Auf der einen Seite war er doppelt so hoch wie ein durchschnittlicher Weihnachtself, die andere Seite war mit Dutzenden Knöpfen, Anzeigen, blinkenden Lämpchen und allerlei seltsamen Bauteilen bestückt. Das war also der Computer der Weihnachtswerkstatt.

Während die Elfen sich in wehmütigen Schilderungen ergingen, wie schön es hier einmal gewesen sei – wo das Kaminfeuer behaglich geknistert habe, wo die große Werkbank gestanden habe und wo der Sessel des Weihnachtsmanns –, starrte Jenny die Maschine an. So etwas hatte sie noch nie gesehen. Das Gerät hatte durchaus Ähnlichkeit mit Großcomputern, die Jenny von Bildern und Filmen aus der Menschenwelt kannte. Aber an vielen Stellen befanden sich Dinge, die rein gar nichts mit einem Computer zu tun hatten. »Was soll denn das Werkzeug da unten drin?«

Nepomuk kam herüber und druckste ein wenig herum. »Ja, siehst du, das ist eine der Stellen, wo wir uns nicht sicher waren. In der Beschreibung stand etwas von Arbeitsspeicher. Und da wir bis dahin alles Hand mit unseren Werkzeugen bearbeitet hatten, haben wir unser Arbeitsmaterial dort gespeichert.«

Jenny lachte. »Und das hier?« Sie zeigte auf eine große Schublade, aus der der Schaft eines Stiefels herausragte. Nur mit Mühe konnte sie die Lade aufziehen – sie war bis obenhin vollgestopft mit Schuhen.

»Das ist die Laufwerkslade. Mit unserem Laufwerk drin«, erläuterte Winston.

Auf einem Tablett lagen erlesene Köstlichkeiten, süßes Naschwerk und edle Weine, daneben brannten in silbernen Leuchtern weiße Kerzen, deren Licht sich in Kristallgläsern spiegelte. »Und das ist dann wohl …« Freddys Augen wurden feucht. »Die Festplatte«, sagte er ehrfürchtig. »Ist sie nicht wunderbar festlich?« Jenny versuchte, nicht zu lachen. Sie wollte die Weihnachtselfen nicht kränken.

Aber Nepomuk und Winston sahen, wie sie sich glucksend die Hand vor den Mund hielt. »Ist das denn falsch?«, fragten sie fast gleichzeitig.

»Zumindest kann ich euch bei diesem Computer bestimmt nicht helfen. Das kann keiner besser schlechter machen als ihr. Ohne es zu wollen, sabotiert ihr Meister Geoffrey längst.« Sie wurde ernst und winkte die Weihnachtselfen hinter die große Maschine, sodass sie vom Eingang aus nicht zu sehen waren. »Wieso hat Geoffrey das denn noch gar nicht gemerkt?«

Freddy zuckte mit den Schultern. »Er kommt ja kaum hierher, treibt sich die meiste Zeit im Würfelraum herum oder telefoniert. Keine Ahnung, mit wem.«

»Würfelraum?«

»Ja«, meinte Winston aufgeregt. »Eine zweite Halle, noch mal fast so groß wie diese hier. Aber es steht nur ein großer schwarzer Würfel drin.«

Jenny ahnte Böses. So etwas hatte sie schon mal auf YouTube gesehen. Das klang viel eher nach einem Großcomputer. »Hat der kleine leuchtende Punkte? Und summt es darin so, als würden viele Ventilatoren Wind machen? Oder wie ein Bienenschwarm?«

Ehrfurchtsvoll starrten die Weihnachtselfen sie an. »Du kennst den schwarzen Würfel?«, fragte Freddy.

»Euren Würfel kenne ich nicht. Aber ich bin mir sicher, das ist so ein Hochleistungscomputer wie auf YouTube. Die können in einer Sekunde so viel berechnen wie dieser Kasten hier in einem Jahr.«

Beim Blick auf den Elfencomputer begriff sie: Wenn mit dem neuen Update ein Hochleistungscomputer die gesamte Abwicklung übernähme, wären die Weihnachtselfen mit ihrer liebevoll gestalteten Chaos-Maschine in der Tat überflüssig. Und würden verschwinden. Das durfte nicht passieren!

Sie stemmte die Hände in die Hüften. »Wie kommt man zu diesem Würfelraum?«

»Gar nicht«, antwortete der alte Nepomuk. »Meister Geoffrey hat uns alle nur ein einziges Mal hineingelassen und stolz von der Zukunft der *Christmas Worldwide Wonders Inc.* geschwafelt. Und dann hat er uns kategorisch verboten, jemals wieder diesen Raum zu betreten.«

Freddy nickte. »Jeder, der es versucht, würde sterben, hat er gesagt.«

»Ich dachte, ihr Elfen könnt nicht sterben«, wandte Jenny ein.

»Das dachten Nathanael, Benedikt und Giovanni auch«, sagte Nepomuk leise und seine beiden Kollegen senkten die Köpfe.

Gedankenverloren ließ Jenny den Blick über den verrückten Computer der Weihnachtselfen gleiten. Was war das alles verzwickt! Zum Hauptcomputer kam sie nicht, zum Weihnachtsmann kam sie nicht, gegen Geoffrey und seine Wachmänner kam sie nicht an. Was blieb ihr denn überhaupt? Nach so vielen deprimierenden Nachrichten brauchte sie erst mal ein Stück Marzipan. Sie trat um die Ecke des Computers an das geschmückte Silbertablett und nahm sich eine kleine Rose aus feinstem Königsberger Marzipan. Wie herrlich die schmeckte!

In diesem Moment erwachte der Computer zum Leben. Er ratterte, ein paar Lämpchen leuchteten auf und schließlich erscholl eine Stimme, ähnlich wie die aus den Lautsprechern vorhin: »Unautorisierter Zugriff auf die Festplatte! Der Inhalt wurde verändert!«

Ehe Jenny wieder hinter dem Rechner verschwinden konnte, flog die große Holztür auf und eine Schar Wachmänner stürmte herein, alle mit einer Art Hellebarde in den Händen. Rasch verteilten sie sich in einer Linie über die gesamte Hallenbreite und rückten vor.

»Wir müssen hier weg!«, schrie Jenny und rannte los.

Die anderen folgten ihr, quer durch den hinteren Teil der Halle. Fast hatten sie schon die deutlich kleinere Tür an der Rückwand erreicht, da erscholl eine Stimme aus dem Nichts: »Sie haben einen Menschen dabei! Weiblich, im Arbeitsoverall! Kriegt sie! Das ist ein Befehl!«

»Geoffrey!«, rief Freddy im Laufen. »Meister Geoffrey, du Wurm!«

Winston warf einen Blick zurück. »Verdammt! Er hat die Kameras aktiviert und die Mikrofone.«

Jenny atmete zu schnell, um nachfragen zu können. Sie wusste nur, dass sie ertappt waren. Und wahrscheinlich um ihr Leben liefen. So rasch es ging, rannten sie weiter. Glücklicherweise trugen ihre Verfolger ziemlich schwere Lederrüstungen und konnten sie trotz der besseren Kondition nicht einholen, sodass unsere vier Freunde es rechtzeitig zum Ausgang schafften.

Hinter der Tür lag ein neuer Gang.

»Hier lang!« Winston bog um die erste Ecke. »Komm schon, Nepomuk!«

»Ich kann nicht mehr«, keuchte der Alte, »Lauft alleine weiter!«

»Kommt nicht infrage!«, rief Jenny. »Schnell hier rein, bevor sie uns sehen!«

Sie riss eine Tür mit der Aufschrift »Archiv – Betreten verboten!« auf und schlüpfte in den dunklen Raum. Die anderen folgten ihr.

Kaum hatten sie die Tür hinter sich geschlossen, donnerten auch schon die Wachen durch den Gang. »Sie müssen hier irgendwo sein!«, brüllte einer von ihnen. Dann entfernten sich die Schritte.

Es dauerte einen Augenblick, bis sich Jennys Atem beruhigt hatte und die Augen in dem trüben Schummerlicht etwas sehen konnten. Was Jenny im ersten Moment für weiße Hügel hielt, waren große Gegenstände, die mit Laken abgedeckt waren.

Freddy riss ein Laken von einem hohen und breiten Kasten an der Wand. »Der Kamin!«, flüsterte er.

Nun zog Jenny an einem Tuch, das über einem langen, quaderförmigen Block lag.

»Unsere alte Werkbank!« Freddy jauchzte leise.

Winston stand mit einem Laken in der Hand da, seine Augen waren feucht. »Und das ist sein Sessel!«

»Und Jeremiah«, seufzte Nepomuk.

»Jeremiah?«, fragten Winston und Freddy synchron.

Tatsächlich: An einem schäbigen Tischchen saß ein uralter Elf. Sein Bart reichte bis auf den Boden, er trug ein zwar zerschlissenes, aber echtes Elfenwams, rot und grün, wie Jenny es sich immer vorgestellt hatte. Durch seine trübe Brille sah er in die Runde. Und brach in ein krächzendes Lachen aus.

»Nepomuk, mein Junge. Und das sind … nein! Frederick, Winston. Wie schön, euch zu sehen. Und wer ist dieser junge Elf? Nein, wartet. Du bist … ein Mädchen … ein Kind? Oh, das hat Großes zu bedeuten. Ein Kind! Wartet, da gab es doch etwas über ein Kind, was war es noch?« Er ließ seinen Blick durchs Archiv gleiten.

Ehe er eine Antwort finden konnte, schraken alle zusammen. Erneut rauschten die Schritte vieler stiefeltragender Elfenfüße vor der Tür vorbei. Und dumpf hörten sie jemanden rufen: »Durchsucht alle Räume! Wir fangen hier an!«

»So was«, kicherte Jeremiah, »da herrscht ja mächtige Aufregung. Ich wüsste gerne, hinter wem die her sind.«

»Hinter uns!«, riefen die drei anderen Weihnachtselfen leise und zeigten auf Jenny. »Wir haben ein Kind bei uns, schon vergessen?«

»Meister Geoffrey verfolgt uns, weil Jenny am Computer war«, presste Freddy hervor. »Wir haben es in letzter Sekunde geschafft, uns ins Archiv zu retten.«

»Aber jetzt wollen sie alle Räume durchsuchen«, keuchte Jenny. »Jeremiah, gibt es noch einen Ausgang?«

Der greise Elf nahm die trübe Brille von der Nase, putzte sie in seinem Elfenwams und setzte sie wieder auf – ohne dass sie sauberer geworden wäre. »Seht selbst.« Er nickte zu einem winzigen vergitterten Fenster hin. »Hier kommt man nicht raus.«

Jenny und die anderen liefen zum Fenster. Ein stabiles Gitter, daran könnten sie auch zu viert nichts ausrichten. Als Jennys Blick nach draußen fiel, machte ihr Herz einen Hüpfer. Etwas abseits stand ein Fachwerkhaus mit reetgedecktem Dach, daneben ein Stall, eine kleine Tanne davor. Doch alles wirkte finster und verlassen, traurig, fast ein bisschen unheimlich. Das wurde unterstützt durch den hohen Stahlzaun, der das Grundstück wie ein Käfig umgab und nicht einmal ein Tor zu haben schien. Das musste das Haus des Weihnachtsmanns sein – offenbar war er genauso eingesperrt wie sie.

Für einen Moment kamen Jenny Szenen aus einem ihrer Playstation-Spiele in den Sinn. In ihrer Bagger-

Simulation hatte sie so einen Zaun schon mal in Null-kommanichts eingerissen. Mit einem Bagger wäre auch das vergitterte Fenster kein Problem.

Moment! Bagger? Sie wandte sich um, musterte die Werkbank, den Kasten mit den Werkzeugen, den Holzstapel … Würde das funktionieren? »Freddy, Winston, was meint ihr: Könnt ihr mir einen Bagger bauen?«

»Einen was?«, fragte Freddy verdutzt.

Nepomuk starrte sie an. »Was wollen Sie mit einem Bagger? Sie sind doch ein Mädchen.«

»Ach nee! Auch Mädchen spielen mit Jungs-Spielzeugen und umgekehrt. Zeit, dass ihr das begreift!«

Nepomuk senkte verschämt den Kopf. Zum Glück reagierte Winston rasch und zog seine Kollegen mit sich. »Bagger? Klar! Welche Farbe?«

Jenny zuckte mit den Schultern. »Egal. Hauptsache, so stark wie möglich!«

»Fein!« Nepomuk rieb sich die Hände. »Wie lange habe ich schon nicht mehr an der Werkbank gesessen!«

Während die Weihnachtselfen sich an die Arbeit machten und Jeremiah in den Tiefen des Archivs grub, schlich Jenny an die Tür. Es war nur eine Frage der Zeit, bis …

»Sie müssen hier drin sein, wir haben sonst alles durchsucht!« Eine schneidende Stimme direkt hinter der Tür. »Los, Männer! Wir durchkämmen das Archiv!«

Um Himmels willen, sie waren schon hier! Dass die Durchsuchung der anderen Räume so schnell ging, hatte Jenny nicht erwartet. »Oh Scheiße!«, entfuhr es ihr, und für einen Moment sahen die Weihnachtselfen sie befremdet an. »Was wollt ihr, ich bin ein Mensch. Außerdem sind sie draußen vor der Tür!«

»Oh Scheiße!«, entfuhr es Freddy.

»Der Riegel!«, rief Winston. »Leg den Riegel vor, das verschafft uns etwas Zeit.«

Jenny tat, was er sagte. Obwohl sie beim besten Willen nicht wusste, was so ein kleines bisschen mehr Zeit bringen sollte. Wenn draußen tatsächlich zwanzig starke Wachleute standen, wäre der Riegel kein großes Hindernis für sie. Dann waren sie verloren.

»Das macht so einen Spaß, mal wieder etwas zu basteln«, jauchzte Nepomuk leise.

»Schön, dass ihr Spaß habt«, zischte Jenny. »Und wie lange …«

Die Worte blieben ihr im Halse stecken, als sie sich umdrehte. Mitten im Raum stand ein riesiger roter Bagger, dessen Schaufel sich hungrig nach dem Gitterfenster zu strecken schien.

»Fertig!«, riefen die drei Baumeister stolz.

»Wow! Klasse!« Ohne zu zögern, lief Jenny zum Bagger, kletterte ins Führerhaus und startete die Maschine. Der Motor röhrte auf. Wie gut, dass die Weihnachtselfen ihn voll mit Treibstoff gebaut hatten; sie dachten eben an alles.

Jenny probierte einige Hebel und stellte fest, dass die meisten ähnlich funktionierten wie auf ihrer Playstation. Dann also los! Sie streckte die Baggerschaufel nach oben und rollte vor. Es knirschte splitternd, als die Zinken der Schaufel sich durch die Holzwände spießten. Jetzt einmal nach unten ziehen, und das Gitter wäre Geschichte.

Das Bersten des Holzes dröhnte in Jennys Ohren; das Gitter, das sie zu viert keinen Millimeter hatten bewegen können, zerknickte wie eine Spielkarte. Mit einem einzigen Prankenhieb des Baggers zog Jenny einen Riss in die Wand, durch den drei Weihnachtselfen auf einmal gepasst hätten.

Auf einmal stand Freddy neben ihr in der Kabine und klammerte sich an den Türrahmen. »Sie sind durchgebrochen!«, rief er über den Lärm hinweg. »Wir müssen raus!«

»Was ist mit den anderen?«, fragte Jenny.

»Die halten die Stellung. Los, gib Gas!«

Jenny presste den Hebel nach vorne. Ein Ruck fuhr durch den Bagger, dann setzten die Kettenräder sich knirschend in Gang. Wie ein riesiger Felsen walzte der Bagger alles nieder, was ihm im Weg stand; nur um Haaresbreite konnte Jenny ihn am Weihnachtsmann-Sessel vorbeilenken. Mit ohrenbetäubendem Lärm brachen sie durch die Wand und ruckelten die Wiese hinab zum Haus des Weihnachtsmanns.

»Hier sollte überall Schnee liegen«, rief Freddy. »Aber seit Geoffrey seine Finger im Spiel hat, bleibt es meistens grün.«

Jenny hörte ihn kaum, hatte sie doch ganz andere Dinge im Kopf. »Was machen wir, wenn wir angekommen sind?«

»Du reißt mit diesem Baggerdings den Zaun ein und ich wecke den Weihnachtsmann, ganz einfach!«

Einfach? Das würde es sicher nicht. Nach allem, was Jenny über Geoffrey erfahren hatte, war sie sicher, dass er noch einige Eisen im Feuer hatte und nicht so schnell aufgeben würde.

Sie warf einen Blick zurück. Was würden die Wachelfen mit ihren Freunden machen? Das Loch in der Wand wirkte winzig, als sie jetzt zum ersten Mal die komplette Weihnachtswerkstatt von außen sehen konnte. Die eine Hälfte bestand aus einem riesigen Holzhaus, das an einen Schwarzwälder Bauernhof erinnerte, den sie letztes Jahr im Urlaub gesehen hatte. Die andere Hälfte war eine immense weiße Fabrikhalle, kahl und nüchtern – Geoffreys Werk.

Aus dem Loch, das der Bagger gerissen hatte, strömten ihnen Wachleute hinterher, die Hellebarden vorgestreckt. Was, wenn sie den Bagger enterten? Wenn Freddy schon so leicht aufspringen konnte, wäre das für die Kämpfer kein Problem, oder?

Als Jenny wieder nach vorn sah, entdeckte sie dafür ein Problem – und zwar ein richtiges: Gerade raste ein zitronengelber Sportwagen heran. Er hielt vorm Haus des Weihnachtsmanns, genau dort, wo der Bagger auf den Zaun zuhielt, um ihn zu durchbrechen. Geoffrey!

Was sollte sie tun? Ja, Geoffrey hatte die Weihnachtselfen unglücklich gemacht mit seinen Modernisierungen und Rationalisierungen, aber er war immer noch einer der Elfen. Sie konnte doch keinen Weihnachtself überrollen! Aber wenn sie dem Wagen auswich, müsste sie drei- bis viermal rangieren, um den Bagger wieder auf den Zaun zuzulenken. Bis dahin hätten die Wachleute sie längst erwischt!

»Halt drauf!«, schrie Freddy. »Unsere einzige Chance!«

Er hatte recht. Und trotzdem konnte Jenny es nicht tun. Sie zog den Steuerknüppel ein kleines Stück nach links, gerade so weit, dass der Bagger zwar die Motorhaube des Autos zerquetschen, den Fahrerraum aber heil lassen müsste. Und gleich wieder in die andere Richtung; so könnte sie auch den Zaun noch erreichen.

Hämisch grinsend verfolgte der Weihnachtself im Sportwagen ihr Manöver und setzte im letzten Moment ein Stück zurück. »Nur zu!«, rief er. »Das ist doppelt verstärkter Titanstahl. Mal sehen, was dein Spielzeug da ausrichten kann!«

Im selben Moment donnerte der Bagger um Haaresbreite am chromblitzenden Kühler vorbei und in den Stahlzaun hinein. Es knirschte und schepperte ohrenbetäubend beim Aufprall. Der Stahl war härter als gedacht, schon gab die Baggerschaufel nach und knickte langsam ein. Das konnte doch nicht sein!

Jenny setzte zurück. Mit dem zweiten Anlauf musste es klappen! Sie presste den Joystick mit aller Kraft nach vorn und ließ die schwere Maschine erneut gegen den Zaun krachen. Wieder knirschte es laut, das Metall ächzte, als es langsam nachgab, und endlich knallte es durchdringend. Das Zaungitter sprang auseinander und rollte sich federnd bis zum nächsten Pfosten zusammen.

Mit einem letzten Blubbern erstarb der Motor des Baggers. Freddy und Jenny wanden sich aus der zerbeulten Führerkabine. Jauchzend sprang der Elf hinunter und streckte Geoffrey die Zunge raus.

Der stand inzwischen lässig an seinen Wagen gelehnt und musterte den schrottreifen Bagger. »Gehst du immer so achtlos mit deinem Spielzeug um, Menschenkind?«, fragte er. »Aber das wird dir nichts nützen.« Er wandte sich an seine Wachmänner, die herangekommen waren. »Ergreift sie!«

»Halt!«, rief Freddy und zog Jenny hinter den Zaun. »Ihr kennt Meister Geoffreys Befehle und werdet sie ausführen, nicht wahr? Niemand von euch darf hinter den Zaun gehen.«

»So ein Blödsinn!« Kalt lächelnd nickte Geoffrey seinen Männern zu. »Ihr steht unter meinem Befehl. Und wenn ich sage, ihr sollt sie festnehmen, tut ihr das auch hinterm Zaun!«

Freddy hob eine Hand. »Sicher? Ich wecke jetzt den Weihnachtsmann. Und ich bin gespannt, was er sagt, wenn er erfährt, was ihr hier tut.« Als der Trupp uniformierter Elfen zögerte, setzte er nach: »Vergesst nicht, ich kenne jeden Einzelnen von euch mit Namen!«

Nun waren die eben noch so kampfbereiten Wachmänner tatsächlich verunsichert. Sie sahen einander mit großen Augen an und trauten sich nicht so recht vom Fleck. Offenbar war der Respekt vorm Weihnachtsmann doch noch größer als vor Meister Geoffrey. Aber würden sie gegen ihn rebellieren? Sich mit Jenny und ihren Freunden verbünden?

Geoffrey schien das egal zu sein. Mit hoch erhobenem Handy trat er auf Jenny zu. »Was immer ihr hier abzieht, ihr habt längst verloren.« Er drückte eine Taste auf dem Telefon. »Das Update ist fertig und wird genau jetzt eingespielt. Nach dem Neustart des Computers seid ihr alle Geschichte! Inklusive Weihnachtsmann!«

Nein, das war nicht sein Ernst! Jenny hielt den Atem an und sah zu Freddy, der schneeweiß geworden war. Was sollten sie tun? Wie lange dauerte es, bis das Update eingespielt war?

In diesem Moment weiteten sich Freddys Augen. Er wies auf etwas hinter Geoffrey. »Natürlich! Das ist es!«

Jenny schaute in die angewiesene Richtung. Da war etwas Riesiges, Dunkles. Wie ein enormer Berg, der die Werkstatt überragte und sich hoch in den Himmel reckte. Doch für einen Berg war es zu steil, zu spitz und zu gleichmäßig geformt.

Der Weihnachtself beugte sich zu ihr. »Du meintest doch, wir müssten dem Computer die Energie wegnehmen. Diese Energie hat Geoffrey nur bekommen, weil er damals den Weihnachtsbaum ausgeschaltet hat. Wenn du ihn wieder einschaltest, kann der Computer nicht mehr starten.«

Ungläubig sah Jenny zu dem riesigen, kegelförmigen Gebilde. »Das ist euer Weihnachtsbaum? So riesig?«

»Hör mal, das ist der Baum des Weihnachtsmanns. Der soll wohl ein bisschen größer sein, oder?«

Ehe Jenny antworten konnte, rief Geoffrey gehässig: »Wie soll die Kleine das anstellen? Euren Bagger hat sie geschrottet. Und bis sie den Baum zu Fuß erreicht hat, läuft der Computer längst wieder. *Mit* Update!«

Ein Röhren von der Werkstatt her unterbrach ihn. Die Wachleute, die noch immer unschlüssig umherstanden und die drei Kontrahenten beobachteten, traten erschrocken beiseite, als ein tomatenroter Sportwagen zwischen ihnen hindurchsauste. Mit quietschenden Reifen bremste der Wagen direkt neben Geoffreys gelbem Auto.

Winston stieg aus. »Alles klar bei euch?«

»Verdammte stinkende Rentierkacke!«, schrie Geoffrey, sprang in seinen Wagen und brauste davon.

Alle Weihnachtselfen standen wie gelähmt da. Offenbar waren sie so schlimme Flüche nicht gewohnt. Nur Jenny reagierte rasch, drängte Winston von der Fahrertür weg, ehe der ihr erzählen konnte, wieso er und seine Freunde den Wagen gebaut hatten, und zwängte sich hinters Steuer. Jetzt kam es darauf an!

Sie startete den Motor und gab Gas. Ein echtes Auto zu fahren – und sei es nur ein Spielzeugauto der Weihnachtselfen – war schon etwas anderes, als ein Spiel am Bildschirm zu spielen. Wie gut, dass der Sportwagen Automatik hatte. Mit einem Ruck setzte er sich in Bewegung, schlingerte ein paarmal, ehe Jenny Gas und Steuerung unter Kontrolle hatte. Währenddessen war Geoffrey schon weit vorausgefahren. Das würde echt knapp!

Sie gab Gas und preschte voran, vorbei an dem zerbeulten Bagger und dem Trupp Wachmänner, die ihr verwundert hinterherstarrten. Schon hatte sie das Grundstück des Weihnachtsmannhauses hinter sich gelassen und beschleunigte weiter. Geradewegs auf den riesigen Weihnachtsbaum zu.

Nur ging es leider nicht so geradewegs, wie sie gehofft hatte. Ein großer Plumpudding, massiv wie ein Berg zwang sie, nach rechts auszuweichen, mitten in einen Wald aus Zuckerstangen. Im Slalom lenkte sie mit verringerter Geschwindigkeit zwischen den Stämmen hindurch. Auf der Playstation war so etwas kein Problem, hier aber wusste Jenny, dass sie nur eine Chance hatte. Wenn sie einen Unfall baute, wäre alles verloren. Sie spürte, wie ihre Hände am Lenkrad feucht wurden.

Endlich hatte sie die Zuckerstangen passiert, auf einer freien Fläche sah sie Geoffreys gelben Flitzer weit vor sich. Sie würde ihn nie einholen. Es sei denn ...

Ihr Blick fiel auf den Stapel aus Christbaumkugeln, den der Elf vor ihr umrundete. Der Stapel war höher als die Weihnachtswerkstatt, eine Menge Kugeln aus Glas – und der direkte Weg zum Weihnachtsbaum führte mitten hindurch. Jennys einzige Chance, vor Geoffrey dort zu sein, war es, durch den riesigen Haufen aus Glaskugeln zu donnern. Hoffentlich hielt der Wagen stand!

Sie atmete tief durch und trat aufs Gas. Der Motor röhrte auf, während der Wagen nach vorn schoss. Mit zusammengekniffenen Augen hielt Jenny auf den Stapel zu und sauste hinein. Ein lautes Scheppern umfing sie, überall wirbelten Glassplitter, prallten gegen die Scheiben, gegen das Dach. Einige Kugeln blieben ganz und wurden weit davongeschleudert, zersplitterten wie Bomben hier und da. Jenny konnte nicht sehen, wie weit es noch war, doch sie hoffte inständig, das grauenvolle Klirren und Scheppern hätte bald ein Ende.

Eine goldene Kugel zerbarst am Kühler ihres Wagens, der inzwischen schon etliche weißgraue Wunden im roten Lack trug. Dahinter war ... freie Sicht auf den Weihnachtsbaum. Sie hatte es geschafft.

Mit Vollgas preschte sie an Geoffreys gelbem Wagen vorbei, dem offenbar beim Durchfahren einer zerschellten Christbaumkugel die Reifen geplatzt waren.

Sie presste die Tür auf, rannte zur Steckdose mit dem roten Schaltknopf und drückte mit aller Kraft darauf. Ein kurzes Flackern, mehr geschah nicht.

Was war das? Sollte ihr Plan in letzter Sekunde fehlschlagen? Nach allem, was sie durchgemacht hatte?

Noch einmal drückte sie auf den Schalter, ganz bis nach unten. Es klickte leise, dann strahlten die Lichter am Baum hell auf.

Eine Sekunde später erlosch dafür die Neonbeleuchtung hinter den Fenstern der Weihnachtswerkstatt. Und noch eine Sekunde später ertönte aus Geoffreys Handy ein pfeifender Alarmton.

»Nein!«, kreischte der Weihnachtself mit hochrotem Kopf. »Was hast du getan? Alles vernichtet! Mein Lebenswerk!« Er stürmte auf Jenny zu und zog eine Star-Wars-Laserpistole aus dem Sakko. »Das wirst du büßen!«

»Was ist denn hier los?«, dröhnte eine tiefe Stimme.

Mit einem Mal war es vollkommen still.

Geoffrey erstarrte vor Entsetzen. Die Waffe glitt ihm aus der Hand und fiel zu Boden.

Was war das? Waren das Schneeflocken, die darauf rieselten? Sie sah nach oben. Tatsächlich, es schneite. Und dann bemerkte Jenny, dass die Luft von einem leichten Windhauch durchzogen wurde, der einen Duft von Zimt, Orange und Tannennadeln mit sich trug. Sie drehte sich um und sah einen alten Mann mit wallendem Bart und mächtigem Bauch auf sich zukommen. Er trug zwar nur einen roten Hausmantel und an den Füßen Pantoffeln statt schwarzer Stiefel, aber es war unverkennbar der Weihnachtsmann.

»Jeff! Was hat das alles zu bedeuten?«

Ohne den selbst gewählten Titel *Meister* Geoffrey und mit seinem eigentlichen Chef vor sich wirkte der eben noch so siegessichere Weihnachtself ziemlich kleinlaut. Er sah zu Boden. »Tut mir leid. Ich hab das doch so gar nicht gewollt. Ich wollte uns nur die Arbeit erleichtern, die Vorgänge vereinfachen und alles etwas flüssiger gestalten. Wir Weihnachtselfen sollten es ein bisschen besser haben. Mehr Freizeit und so.« Er schniefte laut. »Und dann kam eins zum anderen. Ich wollte immer mehr. Immer mehr.«

Da stand der kleine, unglückliche Ex-Chef der »Christmas Worldwide Wonders« und heulte wie ein Schlosshund. Jenny sah ihn an, und – er tat ihr leid. Der Kerl hatte sie töten wollen. Und trotzdem … Tränen der Scham rannen Geoffrey übers Gesicht.

Immer mehr Weihnachtselfen traten unter den Baum, neben Freddy, Winston und Nepomuk waren auch die ehemaligen Wachposten herangetrottet; allesamt ohne Lederharnisch, dafür hatten sie den alten Jeremiah unter ihre Fittiche genommen. Und aus der Werkstatt strömten immer mehr Elfen herbei und schauten staunend auf den leuchtenden Weihnachtsbaum und auf ihren altehrwürdigen Chef, der ein ums andere Mal den bärtigen Kopf schüttelte.

Sobald sie Geoffrey sahen, den Elf aus ihren Reihen, vor dem sie eben noch gezittert hatten, musterten sie ihn voller Verachtung. Jenny hörte einige von ihnen flüstern, Wörter wie »Verräter« und »unwürdig« drangen an ihr Ohr, sogar die Forderung nach Jeffs Verbannung hörte sie hier und da. Das war verständlich, Jenny hätte auf dem Schulhof genauso gedacht. Aber dies war die Weihnachtswerkstatt, hier müssten sie doch …

»Jenny?«

Als der Weihnachtsmann ihren Namen rief, wurde ihr ganz schwummerig. Sie blickte auf die große Gestalt, die strahlend in ihre Richtung wies.

»Komm her!«

Der Kreis der Weihnachtselfen schloss sich immer enger um Jenny, sie hoben sie hoch und trugen sie unter jubelnden Rufen zum Weihnachtsmann, den kaum ein Kind je gesehen hat. Mit einem Mal überfiel Jenny eine bleierne Müdigkeit. Es war wohl doch alles ein wenig viel gewesen. Langsam wurde ihr schwarz vor Augen, das Letzte, was sie mitbekam, waren die Jubelrufe der Weihnachtselfen: »Jenny! Jenny!«

»Jenny! Jenny, beeil dich! Hast du den Wecker nicht gehört? Du willst doch am letzten Schultag vor den Ferien nicht zu spät kommen, oder?« Ihre Mutter rief von unten aus der Küche.

Jenny blinzelte, erst mit dem linken, dann mit dem rechten Auge. Sie gähnte und reckte sich. Nach ein paar Sekunden begriff sie endlich, wo sie war.

»Weißt du was, Mutti«, sagte sie, als sie sich zehn Minuten später an den Küchentisch setzte, »ich hab was total Verrücktes geträumt. Das war irgendwie … also ich war … warte mal … ich hab's vergessen.«

»Das kann vorkommen. War es wenigstens ein schöner Traum?«

»O ja, sehr schön. Was mit Weihnachten. Schade, ich wollte es mir unbedingt merken.« Verdrießlich stach sie mit dem Löffel in ihren Cornflakes-Brei. Er war so pappig, dass der Löffel darin stecken blieb, genau so, wie sie es mochte. Sah fast aus wie ein Joystick ...»Ach übrigens, das neue Lenkrad brauch ich erst mal nicht. Immer nur Gamen ist auch langweilig. Ich glaube, ich möchte lieber einen großen Kasten Buntstifte und Zeichenpapier, ich will mal was malen.« Vor ihrem inneren Auge entstand ein Bild von einem Weihnachtsbaum, der höher war als alle Häuser drumherum.

Ihre Mutter seufzte.»Jenny, wie stellst du dir das vor? Soll ich noch mal wieder los? In zwei Tagen ist Weihnachten.«

»Ich hab ja nur gedacht, immer vor dem Bildschirm ist öde. Malen und Basteln macht bestimmt mal Spaß! Außerdem sollen Kinder nicht ständig vor dem Bildschirm sitzen.« Damit verschwand sie zum Zähneputzen und ließ ihre Mutter in der Küche zurück, die ihr lächelnd hinterher sah.

Als Jenny am Mittag aus der Schule kam, lag auf dem Küchentisch ein Brief.

»Für mich?«, fragte sie erstaunt.

Normalerweise bekamen nur ihre Eltern Post. Für sie war höchstens an ihrem Geburtstag mal ein Brief von Tante Inge gekommen, mit einem Geldschein darin. Doch dieser Brief hier war schwer und dick, aus dunkelrotem, edlem Papier und mit goldener Schrift beschrieben: Frau Jenny Töpfer. Ein Absender fehlte, und wo die Briefmarke hingehört, klebte ein goldener Stern.

Jenny lief in ihr Zimmer, setzte sich aufs Bett und riss den Umschlag auf. Ein paar Fotos und eine kleine Karte fielen heraus. Auf einem Bild war ein Fachwerkhaus abgebildet, mit schneebedecktem Dach und hell erleuchteten Fenstern. Das zweite zeigte eine geräumige Halle, ausgekleidet mit warmem, hellbraunem Holz, mit

Balkonen und kleinen Nischen, einem Kamin, in dem ein Feuer prasselte, und einer langen Werkbank, an der Dutzende von kleinen Wesen eifrig an Holzpuppen schnitzten, Spielzeugautos zusammensetzten und Videospiel verpackten. Weihnachtselfen.

Das dritte war ein Foto von einem hohen, weich gepolsterten Lehnstuhl, in dem unter einem Stechpalmenkranz der Weihnachtsmann saß und an seiner Pfeife paffte, während neben ihm ein paar der kleinen Kerle auf altmodischen Instrumenten musizierten. Auf dem letzten Foto schließlich erblickte Jenny fünf Weihnachtselfen, die sich gegenseitig eingehakt hatten und in die Kamera grinsten. Sie trugen Zipfelmützen, wollene rot-grüne Wämser und dicke Pluderhosen. Jenny fuhr liebevoll mit dem Daumen über die Gesichter und blieb an dem ganz rechts hängen. »Freddy«, flüsterte sie.

Die Karte war in sauberer Handschrift beschrieben, mit demselben goldenen Stift wie die Adresse.

Sehr geehrte Frau Töpfer,

Wir senden Ihnen diese Grüße mit unserem innigsten Dank für alles, was Sie für uns getan haben. Leider konnten Sie die Werkstatt nicht mehr nach ihrer Wiederherstellung sehen, da wir Sie vorher zurückschicken mussten. Wir hoffen, dass Sie durch die Fotos einen Eindruck vom Leben der Weihnachtselfen bekommen, das dank Ihnen wieder so schön ist, wie es über Jahrhunderte war und hoffentlich noch lange bleiben wird. Gleichwohl haben wir durch Sie eine Menge gelernt und wissen nun, dass auch Mädchen (keine weiblichen Geschenkempfänger mehr!) mit technischen und elektronischen Spielzeugen spielen können, so wie Jungs auch Puppen und Malbücher mögen können. Seien Sie versichert, dass Ihr Name in der Weihnachtswerkstatt auf ewig in Ehren gehalten wird.

Es grüßen Sie, verbunden mit den besten Weihnachtswünschen,
Jeremiah Ben Ezechiel
Nepomuk Thaddäus Altendorf
Winston Daniel MacMillan
Geoffrey Bezonius Sharingham und
Frederick Duncan Willowby Eastwater

P.S.
Cool was? Ich hab gedacht, die Fotos sind wenigstens ein kleiner
Ersatz. Hoffe, du kannst was drauf erkennen. Wir haben Jeff unter
unsere Fittiche genommen. Er war ganz schön kleinlaut und hat frei-
willig angeboten, ein Jahr lang jeden Tag die Werkstatt zu fegen. Der
Weihnachtsmann hat ein gutes Herz, er konnte ihm nicht lange böse sein.
Ist auch eigentlich ein prima Kerl, der Jeff, solange man ihn von den
Computern fernhält.

P.P.S.
Der neue Wunsch geht in Ordnung, die Stifte sind schon in Arbeit.

Noch mal P.S.
Da die Geschichte gleich zu Ende ist, habe ich eine Bitte an dich und
alle anderen Kinder: Versucht nicht, durch einen Monitor oder gar
durch euren Fernseher zu steigen, um in die Weihnachtswerkstatt zu
kommen. Das funktioniert nicht mehr, wir haben unsere Bildschirme
auf den Müll geschmissen!
In diesem Sinne viele Grüße von uns Fünfen und ganz besonders von
    Deinem Freund
    Freddy Eastwater

DER NAMENSVETTER

Nik war schlecht gelaunt – nein, das ist falsch ausgedrückt: Er war sauer, richtig sauer. Auf seinen blöden Namen. Nein, eher auf die Jungs aus seiner Klasse, die sich darüber lustig machten. Auf Sven, der eigentlich schon in der Fünften sein müsste, und den strohdummen Thomas. In der großen Pause hatten sie ihn mal wieder ausgelacht und Schneebälle nach ihm geworfen.

Sogar Sophia hatte ein bisschen mitgelacht. Immerhin hatte sie sich extra weggedreht, damit Nik es nicht sah. Aber er hatte doch gesehen, wie sie grinste, als die anderen im Chor seinen Namen riefen.

Diesen blöden Namen. Eigentlich war er doch vor allem sauer auf den Namen. Und seine Eltern. Wie hatten sie ihm das nur antun können?

Lange war es gut gegangen. Als er neu in die Klasse gekommen war, hatte er sich als Nik vorgestellt, das fanden alle okay. Aber auf dem Elternabend vor drei Tagen war es herausgekommen.

Am nächsten Morgen war der große Sven auf Nik zugelatscht, mit einem Grinsen, das er wohl von einem Lebkuchenmann abgekratzt hatte. »Hey, Kleiner, meine Mutter hat mir da was erzählt, ne. Stimmt das?«

Nik hatte schon geahnt, was er meinte, und trotzdem gefragt: »Nö, wieso, was denn?«

»Sie sagt, du heißt gar nicht Nik, ne?«

Nik waren Tränen in die Augen geschossen. Wie immer. Er hatte keine Antwort gewusst und nur geschwiegen. Wie immer.

»Du heißt Nikolaus, ne! NI-KO-LAUS!!!!!«

Nik schlurfte durch die Schneehügel in den Rinnsteinen, trat auf zugefrorene Pfützen, die klirrend zersprangen, und schlug die Schneehauben von den Buchenhecken am Wegrand. *Nikolaus.* Was war bloß in seine Eltern gefahren, als sie sich diesen bescheuerten Namen ausgesucht hatten? Das war so typisch für sie. Sie hatten nicht eine Sekunde darüber nachgedacht, dass er mit diesem Namen in eine Schule gehen müsste. Mit anderen Kindern. Kindern wie Sven. Jeden Tag.

Kein Kind, ach was, kein Mensch auf der ganzen Welt hieß so. »Habe ich etwa einen weißen Rauschebart?«, fragte er einen Schneemann, dessen Karottennase ihm aus einem Vorgarten entgegenleuchtete. »Und einen roten Mantel an? Bin ich einer von den komischen Vögeln, die im Kaufhaus sitzen und *Hohoho* rufen? Ich bin doch nur ein normaler Junge!«

»Das siehst du falsch.«

Nik fuhr zusammen. Hatte der Schneemann geantwortet? Nein, Blödsinn, natürlich nicht.

Jemand stand neben ihm, ein Mann, oder war es ein älterer Junge? Auf jeden Fall jünger als Niks Vater. Und lange nicht so dick, eher drahtig. Er hatte schwarze, lockige Haare und einen dunklen Teint.

»Hi ... ähm ...«, stotterte Nik, »was seh ich falsch? Kennen wir uns überhaupt?«

»Nicht direkt«, sagte der junge Mann lächelnd, »aber wir haben schon viel voneinander gehört.« Er streckte ihm die Hand hin. »Ich bin Nikos, Sophias Bruder.«

»Ah, okay.« Natürlich! Die dunklen Locken, die blauen Augen und das verschmitzte Lächeln – er war Sophia wie aus dem Gesicht geschnitten. Nik wusste, dass er Kfz-Mechatroniker lernte und schon einen Führerschein besaß. Was Nik nicht wusste, war, warum er jetzt mit ihm vor dem Schneemann stand. »Falls du Sophia suchst, die geht immer durch die Fußgängerzone.«

»Weiß ich. Aber ich habe dich reden gehört und dachte, ich sollte mal ein paar Dinge geraderücken.«

Nik runzelte die Stirn. »Geraderücken? Was denn?«

»Das mit dem Rauschebart. Sieh mich an! Laufe ich durch die Gegend und rufe *Hohoho*?«

»Nee, wieso? Du reparierst doch Autos. Da brauchst du ja nicht im Kaufhaus den Weihnachtsmann spielen.«

Sophias Bruder nickte. »Stimmt. Komm, ich will dir was zeigen!«

Nik schob seinen Wollschal über Mund und Nase. »Sorry, ich muss nach Hause, essen und Schularbeiten machen. Hab nachher Fußballtraining.«

»Es dauert nicht lange. Komm schon, Nikolaus.«

Woher wusste er …? Klar, von Sophia! Nik spürte, wie ihm wieder Tränen in die Augen traten. Für einen Moment war er versucht gewesen, mitzugehen. Aber wenn ihr Bruder ihn nur ärgern wollte … »Nein danke!«

»Es ist wichtig. Oder willst du nicht wissen, woher unser Name stammt?«

»Euer Name?« Was sollte das Nik interessieren?

»Nein.« Der Zeigefinger von Sophias Bruder pendelte zwischen ihnen hin und her. »*Unser* Name.«

Nik schluckte zweimal, bis Tränen und Ärger in den Bauch gerutscht waren und im Kopf nur noch Verwunderung saß. Und ein bisschen Skepsis. »Du willst nicht ernsthaft behaupten, du heißt auch Nikolaus, oder?«

»Doch, sicher. Warte!« Sophias Bruder nestelte in der Brusttasche seiner Steppjacke und holte sein Portemonnaie heraus. Da war er, der sagenhafte Führerschein. »Hier, siehst du?«

Nik las: »Ni-kó-la-os Pa-pa-da-kis. Mit o?«

»So heißt Nikolaus auf Griechisch. Und ich weiß keinen Grund, mich für meinen Namen zu schämen. Im Gegenteil, ich bin stolz darauf. Wenn du mich ein Stück begleiten willst, zeige ich dir, warum. Außerdem ist es kalt.« Er streckte Nik die Hand entgegen.

Der ergriff sie nach kurzem Zögern. Sofort durchfuhr ihn ein seltsames Gefühl, fast so, als wäre er in einen warmen, lichtdurchfluteten Raum getreten.

Sie bogen in die Kastanienallee, aber ...

Da war nicht der Garten von Jensens, nicht das Papierwarengeschäft von Herrn Nuyen, sondern eine völlig fremde Straße. Häuser aus Lehm reihten sich aneinander, davor standen Holzstände, mit weißen Tüchern überspannt, bunte Decken lagen dazwischen auf dem Boden. Überall türmten sich Früchte, Getreide, Tontöpfe und allerlei andere Waren. Ein Markt? Bei der Kälte?

Aber nein, jetzt erst merkte Nik, dass gar kein Schnee mehr auf dem Weg lag, im Gegenteil: Sonnig war es, trocken und heiß. Er wollte sich von seinem Schal befreien, aber ... er trug gar keine Wintersachen. Was war geschehen? Wo waren sie hier? Nik schaute sich zu Sophias Bruder um, doch der war nirgends zu sehen.

Stattdessen kamen ihm eine Gruppe Kinder entgegen. Traurig sahen sie aus. Lumpen bedeckten ihre mageren Körper, ihre Haare waren dünn und strähnig. Ein kleines Mädchen schlich hinterher, ihre Augen blickten aus dunklen Höhlen ins Leere.

So etwas hatte Nik noch nie gesehen. Klar, er wusste, dass es Kinder gab, die hungern mussten und auch sonst nichts besaßen, nichts zum Anziehen, keine Spielsachen. Aber dass sie so jämmerlich dran waren ...

»He!«, rief Nik. »Was ist denn mit euch los?«

Erschrocken sahen die Kinder ihn an. Zwei Jungen, etwa in Niks Alter, traten vor, ein weiterer, der ein wenig jünger sein mochte, verschränkte die Arme vor der Brust. Die beiden Mädchen waren vielleicht sogar noch älter, sie drehten sich rasch zu der Kleinen am Ende um, die vor Schreck zu weinen begonnen hatte.

Einer der beiden älteren Jungen hob trotzig den Kopf und sah Nik an. »Wer bist du? Du bist nicht von hier, deine Kleidung sieht seltsam aus. Und deine Haare auch. Was willst du?«

Eines der Mädchen raunte dem Jungen zu. »Er ist so prachtvoll. Und das helle Haar … vielleicht ist er ein Bote.«

Der Junge brummte kurz und wandte sich wieder Nik zu. »Bist du ein Bote?«

»Bote? Was denn für ein Bote?« Nik sah an sich hinunter. Er trug das Dino-T-Shirt, das seine Eltern ihm in Spanien gekauft hatten, und die grünen Shorts mit den gelben Nähten. »Sagt mal …« Er ließ erneut den Blick über die fremdartigen Häuser gleiten, sah die Menschen in ihren langen Gewändern. »Das hier ist nicht Bochum, oder? Kennt ihr Sophias Bruder? Der hat mich hergebracht. Wisst ihr, wo er ist?«

»Nein«, sagte der Junge. »Warum sollte er dich hergebracht haben?«

Nik zuckte mit den Schultern. »Keine Ahnung. Er wollte mir was zeigen.« *Aber das Einzige, was ich sehe, seid ihr*, dachte er, *und so toll seid ihr nicht anzugucken. Vom Geruch ganz zu schweigen.* »Wohnt ihr hier? Und warum …?« Er zögerte und rümpfte die Nase.

»Warum was?« Auf der Stirn des Jungen bildete sich eine Furche. »Warum wir so abgerissen rumlaufen? So verdreckt? So stinkend?« Er schnaubte aufgebracht. »Das ist hier halt so. In der Stadt sind Christen nicht erwünscht. Unsere Eltern haben sich für die neue Lehre der Apostel entschieden. Aber die Leute hier sehen das anders. Christen kriegen keine Arbeit, kein Geld, kein Brot. Wir müssen froh sein, wenn wir nicht fortgejagt werden.«

Als der Junge Brot erwähnte, fiel Nik etwas ein. Er setzte seinen Schulranzen ab und öffnete ihn. »Hier, ich hab noch was vom Pausenbrot. Meine Mutter gibt mir immer so viel mit, und ich mag Käse gar nicht so gern. Ihr könnt es euch teilen!« Er holte die Plastikdose mit dem Brot heraus und gab sie den beiden Mädchen. Gerade wollte er den Ranzen wieder schließen, da sah er eine zweite Dose. »Das muss die von gestern sein. Das Brot ist bestimmt noch gut. Hier!« Die zweite Dose reichte er dem kleinsten der Jungen.

Die Kinder scharten sich im Kreis um ihn und musterten verwundert die Behälter. Erst als Nik ihnen zeigte, wie man so eine Dose öffnete, griffen sie hungrig hinein. Jedes Kind holte sich eine Scheibe Vollkornbrot mit Käse heraus und schlang sie hinunter.

Dann noch eine.

Wieder und wieder wurden die Dosen herumgereicht. Aber wie sonderbar: Sie wollten nicht leer werden. Als wäre das nicht genug, fand Nik in seinem Schulranzen eine dritte Dose. Und als er sie den Kindern gegeben hatte, noch eine und noch eine.

Sie packten Brot um Brot aus, verteilten und aßen und lachten. Nik fand nicht nur ihre Namen heraus, er unterhielt sich beim Essen auch mit ihnen. Wie gern hätte er mehr für sie getan.

Als alle satt waren, schauten sie einander verblüfft an. »Das ist ein Wunder! Danke sehr!«, riefen sie und wollte ihm die Dosen zurückgeben.

Doch Nik schüttelte den Kopf. »Nein, behaltet sie! Vielleicht reicht es ja sogar noch für eure Familien. Und ich habe zu Hause genug.«

Die Kinder dankten ihm mit leuchtenden Augen und liefen glücklich nach Hause. Nur das kleine Mädchen, das vorhin so bitterlich geweint hatte, drehte sich noch einmal um und drückte Nik etwas in die Hand. Es war ein blank geriebener roter Stein, rund und flach, leuchtend wie die Abendsonne.

»Siehst du, wie stolz du auf deinen Namen sein kannst?« Unter einem Olivenbaum stand Sophias Bruder.

Nein, das konnte nicht Sophias Bruder sein, auch wenn er genauso aussah … fast. Der Mann trug ein langes weißes Gewand. In der Hand hielt er einen Holzstab, der bis zum Boden reichte und am oberen Ende gekrümmt war wie ein Angelhaken – bloß ohne Spitze. Um seinen Kopf war ein schwaches Leuchten, als hielte jemand das Display eines Smartphones dahinter. Alles an ihm strahlte Würde und Erhabenheit aus.

»Wer bist du?«, flüsterte Nik.

»Das habe ich doch schon gesagt: Ich bin Nikólaos, der Bischof hier in Myra.«

Nik sah sich um. »Mira?«

»Nein, Myra, eine Stadt in dem Land, das ihr später Türkei nennen werdet. Seit mein Onkel tot ist, leite ich die Christengemeinde und versuche, sie vor dem Zorn und der Angst der anderen Stadtbewohner zu schützen und ihre Not zu lindern. Gar nicht so einfach, das sage ich dir.« Er fuhr sich über eine Narbe auf der linken Wange. »Und nicht ungefährlich.«

»Hat man dich geschlagen?«

Der Bischof lächelte schwach. »Sagen wir mal, die Römer wollten mir zeigen, dass ich in ihrem Herrschaftsgebiet nicht einfach so verkünden darf, was mein Glaube mir eingibt.«

Nik schluckte. »Warum tust du es dann?«

Das Lächeln des jungen Mannes wurde breiter. »Warum hast du den Kindern dein Brot gegeben?«

»Das Brot?« Wie konnte er das mitbekommen haben? Hatte er Nik die ganze Zeit lang beobachtet? »Na ja, sie sahen so elend aus. Und ich hatte doch genug. Ich war satt und sie hungrig.«

»Und haben sie dich um das Brot gebeten?«

»Nein, eigentlich nicht.« Je länger Nik darüber nachdachte, umso mehr reifte eine Erkenntnis in ihm. »Nein, ich wollte es ihnen geben. Ich wollte teilen, damit andere Menschen auch etwas haben.«

»Siehst du.« Der Bischof legte ihm eine Hand auf die Schulter. »Genauso geht es mir. Es ist mir ein inneres Bedürfnis, zu teilen, weiterzugeben. Egal, ob es sich dabei um mein Erbe handelt oder das Wort Gottes.« Schmunzelnd zwinkerte er Nik zu. »Willst du mal sehen, wie ein Bischof zu dieser Zeit lebt?«

Er führte Nik durch enge, lehmgepflasterte Straßen. Sie kamen an vielen Häusern vorbei, deren Fenster allesamt keine Scheiben besaßen; lediglich Löcher, die mit Holzläden vor der Sonne geschützt wurden. Manche der Wohnstätten waren gar nur ärmliche Lehmhütten, notdürftig mit ein paar Brettern verschlossen.

Schließlich erreichten sie ein größeres, schlichtes Haus. »Hier wohne ich«, sagte Nikólaos.

Nik stieg mit ihm ein paar Holzstufen hinauf, die in eine lichtdurchflutete Halle mündeten. Auf einem Tisch sah er ein Fladenbrot, etwas Käse und Obst sowie einen Krug Wasser stehen.

Der Bischof lud ihn ein, sich zu setzen, und bot ihm von den Speisen an. Ehe Nik zugriff – er war durstig geworden und er liebte Feigen und Weintrauben –, musterte er den würdigen, jungen Mann genauer: Nein, das konnte nicht Sofias Bruder sein. Sein ganzes Wesen war von so viel Kraft, Ruhe und Güte erfüllt. Er wirkte ein bisschen so, als steckte hinter diesem jugendlichen Gesicht ein alter, weiser Mann.

»Während du isst, lass mich dir ein wenig erzählen«, sagte Nikólaos lächelnd.

Und nun erfuhr Nik, wie der junge Bischof sein gesamtes Erbe nachts in die Häuser der armen Familien legte, um zumindest ihren größten Hunger zu stillen. Und jede Familie, die eine solche Gabe erhielt, glaubte umso fester an die Güte Gottes. »Das ist es, wonach die Menschen wirklich hungern«, schloss der Bischof, »nach einer gütigen Kraft, die Liebe und Hoffnung bringt.«

Nik hatte lange gelauscht. Aber diese Worte erinnerten ihn an etwas. »Die Kinder haben mich vorhin gefragt, ob ich ein Bote bin. Meinten sie, ich komm von dir?«

»Nein, Nikolaus«, antwortete der Bischof langsam und legte ihm eine Hand auf die Schulter, »sie hielten dich für einen Boten Gottes. Jetzt, da du sie satt gemacht hast, werden sie es erst recht glauben. Wahrlich, du bist ein würdiger Träger unseres Namens.«

Unseres Namens. Stimmt, er hatte ihn eben Nikolaus genannt. Und Nik hatte das nicht im Geringsten gestört.

Aber eins konnte er nicht verstehen. »Du willst mir hoffentlich nicht erzählen, dass du derselbe Nikolaus bist, von dem die Kinder heute – also, zu meiner Zeit – glauben, dass er durch den Schornstein kommt?«

Der Bischof schmunzelte. »In so langer Zeit kann viel passieren. Gutes und Schlimmes. Schon bald werden mich die Römer aufspüren, die uns Christen verfolgen. Sie werden mich foltern und wieder freilassen. In ein paar Jahren wird ein Kaiser kommen, der selbst Christ wird, und irgendwann wird man mich heiligsprechen.

Und noch viel später sieht man in mir den alten Mann mit weißem Bart und rotem Mantel. So ist der Lauf der Dinge. Pelzkragen und schwarze Stiefel«, er gluckste, »kannst du dir mich mit solch warmem Zeug hier in Myra vorstellen?«

Nikolaus musste lachen. »Bestimmt nicht! Ich bin ja froh, dass ich nicht mehr meine Winterjacke anhabe.«

»Eben. Und am Nordpol will ich ganz sicher nicht wohnen.« Der Bischof fiel in sein Lachen ein. »Überhaupt: Es geht nicht darum, *wie* die Menschen mich sehen, sondern *was* sie in mir sehen. Schenken aus Güte, um anderen zu helfen, die nichts haben. Wenn sie das begreifen, habe ich mein Ziel erreicht.«

Mit einem Mal war da wieder dieses seltsame Leuchten um den Kopf des Bischofs. Nur für einen Augenblick; dann erhob er sich. »Aber es ist spät geworden, mein Freund, dein Vater wartet schon mit dem Essen. Es ist Zeit, aufzubrechen!«

Nikolaus wäre gerne geblieben, hätte die Kinder noch einmal getroffen und ihnen geholfen, ihr Leben zu verbessern. Aber Moment! Etwas konnte er tun. Er erinnerte sich daran, welche Lumpen die Kinder getragen hatten. Zaghaft strich er über sein Dino-T-Shirt. Limitierte Auflage, das gab es nirgendwo mehr zu kaufen. Egal, er hatte Dutzende andere Shirts.

Kurzentschlossen zog er es sich über den Kopf und reichte es dem Bischof. »Nikolaus, könntest du den Kindern das von mir geben? Ich wette, davon werden sie alle komplett neu eingekleidet.«

»Das kann sein.« Gütig lächelnd nahm Nikólaos das Shirt und drückte ihm den Rucksack in die Hand.

.⋅ .* . *⋆. ⋆ *⋆ .⋅ .⋅

»Pass doch auf!«

Erschrocken sprang Nikolaus in die verschneite Hecke. Um ein Haar hätte der Radfahrer ihn gerammt.

»Das hab ich gern! Durch die Gegend trödeln und mir vors Rad laufen! Hast du keine Augen im Kopf?«

Nik schüttelte sich den Schnee von der Mütze und der Jacke.

»Na na, junger Mann, nun mal nicht so ruppig!« Herr Nuyen stand mit dem Schneeschieber vor seinem Papierwarengeschäft. »Sie können bei diesem Wetter ja auch vorsichtiger fahren. Und klingeln. Und vor allem Ihr Licht einschalten.«

Murrend drückte der Radfahrer einen Knopf, weißes Licht strahlte auf die Hecke. Er stieg wieder auf und fuhr ohne ein weiteres Wort davon.

»Guten Abend, Herr Nuyen. Vielen Dank.«

»Nicht doch, Junge. Ist doch keine Art, jemanden so anzublaffen. Wir sollten alle freundlicher miteinander umgehen, oder? Erst recht in der Weihnachtszeit.«

»Da haben Sie recht.« Freundlichkeit und Güte. In Gedanken versunken trottete Nikolaus nach Hause.

Papa hatte tatsächlich schon das Essen fertig. »Da bist du ja! Schöne Grüße von Mama, sie kommt heute später, wir sollen schon mal anfangen. Und, war was? Ich hatte dich vor ner halben Stunde erwartet.«

»Nö! Ich war …« In Myra, dachte Nikolaus. Er sah den Fackelschein auf den Lehmwänden tanzen, hörte die Rufe der Marktschreier und sah die Blicke der Kinder, als er ihnen die Brote reichte. War das wirklich passiert oder hatte er geträumt? »Ich hab noch kurz mit Herrn Nuyen gesprochen.«

»Na dann«, meinte Papa und stellte eine Schüssel Nudeln auf den Tisch. »Ach Nik, bevor ich's vergesse:

Ein Mädchen aus deiner Klasse hat angerufen, Sophia. Sie geht heute ins Kino und hat gefragt, ob du mit willst. Sie kommt nachher mit ihrem Bruder vorbei.«

»Klar! Aber Papa: Ich heiße Nikolaus.«

Pünktlich um sieben klingelte Sophia.

Nikolaus schlüpfte in seine Jacke und sprang die Treppen hinunter. Aber als sie ans Auto kamen, blieb er wie erstarrt stehen. Dort stand derselbe Mann, der ...

»Das ist mein großer Bruder Nikos«, sagte Sophia.

»Nikos?«, flüsterte Nikolaus.

»Eigentlich heißt er Nikolaus, wie du. Oder: Nikólaos, auf Griechisch – unsere Eltern kommen aus Griechenland. Deswegen musste ich heute Morgen so lachen, weil du genauso heißt wie mein Bruder.«

Nikolaus schwirrte der Kopf. Still saß er neben Sophia im Wagen, seine Stimmung wurde immer niedergedrückter. Es war nur ein Traum, dachte er, eine Zeitreise, so was geht ja gar nicht. Und die ganzen Brotdosen hätten niemals in meinen Schulranzen gepasst! Dann hat es diesen heiligen Bischof wohl auch nicht gegeben ...

Traurig steckte er die Hände in die Jackentaschen und wollte sie so stark zur Faust ballen, dass es wehtat.

Doch da war irgendwas. In seiner linken Tasche, etwas Kaltes, Hartes. Er holte es heraus. In seiner Handfläche lag ein runder, blank geriebener Stein, rot wie die Abendsonne. Also doch?

Und während er sich diese Frage stellte und zwischen den Sitzen hindurch nach vorne starrte, sah er plötzlich, wie ihm aus dem Rückspiegel die Augen des Bischofs entgegenstrahlten, voll des heiligen Glanzes, der sie auch in Myra umgeben hatte. Und mit einem Mal hörte Nikolaus die Stimme des Heiligen wieder in seinem Kopf: Es geht nicht darum, wie die Menschen mich sehen, sondern was sie in mir sehen.

In der Kürze …

»Moin, Leute. Was ist denn hier los?« Zimt warf einen Blick in die Runde und tippte sich an die Rinde.

»Was schon?«, keifte Muskatnuss giftig. »Sie wollen mal wieder alle gleichzeitig in den Lebkuchenteig.«

»Ja und? Wo ist das Problem?« Mit einer weit ausholenden Geste wies Zimt auf die Teigschüssel. »Ist doch Platz genug.«

Kardamom sah ihn von oben herab an. »Wenn man sich mit Leuten wie Ihnen gemeinmachen will. Ich bin ein edles Gewürz und habe einen Ruf zu verlieren.«

»Ach, mein Lieber, sehen Sie das doch locker«, säuselte Anis süßlich. »Wir sind alle Kinder dieser Erde und haben alle einen Platz im Leben.«

»Im Leben vielleicht.« Kardamom trat zwei Schritte von Anis weg und warf einen skeptischen Blick auf die klebrigen Spuren. »Aber nicht im Lebkuchen.«

»Wasss issste? -ab ick wasss verpasste?«

»Onkel Piment!«, riefen die Nelken und sprangen aufgeregt zwischen den anderen Gewürzen umher.

Muskatnuss schüttelte ihren runden Kopf. »Können Sie nicht mal Ihre Gören im Zaum halten? Wir diskutieren hier ernsthaft.«

»Dasss sinte nick meine.« Piment hob ein paarmal die Augenbrauen und entblößte seine strahlend weißen Zähne. »Aberrr wenn du willssst, wirrr macke Niños zusamme.«

»Was erlauben Sie sich?«, zischte Muskatnuss giftig und kullerte davon.

Zimt knisterte mit seiner Rinde, wie immer, wenn er versuchte, ein Lachen zu unterdrücken. »Tja, Gringo, das war wohl nichts. Mit deinem feurigen Temperament kannst du halt nicht bei jeder landen.«

Piment funkelte ihn böse an, stieß ein paar spanische Flüche aus und verschwand in die andere Richtung.

»Herrschaften!« Kardamom rollte mit den Augen. »Können wir diesen leidigen Disput endlich beenden und eine Einigung finden? Ich gehe davon aus, dass niemand etwas dagegen hat, wenn ich den Teig mit meinem feinen, süßlich-scharfen Aroma aufwerte.« Er trat an den Rand der Schüssel. »Wo sonst findet man ein so wertvolles Gewürz wie mich?«

»Es geht hier nicht um Geldwert«, rief eine Nelke.

»Genau, hier geht's um Geschmack!«, rief eine zweite.

»Werdet ihr erst mal erwachsen!«, gab Muskatnuss von der anderen Seite der Schüssel bitter zurück.

Anis schüttelte den Kopf mit der Sternenmütze. »Meine Lieben, warum der Streit? Lasst uns alle gemeinsam beraten, wer in den Lebkuchen kommt. Ihr seid doch alle süß und würzig und lecker und …«

»Sie können auf Ihr klebriges Gesäusel verzichten«, mischte Ingwer sich ein. Er ließ den Blick über die anderen gleiten. »Wenn ich allein schon sehe, wie, mit Verlaub, vertrocknet sie alle sind, muss ich doch sagen, dass Lebkuchen unbedingt eine frische, zitronige Note haben sollte.« Er strich über seine glatte, feste Schale. »Und wer wäre da geeigneter als ich?«

»Wenn wir eine zitronige Note haben wollen, können wir gleich Zitrone fragen«, wandte Muskatnuss ein.

»Au ja!« Die Nelken klatschten in die Hände. »Zitrone im Lebkuchen!«

Piment stampfte mit dem Stiefelabsatz auf. »Auf garrr keine Falle! El limón ick brrraucke fur mein Tequila!«

»Und sie passt auch nicht wirklich zu uns«, meinte Zimt. Er schien seinen Einwand sofort zu bereuen, vermutlich, weil jeder in der Runde von seiner Liaison mit der Orange wusste.

»Äh, Leute?«, tönte es aus einer Ecke. »Ihr seht das alle echt verkrampft.«

»Die hat gerade noch gefehlt«, seufzte Muskatnuss.

Tonkabohne schob sich zwischen die anderen. »Lasst doch das Streiten! Ihr seid alle wichtig. Irgendwie.« Sie drehte sich einmal und ließ das Licht über ihre dunkelbraune Schale schimmern. »Auch wenn die meisten von euch nicht so ein komplexes Aroma wie ich besitzen.«

»Jetze kommt dasss schon wiederrr«, raunte Piment Zimt zu, der nur lächelnd nickte.

Unbeirrt brüstete Tonkabohne sich weiter. »Süßlichwarm, eine leichte Holznote, vergleichbar mit Vanille.«

»Pah!«, rief Kardamom. »Vergleichbar ist nicht echt. Wenn ich Vanille haben will, dann …« Er stockte.

Wie auf Kommando wurden alle still. Es bildete sich eine Gasse, durch die *sie* einziehen konnte. Die Königin der Gewürze. Vanille.

Mit ihrer schlanken, aufrechten Gestalt schritt sie zwischen den anderen hindurch. Sie sagte kein Wort. Das war auch nicht nötig, jeder verstummte in ihrer Anwesenheit, ließ ihr den Vortritt und schnupperte ihr sehnsüchtig hinterher.

Vanille nickte allen Gewürzen huldvoll zu, stellte sich an den Rand der Teigschüssel – und hüpfte hinein.

Jetzt gab es kein Halten mehr. Alle anderen stürmten drauf los, wollten an der Seite von Vanille mit in den Lebkuchenteig, ihren Teil zum Geschmack beitragen und dafür sorgen, dass das Gebäck dieses Jahr besonders gut würde. Sie rutschten über die Reibe, hüpften in die Mühle, kullerten in den Mörser. Gewürz um Gewürz tauchte in den weichen Teig ein, immer mehr und mehr sprangen hinzu …

So oder so ähnlich könnte es gestern abgelaufen sein, stelle ich mir vor, während ich Kikis Lebkuchen koste.

»Und?«, fragt sie.

»Weihnachtlich«, nuschle ich mit vollem Mund, »seeeehr weihnachtlich.«

»Ja, nicht wahr?« Kiki strahlt. »Ich wollte es gern besonders weihnachtlich haben und habe alle passenden Gewürze genommen, die ich finden konnte.«

Passend? Ich nicke. Und traue mich nicht, ihr zu sagen, dass ich kein einziges Gewürz herausschmecke. Nur ein überwältigendes Gemisch aus Süße, Schärfe, erdigen Noten, Holz, Säure, Nuss – aber keinen Lebkuchen.

Wie bekomme ich das Zeug aus dem Mund heraus? Ich muss es wohl oder übel runterschlucken, jede andere Lösung, so verlockend sie scheinen mag, wäre äußerst unhöflich.

Für einen Moment kommen mir die wildesten Horrorszenarien vor mein inneres Auge: von einem Magen, der verzweifelt gegen diese Flut der Gewürze ankämpft, von einer verätzten Speiseröhre, von einer Leber, der der Schweiß von der Stirn rinnt.

Ja, ich weiß, die Leber hat keine Stirn. Genauso wenig wie Piment mit spanischem Akzent spricht oder Nelken als Nichten hat. Aber in meiner Fantasie ist so etwas Verrücktes möglich. Manchmal braucht man verrückte Gedanken, um mit verrückten Situationen fertig zu werden. Oder tröstliche Gedanken. Wie die an den Lebkuchen bei mir zu Hause. Ja, er ist gekauft, nicht selbst gebacken. Aus einer großen Fabrik, wo alles einheitlich schmeckt. Und die Gewürze kein Eigenleben führen.

Im Moment gerade eine verlockende Vorstellung.

JECHONAANS GESCHENK

Kennt ihr den kleinen Jechonaan? Ach, entschuldigt – ihr könnt ihn gar nicht kennen. Jechonaan lebte vor langer Zeit, als es noch keine Smartphones gab oder Computer oder auch Autos, nicht einmal Fahrräder. Die Menschen mussten überall hin zu Fuß gehen, nur wer reich war, besaß ein Pferd oder einen Esel und konnte reiten. In dem Dorf, in dem Jechonaan lebte, war kaum jemand so vermögend, und seine Eltern schon gar nicht.

Sein Vater war Schafhirte, die Arbeit brachte gerade genug zum Überleben ein. Jechonaan und seine fünf Geschwister hatten weder Spielzeug noch Bücher. Lesen und schreiben konnten sie ohnehin nicht, damals gab es keine Schulen – jedenfalls nicht in Palästina, wo Jechonaan lebte. Die Geschwister hatten auch kaum Kleidung, denn Stoffe waren teuer und die Wolle der eigenen Schafe musste der Vater ja verkaufen. Wenn Jechonaan aus seinen Kleidern herauswuchs, flickte seine Mutter sie, und dann trug sein kleinerer Bruder oder eine seiner Schwestern sie weiter.

Das Haus von Jechonaans Familie war … nun, gar kein Haus. Sie lebten in einem großen Zelt. Wie alle Hirten damals waren sie Nomaden. Sie zogen mit ihren Schafen übers Land, und immer, wenn die wenigen grünen Pflanzen abgegrast waren, bauten sie das Zelt ab, packten es auf den einzigen, alten Esel, den sie besaßen, und zogen weiter. Hatten sie eine neue Weidefläche erreicht, bauten sie das Zelt wieder auf und lebten dann dort für eine Zeit.

Habt ihr schon mal gezeltet? Könnt ihr euch vorstellen, für immer so eng zusammenzuleben? Wohn- und Schlafzimmer, Küche und Vorratslager, sogar der Stall für die Jungtiere – alles in einem Raum! Wenn die gesamte Familie, zu der auch zwei Tanten und drei fast erwachsene Cousins gehörten, darin schlief, hätte nicht einmal eine Maus zwischen ihnen hindurchkriechen können. Immerhin verbrachte Vater die Nächte meist draußen bei der Herde; und Jechonaan war froh, dass er seit letztem Jahr immer wieder mal bei ihm im Freien übernachten durfte. So viel Platz und so viel Ruhe!

Auch sonst war das Nomadenleben hart. Wenn man Wasser brauchte, konnte man nicht einfach einen Hahn aufdrehen, man musste nach einem Brunnen oder Wasserloch suchen. An manchen Orten war ein kleiner Fluss in der Nähe, dann konnte Mutter Waschtag machen. Jechonaans Schwestern Rahel und Rebekka halfen ihr, das Bündel Wäsche zum Fluss zu tragen, wo sie die Wäschestücke stundenlang im Wasser spülten, auf Steinen rieben, mit einem Brett schlugen und wieder spülten. Es war ein armes, anstrengendes Leben, wie es damals fast alle führten.

Aber wenn ihr glaubt, Jechonaan und seine Geschwister wären deswegen traurig gewesen, dann irrt ihr euch gewaltig. Es gab so viele Gelegenheiten zum Spielen, an jedem Lagerplatz entdeckten sie neue Gruben und Felsnischen, die sie erforschten, neue Abenteuer, die sie bestehen konnten. Außerdem liebte es Jechonaan, seinem Vater bei den Schafen im Gatter oder draußen auf der Weide zu helfen.

Wenn ich *Weide* sage, dürft ihr euch aber kein saftiges Grün und wogende Wiesen vorstellen. Hättet ihr die Flächen gesehen, hättet ihr sie eher für eine Steppe gehalten.

Zum größten Teil bestanden sie aus Sand, nur an einigen Flecken sprossen Gräser hervor. Wenigstens gab es meistens ein paar Büsche, die vor Wind und Sonne schützten. Das war wichtig, schließlich blieb Vater mit seiner Schafherde den ganzen Tag draußen.

Jechonaan bewunderte Vater und wollte genauso werden wie er. Deswegen half er gern beim Schafehüten. Die Lämmer waren seine besten Spielgefährten. Eines liebte er besonders, Jechonaan hatte ihm den Namen Benjamin gegeben. So oft es ging, tobte er mit dem Lämmchen über das Land, durch die Büsche und Felsen.

Als Jechonaan neun Jahre alt wurde, bekam er ein besonderes Geschenk. Vater hatte es selbst gebastelt. Er hatte eine dicke Scheibe aus einem umgestürzten Baumstamm geschnitten und ausgehöhlt. In die Vertiefung hatte er eine Handvoll trockener Erbsen gegeben und dann ein Stück Rinderhaut darüber gespannt. An den Seiten hatte er einen Bastriemen befestigt und aus einem Zedernzweig zwei lange Stäbe geschnitzt – fertig war die schönste Trommel, die man sich denken konnte.

Jechonaan liebte die Trommel über alles. Stolz trug er sie an dem Bastriemen, den er sich um den Hals hängte, und sie schlenkerte hin und her, wenn er lief. Jedem, den er traf, spielte er etwas vor, ob der wollte oder nicht.

Ehrlich gesagt: Die meisten wollten nicht, es klang einfach scheußlich! Wenn Jechonaan mit den Stöcken auf die Rinderhaut schlug, machte es »brämm brämm«, und die Erbsen, die durch den Schlag aufsprangen, hüpften gegen die Holzwände, rappelten »klecker-klecker-klecker«. Das abscheuliche, laute Gerassel hörte man meilenweit. Wie ihr euch denken könnt, gab das jedes Mal Ärger, wenn andere Hirten in der Nähe lagerten oder die Familie ihr Zelt dicht bei einem Dorf aufgebaut hatte. Und so trommelte Jechonaan bald nur noch, wenn er weit draußen mit Vater die Schafe hütete.

Aber auch dort wollte niemand seine »Musik« hören. Die Schafe blökten und sprangen in heller Aufregung umher, die Vögel flogen kreischend davon. Und Vater saß da mit den Händen auf den Ohren und wünschte, er hätte seinem Sohn ein leiseres Geschenk gebastelt. Einzig das Lämmchen Benjamin hörte aufmerksam zu, folgte den Stöcken mit dem Blick und vollführte mitunter sogar ein paar Bocksprünge im Takt der Trommel.

So kam es, dass Jechonaan oft allein mit Benjamin am Fuß eines großen Felsens oder am Rand einer Wasserstelle saß und auf seiner Trommel übte. Schlug er zu fest auf die Rinderhaut, sodass die Erbsen wild umherrasselten, blökte das Schäfchen unwillig und schüttelte den Kopf, dass seine kleinen Hörner fast wie ein Propeller kreisten. Fand Jechonaan aber einen festen Rhythmus und schnarrte der Erbsenchor ein harmonisches Echo, wiegte Benjamin zufrieden den Kopf und kaute genussvoll vor sich hin.

So gelangen Jechonaan mit der Zeit immer schnellere und schwierigere Rhythmen, je besser er die Trommel beherrschte. Seine Familie bekam davon nichts mit. Die Cousins verspotteten ihn nur und die Tanten glaubten, dass Jechonaan mit seiner Trommel bloß Lärm machte. Sie waren froh, wenn sie ihn morgens hinaus zu den Schafen gehen sahen.

Das war auch der Grund, weshalb Jechonaan eines Tages für eine ganze Woche bei der Schafherde bleiben durfte. Das geschah zu der Zeit, als der römische Kaiser wissen wollte, wie viele Untertanen in seinem riesengroßen Reich lebten. Schließlich wollte er von allen Steuern eintreiben, da durfte keiner fehlen. Dafür mussten alle Männer in ihre Geburtsorte zurückkehren, um sich dort vom kaiserlichen Schreiber in eine Liste eintragen zu lassen.

Ihr könnt euch denken, was das für ein Verkehr war! Tausende reisten quer durchs ganze Land in ihre Heimatstädte. Auch Jechonaans Familie war mitsamt der Schafherde weit in den Süden gezogen, bis zu einem Zeltlager nahe bei Bethlehem. So hieß die Stadt in der Provinz Judäa, in der Vater geboren war, gar nicht weit von Jerusalem entfernt.

In dem Lager waren viele Menschen untergekommen; undenkbar, die Schafe dort zu halten. Also blieben Mutter, die Tanten und die jüngeren Geschwister unter der Obhut der Cousins im Lager, während Jechonaan mit Vater die Herde hinaustrieb. Wenn ihr mich fragt, war das auch besser. Hätte er zwischen all den Menschen an seinen Trommelkünsten gearbeitet, wäre es früher oder später zu einem Aufstand gekommen.

Also zog er mit einem Sack Proviant, einer Decke und der Trommel los. Sein Herz pochte vor Aufregung: was für ein Abenteuer! Allein in der Fremde unterwegs. Na ja, fast allein, natürlich war Vater dabei – und Benjamin, das Lamm. Aber ansonsten waren sie auf sich gestellt.

Der Proviant bestand aus ein paar Fladenbroten, einem Beutel getrockneter Datteln und einigen Stücken Schafskäse. Morgens gab ihm Vater ein Schüsselchen frische Schafsmilch, das war das Beste am Tag. Die Decke, die Jechonaan mit sich trug, war nur ein Lumpen, voller Löcher, kaum groß genug, seinen Körper zu bedecken. Aber das machte nichts: Er würde sich unter einen Myrtenstrauch legen und hätte es warm und trocken.

Abends wurde es still. Vater saß am Feuer, blickte in den Sternenhimmel und brummte vor sich hin, als würde er sich über irgendetwas wundern. Jechonaan, der jetzt nicht mehr trommeln durfte, wusste nichts mit sich anzufangen. Den ganzen Tag war er trommelnd mit Benjamin über Felsen und Steine gehüpft, hatte ein tiefes Loch in den Sand gegraben und es später wieder zugeschüttet, weil Vater geschimpft hatte. Von alldem war er müde geworden, also sagte er gute Nacht und verkroch sich mit der Decke unter den Myrtenstrauch.

Geweckt von den ersten Sonnenstrahlen, hob Jechonaan schläfrig die Augenlider. Und sah das Lämmchen Benjamin, das den Kopf auf die Trommel gebettet hatte und noch fest schlief.

»Guten Morgen!«, rief Vater und riss kopfschüttelnd ein Brot entzwei. Er hatte frisches Wasser geholt, ein Schaf gemolken und war längst bereit fürs Frühstück.

Das Lamm fuhr aus dem Schlaf, stieß sich den Kopf an einem Ast des Myrtenstrauchs und warf vor Schreck die Trommel um, die rappelnd und klappernd den steinigen Abhang hinunterrollte.

»Komisch«, sagte Jechonaan, nachdem er sie wiedergeholt und sich neben Vater gesetzt hatte, »ich dachte, so weit im Süden wäre die Nacht irgendwie anders.«

»Anders? Was meinst du?«

»Ich weiß nicht. Vielleicht gruselig und voller Abenteuer.« Jechonaan gähnte. »Aber es ist nichts passiert!«

»Wart's nur ab. Auch für ein Abenteuer muss die richtige Zeit kommen.« Vater reichte ihm ein Stück Fladenbrot, das Jechonaan in die warme Schafsmilch tunkte, während Benjamin an einem Grasbüschel kaute.

Doch auch in der zweiten Nacht geschah nichts. Keine Abenteuer, kein Grusel. Nicht einmal ein paar Stimmen vom Lager hinter dem Hügel wehten herüber. Es war so still und dunkel wie in der Nacht zuvor.

Der folgende Tag war zwar weniger still, aber außer Trommeln, herumtollen, essen und sich ausruhen gab es nichts, das Jechonaan tun konnte. Nichts, was anders war als sonst.

Enttäuscht legte er sich am dritten Abend unter den Myrtenbusch und wickelte sich in seine Decke. Das sollte das Abenteuer Bethlehem sein? Hier geschah absolut nichts Spannendes. Da hätten sie auch weiter ihren jährlichen Weg im Norden ziehen können. Betrübt schaute er nach oben und betrachtete die Sterne, ihre vertrauten Formationen, die ein wenig wie Bilder aussahen.

Moment mal!

Dieser eine Stern, der helle fast direkt über ihm, war der neu? Der stand doch sonst nicht dort. Hatte Vater deshalb vorgestern so verwundert an den dunklen Himmel gestarrt?

Einen Atemzug lang kam es Jechonaan vor, als wäre diese Nacht noch ein wenig stiller, als würde sie sich auf etwas Großes vorbereiten. Ihr kennt das womöglich: Wenn ihr eine wichtige Sache zu erledigen habt, vielleicht einen Auftritt vor Publikum, schließt ihr vorher die Augen und konzentriert euch in Ruhe.

Aber das war Blödsinn, eine Nacht konnte sich ja nicht konzentrieren oder auf etwas vorbereiten. Nein, sie war dunkel und still, und das Beste, was Jechonaan tun konnte, war schlafen.

・．＊．．＊．★ ＊ ＊ ・．．

Mitten in der Nacht jedoch schreckte er auf. Die Schafe blökten unruhig. Und waren das Stimmen?

Plötzlich kroch Vater heran und berührte ihn sanft an der Schulter. »Jechonaan!«

Der Junge rieb sich die Augen. »Was ist da los?«

»Ich weiß es nicht. Aus irgendeinem Grund sind die Tiere nervös, die anderen Hirten merken es auch. Steh auf, wir sehen mal nach! Könnte sein, dass jetzt dein Abenteuer beginnt.«

»Wo denn?«, fragte Jechonaan.

Vater nahm ihn bei der Hand und schritt um den Felsen herum, in dessen Schutz sie lagerten. Nur durch das fahle Sternenlicht konnten sie überhaupt erkennen, wohin sie gingen. Auf der anderen Seite des Felsens hatten sich ein paar Männer versammelt, offenbar auch Hirten. Einige umgab ein Hauch von Ziegenduft, einer trug ein ausgehöhltes Rinderhorn um den Hals. Alle tuschelten aufgeregt, liefen umher und rangen die Hände.

Der Hirte mit dem Rinderhorn wies mit ausgestrecktem Arm auf den neuen Stern. »Ich sage euch, das bedeutet nichts Gutes!«

»Ach, was du immer hast!«, rief lachend ein alter, dicklicher Mann, der auf einem Felsbrocken Platz genommen hatte. »Das ist ein Stern wie alle anderen.«

»Nein, ich sage euch ...«

Weiter kam er nicht. Mit einem Mal schien der neue Stern zu explodieren, er wurde gleißend wie ein Blitz und erleuchtete den gesamten Himmel.

Die Hirten, jäh in blendende Helligkeit getaucht, hockten sich erschrocken auf den Boden. Selbst dem Dicken auf dem Felsbrocken war das Lachen vergangen. Vater packte Jechonaan und verbarg ihn hinter dem Rücken, um ihn zu schützen.

Aber so konnte er doch gar nichts sehen! Vorsichtig schob er den Kopf an Vaters Hüfte vorbei und linste mit zusammengekniffenen Augen in die Helligkeit.

Das Licht schien sich zu bewegen, zu zerfließen und sich neu zu formen. Manchmal sah es fast aus, als bildeten sich Gesichter darin, dann wirkte es wie Vogelflügel.

Warum nur jammerten die Männer um ihn herum vor Angst? Ja, es war überwältigend, riesig und hell und anders als alles, was Jechonaan je gesehen hatte. Aber es war zugleich so schön, so voller Kraft und Güte, dass er sich kein bisschen fürchtete. Na gut, ein ganz kleines bisschen vielleicht schon, aber das bleibt unter uns.

Immer stärker wirbelte das Licht, bis sich eine Kontur herausschälte. Ein Kopf, ein Körper … mit Flügeln? Oder täuschte Jechonaan sich? Waren es nur flirrende Lichtstrahlen? Immer größer wurde die Gestalt, von der er nicht zu sagen wusste, ob es ein Mann war oder eine Frau. Vielleicht auch ein Junge. Oder nichts davon. Auf jeden Fall musste es ein Engel sein. Ein Bote Gottes.

Irgendwo neben ihm weinte jemand. Jechonaan sah sich um. Die Männer hatten sich zu Boden geworfen und die Hände schützend über den Kopf gehoben, andere waren hinter die Felsen gekrochen. Nur ein paar verharrten aufrecht wie sein Vater. Die Furcht stand auch ihnen im Gesicht. Warum nur?

»Fürchtet euch nicht!«, wollte er rufen. Doch im selben Moment strömten eben diese Worte aus dem Licht heraus. Eine Gänsehaut lief Jechonaan über die Arme, als er sich wieder dem Himmel zuwandte.

Die Gestalt nahm nun fast den ganzen Himmel ein. »Fürchtet euch nicht! Seht, ich verkünde euch eine große Freude. Euch und allen Völkern.«

Na also, er hatte es doch gewusst.

»Euch ist heute der Heiland geboren, Christus, unser Herr.« Eine der lichtumfluteten Hände wies in Richtung Bethlehem. »Dort in der Stadt Davids.«

Was? Jechonaan konnte kaum glauben, was er da hörte. *Unser Herr* hatte der Engel gesagt. Also auch der Herr der Engel? Und der sollte ausgerechnet hier in Bethlehem geboren werden? Das war doch absurd.

Als könnte der riesenhafte Bote oben am Himmel seine Gedanken lesen, lächelte er. »Das ist Gottes Wille. Und wenn ihr nach ihm sucht, werdet ihr ein Kind finden, in Windeln gewickelt und in einer Krippe liegend.«

Ehe Jechonaan über diese Worte nachdenken konnte, begann die Gestalt sich aufzulösen. Sie verschwamm im Licht und formte sich zu vielen neuen Köpfen und Flügeln, einem Gewirr an himmlischen Wesen, die in Hunderten Stimmen durcheinanderzurufen schienen. Dann aber formierten sie sich zu einem einzigen kraftvollen Ruf, fast einer Art Gesang: »Ehre sei Gott in der Höhe und Frieden allen Menschen, die guten Willens sind.«

Eine ganze Zeit lang wiederholten die Engel diesen Satz, bis die Welt erfüllt war von Lobgesang. Dann, von einem Moment auf den anderen, war alles still. Das Licht zog sich in Blitzesschnelle wieder in den Stern zurück, als wäre es nie da gewesen.

Um sie herum herrschte vollkommene Dunkelheit. Aber es war nicht die alte Dunkelheit. Sie war nicht mehr leer und trostlos, sondern erfüllt von Freude und Erregung. Und Hoffnung. Die Hirten richteten sich langsam wieder auf, ihre Augen schienen zu leuchten – wie Glühwürmchen. Oder so, als steckte ein winziges Stückchen von dem göttlichen Stern darin.

»Was war das denn?«, fragte der dickliche Alte und erhob sich mithilfe eines Stocks schwerfällig von seinem Felsen. »Das nenne ich mal eine frohe Botschaft.«

Der Hirte mit dem Rinderhorn nickte zögernd. »Und was machen wir jetzt?«

»Was für eine Frage!«, rief Jechonaans Vater. »Lasst uns nach Bethlehem gehen und sehen, ob es wirklich so geschehen ist, wie uns der Bote des Herrn gesagt hat.«

»Und die Tiere?«, fragte ein anderer. »Was machen wir mit denen?«

»Lasst sie nur hier«, meinte der Alte. »Ich pass auf sie auf. Ich bin nach all den Jahren so schlecht zu Fuß, da bleib ich lieber hier.«

Jechonaan glaubte nicht, was er hörte. »Willst du nicht den neugeborenen König sehen? Unseren Herrn?«

Der Alte zuckte mit den Schultern. »Unser König heißt Herodes, und der sitzt in Jerusalem. Und soweit ich weiß, erwartet keine seiner Frauen ein Kind.«

»Den König meine ich doch nicht.«

»Natürlich nicht«, sagte der Alte schmunzelnd. »Aber wenn ich unserem Herrn wichtig genug bin, um seine Aufmerksamkeit zu erlangen, so weiß er, wo er mich findet.«

Die anderen beratschlagten, wo sie suchen sollten.

»Bethlehem ist groß, da wird es Hunderte Kinder geben«, meinte einer.

»Genau«, bestätigte ein zweiter, »erst recht jetzt während der Volkszählung.«

Jechonaans Vater runzelte die Stirn. »Hat er nicht was von einer Krippe gesagt? Krippen stehen auf einem Bauernhof. Im Stall, oder?«

»Im Stall?«, fragte Jechonaan verwirrt. »Du meinst einen Viehstall? Ein König im Stall?« Das konnte doch nicht sein.

»Er hat es gesagt«, antwortete Vater nur.

»Er hat es gesagt«, wiederholte der Hirte mit dem Rinderhorn. »Dann lasst uns die Ställe durchsuchen.«

Die anderen stimmten zu. »Er hat es gesagt«, riefen sie.

Der Alte hatte eine Weile geschwiegen. Jetzt wies er zum Himmel. »Ich glaube, ihr müsst nicht lange suchen.«

Der Stern, aus dem all das Licht gekommen war, besaß nun einen Schweif. Fast wie ein Komet, nur dass dieser Schweif immer länger wurde und wie ein Pfeil zur Erde strahlte, genau auf einen kleinen Bretterverschlag eine gute Meile vor ihnen.

Jetzt war kein Halten mehr. Rasch packten die Hirten ihre paar Habseligkeiten zusammen, rollten die Decken auf und verabschiedeten sich vom Alten, der als Wächter zurückbleiben sollte.

Auch Jechonaan und Vater rollten ihre Decken zusammen. Schnell wollte Jechonaan noch nach seiner Trommel greifen. Aber wo waren die Stöcke?

Ein leises Blöken erscholl hinter ihm. Als er sich umdrehte, sah er Benjamin. Das Lämmchen trug die beiden Trommelstöcke im Maul und sah ihn auffordernd an.

»Was soll das?«, zischte Jechonaan. »Gib her, ich muss los!«

Er wollte nach den Stöcken greifen, aber Benjamin machte einen Satz zurück, sodass er sie verfehlte. Wieder blökte das Lamm, leise und doch fordernd.

»Jechonaan, was ist denn?«, rief Vater. »Wir dürfen den Anschluss nicht verlieren, ich kenne mich hier nicht aus.«

»Ich komme!« Er sah wieder zu Benjamin. »Du kannst nicht mit! Wir wollen einen König besuchen.« Andererseits, überlegte Jechonaan, lag dieser König in einem Stall. Oder zumindest in einer kleinen Hütte. Da fiele so ein Lamm gar nicht auf. »Meinetwegen«, brummte er. »Aber sei leise. Und lass ja die Trommelstöcke nicht fallen.«

Rasch liefen sie hinter Vater her. Die anderen Hirten waren in der Dunkelheit kaum noch zu sehen, sprachen aber so aufgeregt und heiter miteinander, dass sie sie gut ausmachen konnten.

Bald erreichten sie die kleine Hütte und zwängten sich hinein. Das heißt, Vater zwängte sich hinein; Jechonaan und Benjamin passten nicht mehr in den vollen Raum und mussten draußen bleiben.

Nun bestand dieser Stall jedoch nur aus notdürftig zusammengenagelten Brettern, die überall breite Spalten ließen, durch die der Wind den Sand hineinblies. Und durch eine dieser Spalten spähte Jechonaan in der Hoffnung, etwas zu sehen – vergeblich. Mehr als die Beine und Rücken der Hirten war nicht zu erkennen.

Plötzlich sprang Benjamin davon.

»Was machst du denn?«, rief Jechonaan.

Aber da war das Lamm schon im Stall verschwunden. Er lief hinterher und sah gerade noch, wie das Schaf sich zwischen den Beinen der Menschen nach vorne durchschlängelte. Ohne zu überlegen, schob Jechonaan die Trommel auf den Rücken, kniete sich auf den Boden und folgte ihm auf allen vieren, bis er vor einem Trog aus grobem, braunem Ton stoppte.

Wisst ihr, was eine Krippe ist? Ich habe das nicht gewusst, als ich die Geschichte zum ersten Mal hörte. Ich dachte, das sei so eine Art Bett, in dem früher die Kinder schliefen. Aber in Wahrheit ist es ein Futtertrog. Aus einer Krippe fraßen die Tiere im Stall. Und weil sie bloß für die Fütterung gedacht war, gab man sich mit einer Krippe nicht viel Mühe: Manchmal war sie aus Brettern zusammengestückelt, manchmal aus Stein gehauen oder aus grobem Ton geformt – wie hier.

Als Jechonaan, der mit gesenktem Kopf nach vorn gerobbt war, mit der Stirn an die Krippe stieß, wäre sie fast umgefallen! Langsam stand er auf und sah in den Trog. Tatsächlich lag ein gewindeltes Kind darin und schlief, klein und schrumpelig und … ja, irgendwie hässlich. Ob alle neugeborenen Kinder so aussahen? Aber bestimmt war es nicht bei allen so, dass ihr Kopf leuchtete. Wie konnte das sein? Der Raum war von zwei Öllichtern nur in schummriges Dämmerlicht getaucht, trotzdem strahlte das Gesicht des Babys in hellem Weiß.

Jechonaan schluckte. Woher kam dieses Licht? Er sah hinauf zum Dach und entdeckte ein Loch in den Schilfmatten, durch das der dünne Strahl des neuen Sterns fiel – genau auf den Kopf des Kindes.

Da durchfuhr es Jechonaan wie ein Blitz: Das musste er sein, der König. Hier in der Einöde, in dem windschiefen Stall, in der schmutzigen Krippe. So hatte er sich eine königliche Geburt nicht vorgestellt: Eine Frau, bestimmt die Mutter des Kindes, lag ermattet und schwitzend an der Wand des Stalls. Ein älterer Mann tupfte ihr mit einem Tuch die Stirn ab, während er mit der anderen Hand dem Säugling die Wange streichelte. Auch er wirkte erschöpft – und trotzdem glücklich.

Jechonaan entdeckte den Hirten mit dem Rinderhorn, der mit glasigen Augen neben dem Vater des Kindes stand. Er zog das Lederband mit dem Horn vom Kopf und legte es vor die Krippe. »Möge seine Stimme so laut erschallen wie dieses Horn«, sagte er voller Ehrfurcht.

Ein anderer Hirte drängte sich an ihm vorbei und drückte dem älteren Mann ein Seil in die Hand. »Möge dein Sohn die Menschen in Scharen mit sich ziehen.«

Ein dritter konnte nur die Hand zwischen den beiden anderen hindurchstrecken. »Hier, dieser Käse wird deine Frau wieder zu Kräften kommen lassen.«

Jetzt verstand Jechonaan: Zum Geburtstag eines Königs brachte man Geschenke mit. Kostbare Geschenke. Und er hatte nichts dabei. Verlegen schaute er wieder auf das Kind. »Hallo!« Er räusperte sich, weil er auf einmal ganz heiser war. »Hallo, König!«

»Jechonaan!«, rief Vater.

Doch der Junge ließ sich nicht beirren. »Ich würde dir gern was zum Geburtstag schenken, aber ich hab nichts, was du gebrauchen …«

In dem Moment fiel sein Blick auf Benjamin und er bekam einen Kloß im Hals. So ein Lamm könnte die Familie zwei oder drei Tage lang ernähren. Und auf dem Fell würde der Kleine viel weicher liegen.

Aber Jechonaan konnte doch nicht … Benjamin war sein Freund, sein Ein und Alles. Andererseits lag hier der Herr, der vom Himmel gesandt war, über den die Engel sangen und den der Stern erleuchtete. Jechonaan hob das Lämmchen an die Brust, drückte sein Gesicht noch einmal in die weiche, warme Wolle. Nicht weinen! Dieser König sollte das Wertvollste geschenkt bekommen, das er besaß. Und das Wertvollste war Benjamin.

Gerade wollte er das Lämmchen schniefend über die Krippe reichen, da rutschte ihm die Trommel von der Schulter. Jechonaan verlor das Gleichgewicht, Benjamin glitt von seinen Unterarmen und knuffte mit den Vorderhufen gegen die Tücher, in denen das Kind lag. Nur ganz kurz und vorsichtig, trotzdem reichte es, um das Baby zu wecken.

Es begann sofort zu schreien, so laut, dass seine Mutter erwachte und stöhnend versuchte, sich aufzurichten. Oje, was hatte Jechonaan angerichtet? Die Hirten schauten verärgert zu ihm herab, er spürte, wie das Blut in seinen Kopf schoss. Sogar Benjamin rollte sich schuldbewusst unter der Krippe zusammen.

Wenn er doch nur etwas tun könnte, damit das Kind nicht mehr weinte. Sein Blick fiel auf die beiden Trommelstöcke, die Benjamin hatte fallen lassen. Würde das helfen? War er schon so gut, dass sein Trommelspiel den Sohn Gottes beruhigen könnte? Einen Versuch war es wert. Zögernd hob Jechonaan die Trommelstöcke auf und begann leise zu spielen.

Und oh Wunder: Statt des grässlichen Radaus klangen plötzlich ganz andere Töne aus der Trommel. Die Rinderhaut vibrierte sanft und ließ ein warmes, melodisches »tamm-ta-ta-tamm-tamm« erklingen, während die Erbsen zart und hell klimperten wie tausend kleine Glöckchen. Die Mutter des Babys schloss lächelnd die Augen, ihr Mann klopfte sacht den Rhythmus auf seinem Oberschenkel mit und pfiff leise ein paar Töne dazu. Das Kind aber hörte auf zu weinen, stieß zwei entzückte Kiekser aus und schlief wieder ein.

Die Hirten aber wunderten sich sehr. So schöne Klänge hatten sie von Jechonaan noch nie gehört. Ganz hinten in der letzten Reihe jedoch schaute Vater voller Stolz und Liebe auf seinen Sohn und wischte sich verstohlen eine Träne aus dem Augenwinkel.

Und auch wenn ich nicht dabei war, weiß ich doch: In dem Moment, als Jechonaan zu spielen anfing, schien das Licht im Stall ein wenig heller, und alle, die diesen Augenblick miterlebten, waren für immer verändert.

Dieses Licht leuchtet heute noch. Und zeigt uns, dass wir nicht immer unser Wertvollstes weggeben müssen, um andere damit glücklich zu machen. Manchmal ist eine Kleinigkeit, die von Herzen kommt, viel wertvoller und bedeutsamer – wie die vom kleinen Trommler Jechonaan.

Jannis und das Wasauchimmer

Die Tür flog auf und Jannis stürmte außer Atem herein.

Seine Mutter stand schon den ganzen Tag am Herd. Für das Weihnachtsfest am nächsten Tag gab es so viel vorzubereiten. Jetzt lächelte sie ihn erschöpft, aber fröhlich an. »Na, Janni, hast du ordentlich Beute gemacht?«

Der Junge nickte und hielt seine prall gefüllte Plastiktüte hoch. »Kaufmann Kostas hat mir 'ne ganze Packung Sesamkringel geschenkt! Ich war der beste Sänger, hat er gesagt!« Stolz griff er in die Tüte. Ein Sahnebonbon, herrlich! Sofort steckte er es in den Mund. »Aber in Wirklichkeit war ich, glaub ich, nur der Lauteste«, fügte er schmatzend hinzu.

Ihr wollt wissen, woher Jannis die Süßigkeiten hatte? Nun, er kam gerade vom großen Festumzug der Kinder heim. Sie ziehen jedes Jahr durchs ganze Dorf und kündigen mit fröhlichen Liedern das Weihnachtsfest an. Dafür schenken ihnen die Erwachsenen Süßigkeiten, Nüsse und Obst, oder auch mal ein paar Münzen. Oder Gebäck, wie die herrlich knusprigen Sesamkringel von Kaufmann Kostas.

Ach so, falls ihr es noch nicht gemerkt habt: Jannis lebt natürlich in Griechenland, auf einer kleinen Insel mitten im Ägäischen Meer.

Jannis' Mutter hob den schweren Topf vom Herd. Die Festtagssuppe für morgen war fertig. »Dann lauf schnell rauf und zieh dich um. Gleich fängt Oma Jula mit der Geschichte von den Weihnachtskobolden an.«

»Och nee!«, stöhnte Jannis, »nicht schon wieder. Die hat sie doch schon letztes und vorletztes Jahr erzählt.«

»Die Geschichte von den Kobolden wird in unserer Familie seit vielen Jahren zu Weihnachten erzählt. Und sie wird auch heute erzählt, ob's dir passt oder nicht! Und nun Abmarsch! Waschen und umziehen!«

Maulend stieg Jannis die Treppen hinauf. Und halb verärgert, halb belustigt hörte seine Mutter, wie er brummte: »Jetzt bin ich schon sechs, jetzt geh ich schon zur Schule, und immer noch muss ich mir diese Kindergeschichten anhören.«

Wenig später saß die ganze Familie um den großen, festlich geschmückten Esstisch. Jannis' Eltern hatten sich beide fein gemacht und lächelten fröhlich. Sein Bruder Mikis saß daneben, der ging schon in die dritte Klasse. Seine große Schwester Sofia war 16 und fuhr jeden Morgen mit dem Schiff auf die Nachbarinsel zur Schule. Onkel Stavros und Tante Elèni waren aus Athen gekommen. Und Oma Jula saß auf dem Ehrenplatz.

Vor ihnen stand das letzte Fastenmahl. Die ganze Woche vor Weihnachten wurde in Jannis' Familie kein Fleisch und kein Fisch gegessen. Nüsse, Rosinen, Datteln, etwas Gemüse; mehr gab es heute nicht. Erst morgen, am 25. Dezember, durften sie endlich wieder richtig schlemmen. Na gut, ganz so streng wurde der Brauch nicht mehr eingehalten: Nach der Geschichte stellte seine Mutter immer einen Teller mit Weihnachtsgebäck in die Mitte. Und so konnte Jannis es nicht abwarten, dass die Geschichte endlich vorbei war.

Oma Jula schien das zu ahnen, sie sah ihn ernst an. Dann schloss sie die Augen, atmete tief durch und fing an zu erzählen. »Meine Lieben, dies ist die Geschichte von den Kallikantzari, den kleinen, bösen Weihnachtskobolden. Ihr wisst, sie leben tief unter der Erde und tun alles, um uns Menschen zu schaden. Denn sie können uns nicht leiden, weil wir im Licht leben dürfen und sie in der Dunkelheit sitzen. Und jeder von ihnen hat eine kleine gezähnte Säge und eine kleine scharfe Axt. Damit hacken und sägen sie emsig an dem großen Baum, der unsere ganze Welt trägt. Denn sie wollen den Baum fällen und die ganze Welt mit allen Menschen darauf in den Abgrund stürzen.

Und jedes Jahr, kurz vor Weihnachten, haben sie es fast geschafft. Glaubt mir, so manchen Winter habe ich es schon gespürt: Da hat unsere Welt arg gewackelt in den letzten Tagen vor dem Fest. Zu Weihnachten aber dringen plötzlich unbekannte Klänge zu den kleinen Übeltätern in ihre Höhlen: die festlichen Gesänge der Kinder und das Lachen der Menschen. Und dann riechen sie die köstlichen Speisen. Das ärgert sie natürlich sehr, dass wir uns so freuen. Also kommen sie herauf, um den Grund dafür zu erfahren. Und sie sehen all die Lichter, die Feiern und die fröhlichen Tänze. Dann werden sie noch missmutiger, als sie es so schon sind.

Und um uns die Freude zu verderben, spielen sie uns die ganzen zwei Weihnachtswochen immer wieder böse Streiche. Deshalb lässt man in allen Häusern ein Feuer brennen, denn Kobolde fürchten sich vor Feuer. Und wehe, jemand vergisst das. Dann ist sein Geschirr zerbrochen, seine Vorratskammer geplündert oder seine Festtagswäsche verschmutzt.

Am 6. Januar aber sind die Weihnachtsfeiern vorbei und es kehrt wieder Ruhe ein. Dann klettern die Kobolde zurück in die Erde zu ihren Äxten und Sägen. Und stellt euch vor: Der Baum, der die Welt trägt, ist inzwischen wieder heil. Die Kobolde ärgern sich krumm und müssen von vorn anfangen zu sägen. Ihr seht also, meine Lieben: Solange wir Weihnachten feiern, bleibt die Welt bestehen, und das Böse kann uns nicht besiegen.«

Alle nickten zufrieden und Jannis' Vater dankte Oma Jula für die schöne Geschichte. Und endlich kam der Teller mit dem Weihnachtsgebäck. Jannis wusste gar nicht, was er am liebsten mochte. Am besten waren die saftigen Melomakarona, kleine klebrig-süße Honigkuchen, die mit Sirup vollgesogen waren. Oder nein, noch besser waren die Kourambiedes, knusprige Mandelkekse mit einer dicken Puderzuckerhaube. Der Stapel auf dem Teller sah toll aus, wie ein riesiger Schneehaufen. Wenigstens stellte Jannis sich Schnee so vor. Denk dir nur: Echten Schnee hatte er noch nie gesehen. Auf seiner kleinen Insel schneite es so gut wie nie; nur Oma Jula konnte sich überhaupt an einen weißen Winter erinnern.

Als Jannis nun also dasaß und Mandelkekse futterte, kam ihm eine tolle Idee. Er wollte der ganzen Familie zeigen, dass es diese albernen Weihnachtskobolde gar nicht gab. War er als Kleinster denn der Einzige, der das erkannt hatte? Kobolde! Letztes Jahr hatte er mit Sofía darüber reden wollen, aber was hatte sie geantwortet? »Du bist noch zu klein, um das zu verstehen.« Hat man da Töne? Zu klein? Das war doch wirklich die Höhe!

»Nein, dieses Jahr läuft das anders!«, dachte Jannis. »Ich werde es euch allen beweisen!« Er sah sich um, ob ihn jemand beobachtete. Kein Mensch achtete auf ihn. Also nahm er einen kleinen Teller, füllte ihn mit Mandelkeksen und brachte ihn hinauf in sein Zimmer.

»Ha!«, jauchzte er. »Da kann kein Kobold dran vorbeigehen. Ich stelle den Teller auf die Fensterbank. Und wenn die Kekse am 6. Januar noch da sind, werden alle sehen, dass es keine Weihnachtskobolde gibt.«

Zufrieden schlüpfte er spät am Abend ins Bett. Als seine Mutter ihm gute Nacht wünschte, erblickte sie ganz zufällig den Teller und lächelte still.

＊． ．＊． ＊ ★ ＊ ． ．

Und was soll ich euch sagen? Die Weihnachtstage kamen und gingen, einer nach dem anderen; und der Teller stand jeden Morgen unberührt an seinem Platz. Schon war der 31. Dezember gekommen, der Tag vor der Bescherung. Ja, ihr habt richtig gehört, in Griechenland bekommen die Kinder ihre Geschenke erst an Neujahr vom heiligen Vassìlios.

Wieder saßen alle um den großen, herrlich geschmückten Esstisch. Aber heute bog er sich nur so vor leckeren Speisen: Lammkoteletts, Schweinespieße, Gemüse, Salate – und in der Mitte stand der bunt verzierte Neujahrskuchen.

Nach dem Mahl schnitt Jannis' Vater den Kuchen an und die ganze Familie sprach mit ihm zusammen: »Ein Stück für den Herrn Jesus, ein Stück für den heiligen Vassìlios, ein Stück für das Haus, ein Stück für die Armen, ein Stück für Oma Jula …« So bekam nach und nach jeder ein Stück; sogar Tante Maria, die schon seit Jahren in Deutschland lebte. Jannis kriegte als Jüngster das letzte Stück. Aber das war gar nicht schlimm, denn im zweiten Bissen fand er, was jeder haben wollte: Die goldene Münze, die im Neujahrskuchen steckte.

»Hurra! Ich hab sie! Jetzt hab ich das ganze nächste Jahr Glück!«, rief Jannis und alle klatschten Beifall.

Dann schoben sie den Tisch beiseite und tanzten und sangen bis spät in den Abend.

Aufgeregt ging Jannis diese Nacht ins Bett. Was für ein toller Tag! Er hatte die Münze gefunden – und morgen war endlich Bescherung.

Doch vorher sollte noch etwas geschehen.

Mitten in der Nacht wachte Jannis auf. Er hörte etwas, direkt unter seinem Bett. Ein Kratzen, oder war es ein Klopfen? Oder waren es ... Schritte?

Ja, es bewegte sich, jetzt war das Geräusch mitten im Zimmer, drehte sich einmal im Kreis, kam wieder zu ihm zurück. *Oh Mann!* Jannis wurde mulmig. War das ein Geist? Quatsch, Geister gehen ja nicht, Geister schweben. War das am Ende ein ... Weihnachtskobold?

Was auch immer es war, es sollte Jannis nicht kriegen. Schnell zog er sich die Decke über den Kopf, kniff die Augen zu und steckte sich die Finger in die Ohren. So konnte ihn das Wasauchimmer nicht finden, das da durch sein Zimmer streunte.

An Schlaf war natürlich nicht mehr zu denken. Wer konnte schon schlafen, wenn ein riesiges Wasauchimmer um sein Bett polterte. Dann würde Jannis eben wach bleiben, bis zum Morgen; oder wenigstens, bis dieses Wasauchimmer weg war.

Nun ist Wachbleiben gar nicht so einfach, wenn man wirklich müde ist. Also schlief er nach ein paar Minuten doch ein – Wasauchimmer hin oder her.

Als er am nächsten Morgen aufwachte, schob er sich erst einmal die Decke vom Kopf. Was war los gewesen? Ach ja, richtig, diese seltsamen Geräusche, dieses unheimliche Wasauchimmer! Das war bestimmt nur ein Traum. Schließlich wusste Jannis genau, dass es keine Geister gab; und erst recht keine Weihnachtskobol…

Nanu? Der Teller! Jannis sprang auf und stürmte zum Fenster. Der Teller war leer! Keine Spur von den Mandelkeksen, nicht ein Krümelchen Puderzucker hatten sie übrig gelassen. Sie? Dann gab es die Kobolde also doch? In Jannis' Kopf drehte sich alles.

Die Einzige, die jetzt Rat wusste, war Oma Jula. Leise schlich Jannis an ihr Bett und zupfte an der Decke.

»Oma!«, flüsterte er.

Ein lautes Schnarchen kam als Antwort.

»Oma!«, rief Jannis etwas lauter und zupfte stärker.

Oma Jula brummte und öffnete endlich die Augen. »Janni«, murmelte sie schläfrig, »was machst du hier, mitten in der Nacht?«

»Ach Oma, es ist acht Uhr morgens, gleich Zeit fürs Frühstück. Aber ich muss mit dir reden. Da ist was ganz Komisches passiert, letzte Nacht.«

Und Jannis erzählte Oma Jula alles. Davon, wie er ihnen zeigen wollte, dass es keine Kobolde gibt. Von den vielen Nächten, in denen nichts geschehen war. Und von der letzten Nacht. Leise sprach er von dem unheimlichen Wasauchimmer und dem leeren Teller.

Da nickte Oma Jula wissend und sagte halblaut: »Ja ja, Kourambiedes, die mögen sie am liebsten!«

Jannis schluckte. »Du glaubst, das Wasauchimmer war ein …?«

Oma Jula unterbrach ihn. »Was glaubst du denn, Janni? Das ist doch die Frage.«

»Ja … nun … eigentlich war ich sicher, dass es sie nicht gibt. Aber jetzt – das waren wohl wirklich Weihnachtskobolde, was? Ist ja irre!«

Oma Jula lächelte. »Mein lieber Junge«, sagte sie, »es gibt so viel auf der Welt, was *irre* ist. Da ist für die paar kleinen Kobolde doch auch noch Platz!« Sie lachte und nahm ihren Enkel in den Arm. »So, Janni, und jetzt lass mich endlich aufstehen. Warum läufst du nicht schon mal runter? Schau doch mal, was der heilige Vassìlios dir für Geschenke gebracht hat!«

Jannis schlug sich auf die Stirn. »Oh Mann, die Geschenke! Die hab ich total vergessen! Bis gleich, Oma!« Und wie der Wind war er verschwunden.

Und was glaubt ihr? War Jannis' Wasauchimmer wirklich ein kleiner, böser Kobold?

Also, ich weiß es nicht. Aber wenn ihn ein paar Kekse davon abhalten, den Baum zu fällen, der die ganze Welt trägt, dann werde ich jetzt auch immer zu Weihnachten einen Teller mit Keksen auf die Fensterbank stellen.

BANKRAUB IN VERTIKOW

6. Dezember 2019
17:15 Uhr

»Das sind die Letzten!« Peer stoppte den Rollstuhl vor dem Geschirrspüler, hob das Tablett mit den Kaffeetassen von den Armlehnen und reichte es Peggy.

»Danke, mein Lieber.« Peggy sah seufzend in die Maschine, die bereits fast voll war. »Wenn wir noch mehr Senioren im Dorf bekommen, brauchen wir eine zweite.«

»Oder du ziehst mit der Seniorenweihnachtsfeier doch zu Eilien in die ›Eiche‹. Dann macht sie das alles.«

»So weit kommt das noch! Weißt du, was die durchtriebene Wirtin uns pro Person abknöpfen will? Dann ist für Tischschmuck und die Präsente nichts mehr übrig.« Die Frau des Pastors packte die Tassen so rabiat auf die Geschirrlade, als wollte sie an ihnen ihren Unmut über Eilien auslassen. »Wer weiß, wie viel die Gemeinde uns im nächsten Jahr überhaupt noch dazugibt?«

Behutsam, sodass es im Geschirrklirren beinahe unterzugehen drohte, hakte Peer nach: »Aber du hättest die Arbeit von den Hacken.«

Peggy drehte eine Tasse in der Hand. »Ach komm, es macht uns allen doch auch Spaß, oder?«

Dazu sagte Peer lieber nichts. Für ihn war Spaß etwas anderes, als immer die gleichen fünf Weihnachtslieder auf dem verstimmten Klavier im Gemeinderaum zu spielen. Hin und wieder hatte er wenigstens eigene Vorspiele improvisiert, doch das hatte manche der Gäste irritiert, weshalb Peggy ihn gebeten hatte, darauf zu verzichten. Und auch die Tatsache, dass er mit seiner Querschnittslähmung nicht viel mehr beitragen konnte, als die Tabletts hin- und herzufahren, nervte ihn. An die Geschirrschränke kam er nicht ran, Kuchentabletts und Milchkännchen vertraute ihm Peggy nicht an. »Ach, ich mach schon«, sagte sie immer, aber Peer wusste, dass sie Angst hatte, er würde irgendwas fallen lassen.

»Fertig!«

Peer schreckte auf, als er Britts glockenhelle Stimme hinter sich hörte. In einem Knäuel fleckiger Tischdecken war nicht mehr von ihr zu sehen als die braunen Haare und ein Auge – das grüne.

»Wo kommen die Decken hin? Wäschst du sie hier oder bringst du sie nach Lützow?«

»Wirf sie einfach vor unsere Wohnung.« Peggy wies zur Tür am Ende des Flurs, wo der öffentliche Teil des Pfarrhauses endete. »Moment!« Sie wischte mit dem Geschirrtuch über die Arbeitsfläche und packte es oben auf den Deckenstapel. »Ich glaube, dann haben wir alles.«

Das war das Signal. Endlich konnten sie zum angenehmen Teil des Nachmittags übergehen und es sich bei Britt mit Blaubeerpunsch gemütlich machen.

Peggy öffnete die Tür, die ihr vom Wind entgegengedrückt wurde. »Meine Güte.« Sie schaute hinaus in die Dunkelheit. »Bisschen spät für einen Novembersturm. Hoffentlich fängt es nicht auch noch an zu regnen.«

»Und wenn schon«, flötete Britt. »Ist ja nicht weit. Außerdem habe ich den Ofen angemacht, da sind wir schnell wieder warm und trocken.« Sie zog den Reißverschluss ihrer Filzjacke bis zum Hals zu und lief hinaus.

Peer lächelte Peggy schulterzuckend zu und folgte der Freundin über die Rampe nach draußen.

Grundsätzlich hätten sie die fünfzig Meter bis zu Britts Haus in der Tat rasch hinter sich bringen können. Einmal über den Slawenweg, an Leos Grundstück vorbei, durch die Gartenpforte und sie wären da. Aber Vertikow war eben Vertikow.

Kaum waren sie auf den Bürgersteig getreten, hörten sie Hermann Stellmacher aufgeregt rufen. »Hallo! Wartet mal!« Der alte Schmied winkte und kam, auf seinen Stock gestützt, mit kleinen, hektischen Schritten näher. Keuchend blieb er stehen. »Peer …« Sein Gesicht war gerötet. War der alte Mann vor Aufregung so außer Atem oder vom Laufen? »Ich brauch deine Hilfe.«

Seufzend schloss Peer die Augen. So bald schien das mit dem Blaubeerpunsch nichts zu werden. »Was gibt's, Hermann? Wir haben uns doch eben erst gesehen.«

Für einen Moment schob der Alte verwirrt die Augenbrauen zusammen. »Ja? Ja, natürlich … schon.« Er suchte mit der freien Hand Halt am Pfeiler der Toreinfahrt, doch offenbar war der Stein so kalt, dass er die Hand gleich wieder zurückzog. »Aber es is was passiert.«

»Davon gehen wir aus«, raunte Peer und fing sich einen Knuff von Peggy ein. »Was ist denn passiert?«

»Ein Verbrechen.« Hermann pausierte für zwei pustende Atemzüge, dann setzte er hinzu: »Ich hab ein‹ Bankraub zu melden.«

Peers Blick ging zu Peggy, dann zu Britt. Beide Frauen schauten ratlos zurück. In Vertikow gab es keine Bank, nicht einmal in Pokrent. Die nächsten Bankfilialen waren in Gadebusch und Lützow, gute zwanzig Minuten von hier. »Ach, und wo?«, fragte Peer.

»Dumme Frage! Bei mir natürlich.« Hermann wies mit dem Stock auf den Bürgersteig vor seiner Schmiede.

Peer folgte seinem Blick. Jäh wurde ihm klar, was der Alte meinte: Seine Bank war verschwunden. Nur ein leerer Fleck war vor den Torbögen der Werkstatt geblieben, wo seit Jahren eine Bank stand, auf der Hermann bei schönem Wetter den Nachmittag verdöste. »Und wo ist sie hin?«

»Wenn ich das wüsste, würde ich kaum den weltberühmten Detektiv fragen, oder?«

Detektiv ... Schwang da ein Fünkchen Ironie mit in Hermanns Aussage? Gut, Peer musste zugeben, er kam sich selbst mitunter ein wenig lächerlich vor, wenn er das Schild an seinem Haus betrachtete, wie ein Hochstapler. Es hatte ein paar Fälle hier gegeben in den letzten Jahren, und ja: Er hatte geholfen, sie aufzuklären. Aber Vertikow war eben Vertikow, ein kleines, beschauliches Dorf in Mecklenburg, keine Hochburg des Verbrechens. Meistens bedeutete »Privatdetektiv« nicht viel mehr, als alle paar Monate mal ein verschwundenes Fahrrad aufzuspüren. Oder nachzuforschen, wo der Mann von Hannelore Propst war, wenn er behauptete, nach Gadebusch zum Kegeln zu gehen. Um dann herauszufinden, dass er tatsächlich in Gadebusch zum Kegeln gewesen war.

Britt legte Hermann sanft eine Hand auf den Unterarm. »Peer ist bloß erstaunt. Es ist ja schon ungewöhnlich, dass eine Bank verschwindet.«

»Weißt du noch, wann du sie zuletzt gesehen hast?«, fragte Peggy.

Peer verdrehte die Augen. Fehlte nur, dass sie Hermann belehrte, sie könne bei Bänken erst vierundzwanzig Stunden nach der Vermisstenmeldung tätig werden.

»Wenn ich das wüsste ...« Der Alte zog die Stirn in Falten und starrte einen Moment lang versonnen vor sich hin. »Drauf gesessen hab ich zuletzt im Oktober.«

»Und gesehen?«, hakte Peer nach. »Britt hat völlig recht: Eine Bank verschwindet ja nicht mal eben so.«

Und sie wurde in der Regel auch nicht geraubt, jedenfalls keine schlichte Plastikbank wie die von Hermann.

»Ihr glaubt mir nich, was? Ihr denkt, ich bin senil. Wie diese alten Leute, die ihre Fernbedienung ins Eisfach packen und jeden verdächtigen, sie gestohlen zu haben.« Er stampfte mit dem Stock auf. »Ihr könnt gern bei mir ins Eisfach gucken – die Bank werdet ihr da nich finden.«

»Hermann.« Peer versuchte, ruhig zu bleiben. Aber es war kalt und stürmisch, nass und finster – definitiv nicht der richtige Moment, um eine verschollene Bank zu suchen. »Ich schlage vor, du gehst erst mal nach Hause, setzt dich in Ruhe hin und überlegst, wann du die Bank zum letzten Mal gesehen hast. Und dann kommst du morgen zu mir und wir klären den Fall. Okay?«

Stirnrunzelnd sah der Alte ihn an. »Meinetwegen, Jung. Ich fertige ›n Protokoll an.«

»Mach das, Hermann.« Peer sah ihm nach, wie er durch den Regen stapfte, hinfällig und zielstrebig zugleich.

»Er wird nicht kommen«, wisperte Britt. »Bis morgen hat er das längst vergessen.«

»Ja«, seufzte Peer. »Manche Probleme erledigen sich von selbst.«

Peggy stemmte die Hände in die Hüften. »Das ist nicht nett. Die Bank steht doch wirklich nicht mehr da, wo sie immer stand, oder?«

Peer atmete tief durch. »Schon gut, ich fahr morgen auf dem Rückweg von der Arbeit zu ihm. Einverstanden?«

18:10 Uhr

»Dieses Jahr – haltet euch fest!« Peggy trank einen großen Schluck Blaubeerpunsch. »Nach siebzehn Jahren Dauerdienst hat Werner dieses Jahr ab dem ersten Weihnachtstag frei. Nur die Gottesdienste an Heiligabend und dann fahren wir weg.« Sie schloss lächelnd die Augen. »Bis Silvester Wellness-Urlaub am Fleesensee.«

Kopfschüttelnd schenkte Britt ihr nach. »Das wird ja mal Zeit. Dass die Kirche an Heiligabend aus allen Nähten platzt, kann ich sowieso nicht nachvollziehen.«

»Du bist ja auch eine Heidin«, raunte Peer und ließ die Stimme beim letzten Wort erzittern. »Wie kommt das?«, fragte er Peggy. »Wieso hat Werner gerade über Weihnachten frei?«

Für einen Moment überflog ein Schatten Peggys Gesicht. Sie senkte die Stimme. »Eigentlich will Werner, dass es niemand erfährt, aber ich sehe das nicht ein. Letztes Jahr hatte er zwischen den Tagen einen kleinen Schwächeanfall. Der Arzt meinte, er sollte dringend kürzertreten und unbedingt diesen Gottesdienst-Marathon vermeiden.«

»Und das befolgt er so einfach?«, fragte Britt ungläubig.

»Sagen wir mal, es gab überzeugende Argumente, die er zu Hause mindestens einmal die Woche gehört hat.« Mit einem verschwörerischen Lächeln griff Peggy nach den Zimtsternen. »Dabei meint er immer, wir sollten froh sein über die Weihnachtszeit. Wenigstens einmal im Jahr hat er die Chance, viele seiner Schäfchen zu erreichen und für Christentum und Kirche zu werben.«

»Wer übernimmt dann dieses Jahr die Marketingaktion?«, fragte Peer.

»Einen Nachmittags-Gottesdienst und den zweiten Feiertag kommt Pastor Paul. Der ist zwar seit Jahren im Ruhestand, aber noch fit wie ein Turnschuh. Und den ersten Feiertag macht Pastor Blumenschein aus Pokrent. Für den ist Werner auch schon oft eingesprungen.«

»Und zur Mitternachtsmesse?« Für Peer war damals, als er noch Organist in Vertikow war, die Feier um Mitternacht immer die schönste von allen gewesen.

»Die lässt er sich natürlich nicht nehmen«, sagte Peggy. »Deshalb können wir auch erst am 25. los. Aber der Arzt meinte auch, Schonung wider Willen wäre womöglich eher kontraproduktiv.«

Peer nahm sein Punschglas. »Bestimmt. Ich beneide euch um die Mitternachtsmesse. Seit ich an Weihnachten nicht mehr arbeite, müssen wir jedes Jahr weg. Diesmal ist Saschas Mutter dran.« Er seufzte. »So schön Wolfenbüttel ist; im Winter liegt es mir immer ein bisschen zu dicht am Harz.«

Britt kicherte. »Und wo liegt es im Sommer?« Sie schien genug Punsch gehabt zu haben.

Artig schmunzelnd schluckte Peer eine Entgegnung hinunter und hielt ihr sein leeres Glas hin. »Und du?«

»Ich?« Sie schenkte ihm betont langsam und umsichtig ein, wobei ein Hauch Rosa ihr Gesicht überflog. »Na ja, da bin ich auf Rügen. Zum Jul... zur Wintersonnenwende.«

»Ooooh«, hauchte Peggy, »so was würde ich auch gern mal machen.«

»Heidnische Feste feiern?«, fragte Peer erstaunt.

»Auf den Spuren der Geschichte wandeln und alte Bräuche kennenlernen«, gab sie spitz zurück.

»Das lass mal nicht Werner hören«, mahnte Peer. »Ich weiß schon, was dann hier im Dorf die Runde macht: ›Die Frau des Pastors tanzt auf Hexenmessen!‹«

Peggy lachte auf und trank ihr Punschglas leer. »Egal, was du tust, in Vertikow wird immer geredet.«

»Stimmt.« Ein Flackern im Fenster ließ Peer aufsehen. »Was ist das, Britt? Deine Weihnachtsbeleuchtung?«

Britt schaute kurz zum Fenster, dann auf die Uhr. »Nein, eine Taschenlampe. Wahrscheinlich der Brönner aus dem Schlossgetto auf seiner Hunderunde.«

Ein Klopfen an der Haustür ließ alle den Kopf wenden.

Peer hob die Augenbrauen. »Und der macht die Hunderunde durch dein Haus?«

»Sehr witzig.« Ächzend erhob sich Britt und lief zur Tür.

»Is Peer bei dir?« Hermann! Wenig später stand der alte Schmied in der Stube, die Tropfen von seinem Regenmantel bildeten einen unregelmäßigen dunklen Kreis auf dem Teppich.

»N'Abendschön, Jung. Peggy, mien Diern.«

Britt half ihm aus dem Mantel.

»Man hat mir meine Bank gestohlen.«

Peer seufzte leise. »Wir wissen, dass deine Bank *verschwunden* ist, Hermann.«

»Ach. Woher?«

»Das hast du uns vorhin erzählt.«

Der Alte schaute einen Moment ins Leere. »Klar«, blaffte er. »Und was hast du unternommen?«

»Jetzt?«, rief Peer. »Es ist stockfinster, saukalt und es regnet. Wir hatten verabredet, dass ich morgen …«

»Das Wetter sollte ein‹ guten Detektiv nicht davon abhalten, einer Spur zu folgen, solang sie heiß is.«

Britt, die Hermanns Mantel vor den Ofen gehängt hatte, stellte dem Schmied ein Glas Punsch hin. »Einen Detektiv vielleicht«, meinte sie mit einem Seitenblick zu Peer. »Aber *du* solltest bei diesem Wetter nicht durch die Finsternis irren.«

»Ich irre nich!«, wetterte Hermann. »Ich bin in Vertikow gebor'n und kenn jeden Stein.« Er setzte das Glas an und trank es halb leer. Wohlig lächelnd lehnte er sich zurück. »Ich irre nich, ich finde.«

»Was?«

»Was schon, Jung? Die Bank!«

Peer beugte sich zu ihm vor. »Du meinst, du hast die Bank, die angeblich gestohlen worden ist, bei diesem Dreckwetter in nur einer halben Stunde gefunden?«

Der Alte richtete sich auf. »Erstens meine ich nix. Zweitens wurde sie nich *angeblich*, sondern tatsächlich gestohlen. Und drittens: ja.«

Peggy legte Hermann die Hand auf die Schulter. »Wo war sie denn? In deinem Garten?«

Entrüstet zog Hermann den Arm weg. »Sach mal, was denkt ihr eigentlich? Dass ich blöd bin? Dass ich nix mehr im Kopf hab?«

»Nein, natürlich nicht!«, begann Britt. »Aber man vergisst im Alltagstrubel ja mal was. Gerade, wenn man älter wird, kann so was schon mal …«

»Was soll die Bank denn in› Garten?«, raunzte Hermann. »Wozu soll ich die da hinschleppen bei dies'n Schietwetter? Ich war den ganzen Tag nich draußen.«

Peer wollte ihn an seinen Besuch der Weihnachtsfeier erinnern, doch Peggy schüttelte stumm den Kopf. Wahrscheinlich hatte sie recht. »Wo hast du die Bank denn gefunden?«, fragte er stattdessen.

»Hier, gleich nebenan. Bei … bei … na …«

»Leo?«, fragte Britt.

»Genau. Er hat das Diebesgut frech unter die Bäume mit den mickrigen Äpfeln gestellt. Schämt sich nich mal!«

Peggy fuhr mit der Zungenspitze über ihre Lippen, wie immer, wenn sie eine Herausforderung zu bewältigen hatte. »Unter die Zierapfelbäume? Ja, da hat Leo zwei Bänke stehen.«

»Was? Du meinst, er hat noch jemand beklaut?«

»Nein, ich meine, dass das nicht deine Bank ist.«

»Das is haargenau meine Bank. Ich hab sie doch gesehn!«, protestierte Hermann.

Seufzend beugte Peggy sich vor und senkte die Stimme, als wollte sie verhindern, dass Peer und Britt die folgenden Sätze mitbekamen. »Leos Bänke sehen nur genauso aus wie deine. Ihr habt sie gemeinsam gekauft, weißt du nicht mehr? Ich hatte euch im vorletzten Sommer mitgenommen zu ›Jawoll‹, und ihr habt euch für das gleiche Modell entschieden. Also haben wir drei Stück eingepackt.«

Hermann sah Peggy stumm an, wandte sich ab und starrte ins Leere. Mit einem Schlag wirkte das Gesicht des Siebenundachtzigjährigen um zehn Jahre älter. Grau, leblos, in den Augen nichts als Resignation. Die knöcherne Hand fuhr über Stirn und Augenbrauen, sein Geist schien weit fortgeeilt zu sein. Dann zuckte Hermann, als erwachte er aus einem Schlummer, und sah zu Peer. »Gut, dass du da bist, Jung. Ich hab ein‹ Bankraub zu melden.«

21:25 Uhr

»Es war so traurig, diese Leere in seinen Augen.« Versonnen strich Peer über Saschas Haar. Die gemeinsamen Sofaabende waren immer noch etwas Besonderes, auch wenn seine Frau inzwischen wieder in Schwerin arbeitete und abends nach Hause kam. Jetzt lag sie neben ihm, den Kopf auf seinen Oberschenkeln. Davon konnte er zwar nichts spüren, aber die Erinnerung an dieses Gefühl war noch immer lebendig. »Ja. Wenn ein Mensch, den man gut kennt, so abbaut, nimmt einen das mit.« Sascha setzte sich auf. »Hat er eigentlich jemanden, mit dem er Weihnachten verbringt? Er muss nach dem Tod der Baronin furchtbar einsam sein.«

»Stimmt. Sein erstes Weihnachten allein.«

In den letzten Jahren hatten Hermann und die Baronin von Radenow-Werthenbach eine Romanze gehabt und einander viele schöne Stunden geschenkt. Bis die alte Dame im Mai, kurz vor ihrem achtundneunzigsten

Geburtstag verstorben war. Das hatte dem Schmied einen gewaltigen Schlag versetzt. Seitdem war seine Demenz rasant fortgeschritten.

Mit einem Mal packte Sascha Peers Arm. »Dann feiern wir mit ihm Weihnachten!«

»Äh … sag das noch mal.« Gerade gestern hatte Sascha mit ihrer Mutter telefoniert und abgemacht, dass sie am 24. Dezember zum Kaffee bei ihr sein wollten. Auch das Abendessen hatten sie am Telefon geplant. Und die Menüfolgen für die Feiertage. Obwohl da nicht viel zu planen war. Bei seiner Schwiegermutter gab es zu jedem Weihnachtsfest die gleichen Speisen. Und die gleichen Streitthemen. Familientradition.

»Wir feiern Heiligabend mit Hermann.«

»Und deine Mutter?«

Saschas Miene verfinsterte sich. Sicher dachte sie an das gestrige Telefonat zurück, das in einen heftigen Wortwechsel gemündet war. »Ich rufe sie morgen an und sage ihr, dass wir am ersten Weihnachtstag kommen. Weil … du an Heiligabend noch arbeiten musst.«

»Echt jetzt?«

»Heiligabend ist ein Dienstag.«

»Aber die Firma macht Betriebsferien.«

»Das weiß Mama ja nicht.«

Peer musterte seine Frau. »Wieso ist dir das so wichtig? Geht es dir um Hermann oder willst du die Zeit mit deiner Mutter verkürzen?« Sascha und ihre Mutter liebten einander, aber die zwei waren so darauf bedacht, jede mögliche Verletzung zu vermeiden, dass ihre Unterhaltungen immer verkrampfter wurden, bis schließlich ein Wort die Lunte zündete und die Situation explodierte. Es war besser für beide, wenn sie nicht länger als drei Stunden am Stück miteinander verbrachten.

»Warum *oder*?« Sascha schenkte Wein nach. »Ist es nicht wunderbar, dass man mitunter zwei Fliegen mit einer Klappe schlagen kann?«

24. Dezember 2019
17:30 Uhr

Sie hatten beschlossen, das Ganze schlicht zu halten. Ein paar eingepackte Leckereien, die sie zur Not wieder mit nach Hause nehmen könnten. Eine Thermoskanne mit Glühwein, das war Saschas Idee gewesen. Genauso wie das Buch mit Weihnachtsgeschichten, falls ihnen der Gesprächsstoff ausginge oder, was wahrscheinlicher war, falls Hermann wieder von den trüben Gedanken um seinen Verlust eingeholt würde. Auch ein paar Kerzen und drei goldene Christbaumkugeln lagen in Saschas Korb. Peer schmunzelte. Sie hatte an alles gedacht.

»Wart mal!« Er hatte schon die Tür geöffnet, da fiel ihm etwas ein. »Und wenn deine Mutter anruft? Erwartet sie nicht, dass wir daheim sind, weil dein armer Mann sich nach der schweren Arbeit ausruhen muss?«

»Ich habe sie vorhin schon angerufen und ihr einen schönen Heiligabend gewünscht«, antwortete Sascha. Irgendetwas musste sie aus Peers Blick herausgelesen haben, denn rasch fügte sie hinzu: »Ich habe natürlich von dir gegrüßt.«

»Und wo war ich da? Lag ich, von der Büroarbeit darniedergestreckt, im Tiefschlaf? Musste ich meditieren, um mich seelisch wieder aufzubauen?«

Seine Frau seufzte. »Ich gebe zu, ich habe bei Mama ein wenig übertrieben, was deinen Job angeht.«

»*Ein wenig übertrieben* ist ein wenig untertrieben.«

»Manchmal bist du schon ziemlich kaputt, wenn du heimkommst.« Sie griff nach dem Korb.

Peer rollte ihr in den Weg. »Ich sitze im Büro und sortiere Post, ich schleppe keine Rübenkisten! Woher willst du wissen, wie ich mittags drauf bin? Dann bist du noch in Schwerin. Außerdem ist ›ziemlich kaputt‹ nicht dasselbe wie: ›Er ist völlig fertig, ich weiß nicht, wie lange der Arme das noch durchhält‹.« Er schüttelte den Kopf. »Und heute musste ich nicht mal arbeiten, das war nicht übertrieben, das war gelogen.«

Sascha sah ihn verwundert an. »Sie ist meine Mutter.«

»Und seine Eltern darf man anlügen, oder was?«

»Gott erfand die Lüge, damit Menschen es überhaupt miteinander aushalten. Vor allem Eltern und Kinder.«

Peer wendete den Rollstuhl und öffnete die Tür. »Du hast Glück, dass Werner sich schonen muss. Ich hätte gern die Meinung des Pastors zu deiner These gehört.«

Immerhin regnete es nicht, doch ein scharfer Wind fegte feuchte Dunstschwaden durch die Gärten. An der »Alten Eiche« musste Sascha die rot-goldene Decke festhalten, die sie über den Korb gelegt hatte. Der Weg zu Hermanns Schmiede, für gewöhnlich ein Katzensprung, schien Peer wie ein Marsch durch die Gischt eines Wasserfalls, und entsprechend durchfeuchtet waren sie, als sie die Schmiede erreichten.

»Ich hoffe, er hat seinen Ofen an. Oder die Esse«, keuchte Peer. Immerhin standen sie in dem Arkadengang jetzt etwas geschützt, trotzdem bibberte er.

»Zur Not haben wir ja den Glühwein.« Sascha drehte den Knopf der altmodischen Klingel.

Es dauerte einen Moment, ehe sich hinter dem Tor etwas regte.

Verstohlen ging Peers Blick zu der Stelle, an der Hermanns Bank gestanden hatte. Britt hatte recht gehabt: Hermann war am nächsten Tag nicht zu ihm gekommen.

Auch nicht an den folgenden. Und er selbst war dem Schmied aus dem Weg gegangen, nicht einmal in die »Eiche« hatte er sich getraut. Weniger, weil ihm der »Fall« zu unattraktiv erschien – vermutlich gab es gar keinen Fall. Er war sich sicher, dass die Bank in Hermanns Garten stand, vielleicht sogar in der Schmiede, um sie vor dem Wetter zu schützen.

Nein, Peer hatte die Begegnung mit Hermann gescheut, weil er sich unwohl in seiner Nähe fühlte. Es tat ihm weh, zu sehen, wie immer mehr von seinem alten Freund verschwand: Die Gewitztheit, der Schalk, die Weisheit – alles wurde nach und nach begraben von einem trüben, grauen Rest aus Nur-Sein. Das nicht mitverfolgen zu wollen, war feige, ja. Aber Peer hatte sich auch nie um die Medaille für heldenhafte Kameradschaft bis zum Ende beworben. Blieb zu hoffen, dass der Alte ihn heute Abend nicht auf die Bank ansprechen würde. Vielleicht hatte er inzwischen vergessen, dass es je eine Bank gegeben hatte.

Endlich öffnete sich die Tür, und die beiden schauten in das strahlende Gesicht von …

»Peggy?«, riefen Peer und Sascha synchron.

»Wie schön!« Die Pastorenfrau ließ sie ein und nahm ihnen die Jacken ab. »Langsam füllt sich die Stube.«

»Was machst du hier?«, fragte Peer. »Ich dachte, du packst für euren Wellness-Urlaub.«

»Wie es aussieht, haben wir alle umgeplant, was?«

Alle? Peer rollte in Hermanns Stube. Und begriff, was Peggy meinte: Zwischen Hermann und Peggys Mann Werner saß Britt und schenkte aus einer Thermoskanne Heidelbeerpunsch in zwei Gläser. Sie zwinkerte, als sie Peer und Sascha sah. »Ha, gewonnen! Ich hab gewettet, dass ihr auch noch kommt.«

»Natürlich!« Hermann erhob sich und packte Peers Hand. »Auf mein‹ Jung lass ich nix kommen. Tachschön Peer. Sascha, mien Diern, macht es euch gemütlich. Frohe Weihnachten.«

»Frohe … Weihnachten«, stammelte Sascha, die Stimme ein wenig gepresst, wie immer, wenn sie ihre Rührung zu verbergen suchte. Dann wandte sie sich zu Peggy und packte mit ihr den Korb aus.

Peer rollte zu Werner Duwe und gab ihm die Hand. »Na, wie kommst du zurecht mit deinem reduzierten Programm?«

Der Pastor schürzte die Lippen. »Ein bisschen fehlt mir schon. Obwohl die Gottesdienste mit all den gestressten Leuten anstrengend sind, freue ich mich den ganzen Dezember auf die leuchtenden Kinderaugen.« Er sah in die Runde. »Aber eine kleine Feier mit den Menschen, die uns wichtig sind, ist ein wunderbarer Ersatz.«

Verlegen senkte Peer den Blick. Verdammt, wie bekäme er den Kloß aus dem Hals? »Ich hab gehört, hier gibt es was Heißes zu trinken?«

»Hier.« Britt schob eines der Gläser herüber.

»Und du – hast auf das Mittwinterfest verzichtet?«

Sie winkte ab. »Ich war schon viermal da. Und kann nächstes Jahr wieder hin. Das hier ist wichtiger.«

Peer schaute Sascha an. Sie lächelte zurück. Ja, das hier war wichtiger.

Peggy stellte ihm einen Teller mit einem Lachsbrötchen und einer kleinen Pastete hin. »Lass es dir schmecken. Die Pastete ist von Britt, mit Kräutern und …«

Es klingelte, schrill und etwas rostig. Einmal, dann gleich noch mal.

»Nanu?« Hermann kniff die Augen zusammen. »Hab ich denn noch jemand eingeladen?«

Peggy zwinkerte Peer zu und lief aus der Stube. Wenig später hörten sie Männerstimmen in der Diele, begleitet von Peggys begeisterten Jauchzen. Hermanns Freund Leo trat ein, gefolgt von Raffael von gegenüber.

Kurz stockte Peer der Atem: Hatte Hermann Leo nicht verdächtigt, seine Bank gestohlen zu haben? Hoffentlich würde er ihn jetzt nicht deswegen anklagen. Doch der alte Schmied schien seine Verdächtigungen vergessen zu haben, er schloss den langjährigen Freund erfreut in die Arme und drückte dem jungen Künstler die Hand. »Raffael, schön, dass du reinguckst«.

Über eine Stunde hatten sie geschlemmt, getrunken, geredet und gelacht. In der ausgelassenen Stimmung ging Peers Blick irgendwann zum Fenster, in den dunklen Garten. Den Baum mit der Lichterkette hatte er noch gar nicht gesehen. Eine üppige glitzernde Girlande wand sich durch die Äste des alten Birnbaums und schwang im Wind hin und her. Wann hatte die sich eingeschaltet?

»Cool, was?« Raffael nippte an seinem Punsch. »War meine Idee. Und ist der Grund, weshalb wir hier sind.«

»Ihr seid wegen der Lichterkette hier reingeschneit?«

»Sozusagen. Leo und ich hatten am Samstag darüber gesprochen, dass wir beide an Heiligabend allein sind und zusammen feiern wollen. Und als wir vorhin bei ihm saßen und aus dem Fenster schauten, ging plötzlich Hermanns Lichterbaum an. Da meinte Leo, dass Hermann bestimmt auch allein hier säße, wo doch die Baronin nicht mehr lebt. Also haben wir ein paar Sachen zusammengepackt und sind los.«

Peer klopfte ihm auf die Schulter. »Prima Idee.«

»Dachten wir auch. Bis wir merkten, dass ihr ebenfalls alle die Idee hattet.«

Werner beugte sich zu ihnen. »Wenn viele eine gute Idee haben, macht das die Idee ja keinesfalls schlechter.«

In diesem Moment entdeckte Sascha den funkelnden Birnbaum. »Oh, wie wundervoll, Hermann!«

Wie auf Kommando wandten alle den Blick zum Fenster hinaus.

Hermann, der gerade dabei war, jedem ein Glas Pflaumenschnaps einzuschenken, sah stolz in die Runde. »Ja, ne? Hat Raffael mir da aufgehängt.«

Erneut drehten sich alle Köpfe synchron und richteten sich auf den Maler – das heißt: fast alle Köpfe. Peer starrte weiter auf den Birnbaum. Auf die leuchtende Girlande. Und auf eine seltsame rechteckige Form, die sich darunter im Lichterschimmer vage abzeichnete. »Und ich weiß auch, wie du die Kette da aufgehängt hast«, raunte er Raffael zu.

»Was?« Der Maler spähte in die Dunkelheit und riss die Augen auf. »Ach du Scheiße!«

»Wie bitte?«, fragte Werner etwas irritiert.

»Was ist los?«, wollte Britt wissen.

»Was hast du denn?«, fragte Hermann und stellte Raffael ein Schnapsglas hin.

»Na ja.« Der Maler begann zu lachen. »Vorhin, als wir kamen, habe ich mich gefragt, warum deine Bank nicht mehr vor der Schmiede steht.«

Peer schloss die Augen. Bisher war es so gut gelaufen. Aus dem Augenwinkel sah er, wie auch Peggy Raffael Zeichen machte.

»Und?«, fragte Werner.

Der Maler zuckte mit den Schultern. »Jetzt weiß ich, warum: Ich hatte neulich keine Leiter gefunden. Also hab ich die Bank nach hinten geschleppt, um den Lichtschlauch aufzuhängen. Und da steht sie immer noch. Ich räum sie dir morgen wieder zurück, Hermann.«

Britt kicherte. »Raffael, der Bankräuber von Vertikow!«

Auch Sascha und Peggy glucksten, während Werner und Leo nur verwunderte Blicke wechselten.

Ehe der verblüffte Maler antworten konnte, klopfte Hermann ihm auf die Schulter. »Hör nich auf sie, Jung. Du hast das sehr hübsch gemacht. Und dass du langsam tüdelig wirst, is ja nich so schlimm.«

Wie die beiden Diebe Severin Spitzbub und Kornelius Klaubock dem Bischof von Krakau die Weihnachtsgans stahlen

Es hatte angefangen zu schneien.

Kornelius Klaubock schlug den ausgefransten Kragen seines Mantels hoch, zog die Mütze tiefer und lief einen Schritt schneller. Der Wind trieb ihm die dicken Flocken in die Augen, weshalb er nur blinzeln konnte. Gerade wollte er um eine Ecke biegen, da tobte ihm eine Schar Kinder entgegen, die versuchten, Schneeflocken mit dem Mund aufzufangen, und sich heiter und ausgelassen auf die erste Schneeballschlacht des Jahres freuten. Doch Klaubock beachtete sie nicht, er rannte fast über den alten Marktplatz, vorbei an der Marienkirche, und bog in eine schmale, dunkle Gasse ein, wo er in der nächsten Haustür verschwand.

Es war der Freitag vor dem vierten Advent. Überall in Krakau brannten Lichter in den Fenstern. Ach ja, Krakau! Wisst ihr eigentlich, wo Krakau liegt? Das ist eine alte, ehrwürdige Stadt in Polen, fast genau in der Mitte zwischen Ostsee und Mittelmeer, und zwischen Paris und Moskau. Ich kann euch sagen: Wenn ihr jemals hinreisen solltet, werdet ihr den Anblick nie vergessen. Die weiß und gold verzierten Häuser, die Kirchen und Paläste, die weiten Plätze, auf denen ein reges Treiben herrscht und wo in der Weihnachtszeit alle nur erdenklichen Köstlichkeiten und Kostbarkeiten feilgeboten werden. Fast möchte ich sagen: eine Stadt wie im Märchen.

In just dieser Stadt lebten die beiden Diebe Severin Spitzbub und Kornelius Klaubock. Und natürlich war es die kleine, verwahrloste Wohnung des Severin Spitzbub, in die sich Klaubock gerade vor dem beginnenden Schneesturm flüchtete, um sich an einem mickrigen Kanonenofen ein wenig die Finger zu wärmen.

Jetzt werdet ihr denken: »Sicher hecken die beiden irgendeinen Plan aus!«, weil Diebe ja immer irgendeinen Plan aushecken. Und ihr habt recht. Die zwei überlegten gerade, wie sie sich die Weihnachtsfeiertage angenehmer gestalten könnten. Aber keine Sorge – sie würden niemanden das letzte Hemd rauben. Hier ein kleiner Taschendiebstahl, dort ein Kuchen von der Fensterbank, ein andermal nachts ein Korb Äpfel aus dem Garten des Herrn Apothekers, größere Beute hatten sie noch nicht gemacht. Doch das sollte anders werden. Ihr neuer Coup würde die vorläufige Krönung ihrer Räuberlaufbahn.

Severin Spitzbub hatte schon vor über einem Monat, am 3. November des Jahres ... In welchem Jahr, fragt ihr? Das weiß ich so genau gar nicht, aber es ist lange her und geschah, bevor ihr und eure Eltern geboren wurdet, selbst lange, bevor eure Großeltern auf die Welt kamen. Damals lag Krakau nicht in Polen wie heute; denn Polen gab es gar nicht. Ja, ihr habt richtig gelesen: Im Laufe der Zeit ist Polen immer mal wieder einfach unter den Nachbarstaaten aufgeteilt worden. Zu der Zeit, in der unsere Geschichte spielt, gehörte Krakau zu Österreich. Das war damals viel größer als heute und wurde von einem Kaiser regiert. Vielleicht könnt ihr euch denken, dass unsere beiden Diebe immer mal wieder eine Stadt verlassen mussten, wenn die Staatsdiener ihnen zu dicht auf den Fersen waren – was leider oft schnell geschah. So ist es nicht verwunderlich, dass die zwei irgendwann in Krakau gelandet waren.

An diesem 3. November jedenfalls wäre Severin Spitzbub, nachdem er gerade den Opferstock in der Marienkirche ein wenig erleichtert hatte und nun über den Markt davonschlenderte, fast mit dem Küchenjungen des Bischofs zusammengestoßen. Der hatte einen schweren Korb voll Gemüse, Eiern und Speck zu schleppen und musste ständig nach Maître Flammerie Ausschau halten, dem bischöflichen Leibkoch aus Frankreich. Dieser hüpfte mit seinem runden Bauch von einem Marktstand zum anderen, schüttelte hier den Kopf und rümpfte dort die Nase. Eine Wurst entlockte ihm ein spitzes »Mais non!«, nach dem Schnuppern an einem Laib Käse entfuhr ihm ein »Mon dieu!«, und als er in einem der angebotenen Äpfel einen Wurm entdeckte, kreischte er »C'est dégoutant!« So zogen die beiden über den Markt, der dicke Koch stets einige Schritte voraus und der schmächtige Küchenjunge mit dem schweren Korb hinterdrein.

Überhaupt, der Markt! Wenn ihr je auf einem Markt wart, wisst ihr, wie es dort zugeht. Wie die Marktfrauen ihre Waren anpreisen, wie gefeilscht und gehandelt wird, wie sich die Händler gegenseitig beschimpfen und Mütter nach ihren Kindern schreien. So ähnlich war es auch auf dem Markt in Krakau, nur dass er größer und interessanter war als die meisten anderen Märkte, die ihr kennt. Es gab alles, was ihr euch vorstellen könnt: Weizen aus Pommern, Käse aus Holland, Wein aus den süddeutschen Ländern, Wolle vom Balkan, Fische aus der Ostsee, Felle aus Russland, ja sogar Tran und Walspeck aus Skandinavien. Und zur Weihnachtszeit war das Angebot umso größer: Gewürze aus dem Orient, Nüsse aus Italien und Gänse von den Höfen des Umlands. Ihr seht, Krakau muss eine wohlhabende Stadt gewesen sein, denn all diese Waren konnten sich vor allem reiche Leute leisten.

Zu diesen reichen Leuten gehörte Severin Spitzbub leider nicht. Er setzte gerade an, am Buchstand dem Mathematikprofessor Wenzeslaus Wurzel heimlich die Taschenuhr aus der Weste zu ziehen, als ein plötzliches, lautes »Pardon?« ihn unterbrach.

»Pardon?«, rief Maître Flammerie. »Das sind alle Gäns-, die du -ast? Lausige zwei Stück? Und dazu so mager, wie wenn sie sind von Danzig -ier-er geflog-! Soll isch servier- diese Geripp- dem Bischof?«

»Aber nicht doch, mein bester, verehrtester Maître Flammerie«, rief die Frau hinter dem Stand. »Sagt nur, wie viele Gänse Ihr braucht, und ich werde Euch nächste Woche die schönsten, fettesten und wohlschme- ckendsten Tiere mitbringen, die Ihr je gesehen habt!«

Spitzbub, der das mit angehört hatte, lief das Wasser im Munde zusammen. Er hatte in seinem Leben noch nie eine Gans gegessen. Wie ihr wisst, war er sehr arm. Selten hatten er und Klaubock mehr als ein Stück Brot und ein Ende harter Dauerwurst zum Abendessen.

»Bien«, murmelte Maître Flammerie, der bischöfliche Leibkoch, »dann bring mir zu die nächste Markttag vier von deine Gäns- mit. Aber wehe, wenn nischt jede wiegt mindestens 12 Pfünd!«

»Geht in Ordnung.« Die Geflügelhändlerin nickte eifrig. »Geht in Ordnung! Da lädt der Herr Bischof aber eine große Gesellschaft zu sich ein, was? Die Priester der Stadt? Oder die Domherren? Oder gar seinen Bruder, den Herrn Kardinal aus Breslau?«

»Mais non!«, brummte der Leibkoch, »der Bischof lädt niemand- ein, dazu er ist viel zu geizisch. Wenn er sein- Robe- nischt aus Rom bekäm-, isch glaub, er würd- -er- umlaufen, wie sagt man? Nackisch.« Und mit einem schiefen Lächeln fügte er hinzu: »Nein, die Gäns- er isst alle allein. Die erst- am Jour de Martin, Martinstag, die zweit- am Weihnachtstag, die nächst- an die zweite Weihnachtstag. Die Rest- bekommen seine -unde. Niemals er würde an zwei Tag- von dieselbe- Gans essen und niemals seine Koch ein klein- Zubrot überlassen.« Leise murmelte Maître Flammerie ein paar französische Flüche in seinen Bart, die niemand verstand, was sicher besser war.

»Das waren drei Gänse«, dachte Spitzbub. »Was ist denn mit der letzten?«

»Das waren drei Gänse. Was ist denn mit der letzten?«, fragte die Geflügelhändlerin.

»Die Letzt- er isst natürlich an die Neujahr-tag. Wieder ganz allein. Wenn du suchst die geizigste, selbstsüschtigste, -art-erzigste Mensch der Stadt, du musst nischt weit laufen, um zu finden.« Die letzten Worte sprach der Koch so leise, dass nicht einmal sein Küchenjunge ihn hören konnte, der gerade von einer Gans ins Ohr gezwickt wurde.

Die Geflügelhändlerin war erstaunt. »Aber er ist doch ein Mann der Kirche. Sollte er da nicht mildtätig sein? Ich habe gehört, er spendet jedes Jahr dem Armenhaus ein Weihnachtsmahl.«

»Pff«, machte Maître Flammerie. »Eine -eiße Brotsupp- er spendet für die Armen, während er nagt genüsslisch an seine Gans. Mann der Kirsche, was -eißt das schon? Von so eine Gans eine *famille* könnt werden satt eine Wochlang. Aber das dürft- isch gar nischt erzählen.«

»Doch«, dachte Severin Spitzbub, »doch, doch, so was muss man sogar erzählen. Wie sollte unsereins sonst davon erfahren?« Lautlos schlich er davon, um Kornelius Klaubock alles zu berichten.

Am nächsten Markttag hockten die beiden Diebe hinter zwei Kartoffelsäcken und beobachteten, wie der bischöfliche Leibkoch gebieterisch auf den Geflügelstand zuschritt. Sein Küchenjunge folgte ihm, diesmal zog er einen Karren mit einem Eisenkäfig hinter sich her.

»Ah, mein hochverehrter Maître Flammerie, willkommen. Wartet!« Mit zwei Sprüngen verschwand die Geflügelhändlerin hinter ihrem Stand. Kurz darauf kehrte sie zurück und balancierte ächzend einen netzartigen Korb, in dem zwei riesige Gänse mühsam das Gleichgewicht hielten.

Zu der Zeit, als die Diebe Spitzbub und Klaubock in Krakau lebten, kaufte man die Gänse lebend und musste sie zu Hause schlachten, rupfen und ausnehmen. Das war eine anstrengende und schmutzige Arbeit. Wer es sich leisten konnte, hatte darum einen Koch angestellt.

»Nisch schlescht«, staunte der bischöfliche Leibkoch über die mächtigen Gänse, »aber das sind nur zwei!«

»Moment, Moment! Die beiden anderen kommen noch. Sie sind bloß so schwer – jede gut und gerne zwölf Pfund! ich kann nicht alle vier auf einmal tragen.«

»Mon dieu!« Maître Flammerie pfiff durch die Zähne. »-offentlisch die Platz in mein- Ofen reischt für diese Unge-euer. Da bin isch gespannt, ob der -err Bischof die kann wegputzen in eine einzige Mahlzeit.« Er schritt um den Korb herum, sodass unsere beiden Diebe endlich auch einen Blick auf die Gänse werfen konnten.

»Hei!«, jauchzte Kornelius. Dabei lehnte er sich so weit nach vorn, dass er die Balance verlor und samt Kartoffelsack dem bischöflichen Leibkoch vor die Füße purzelte.

Dem entfuhr ein spitzes »Parbleu!«, er machte einen Satz zurück, sodass er fast den Küchenjungen umgerissen hätte. Der wäre seinerseits beinahe über seinen Karren gestolpert.

»Was tut er denn da?«, rief Maître Flammerie. »Kann er nischt aufpassen? Rasch, mach er sisch davon und belästige nischt anständig- Leute bei ihre Geschäft!« Mit einer ungehaltenen Handbewegung scheuchte der Leibkoch Kornelius Klaubock fort.

»J-ja, Herr, s-sofort, Herr«, stammelte Klaubock, sammelte seine Mütze wieder auf und winkte Severin Spitzbub, damit sie sich aus dem Staub machten. Natürlich nicht, ohne ein Stück Käse vom Karren mitgehen zu lassen, den der Küchenjunge in der Aufregung ein wenig außer Acht gelassen hatte.

Das alles war Anfang November geschehen. Und nun, fünf Wochen später, war es Zeit für den Coup. Wie ihr schon wisst, hatte es gerade angefangen zu schneien, und Kornelius Klaubock schüttelte sich, nachdem er die zugige Kammer seines Freundes betreten hatte, erst einmal die Schneeflocken vom Mantel, bevor er mit einem lauten »Ich hab's! Ich hab's!« auf Spitzbub zustürzte.

Der rieb sich schlaftrunken die Augen. Er hatte gerade ein Nickerchen gemacht. Unter seiner Decke war es einfach wärmer als im zugigen Zimmer mit dem kleinen verrußten Kanonenofen. »Was denn?«, murmelte er und gähnte lang und laut. »Was hast du?«

»Na, einen Plan! Ich habe einen Plan, wie wir an die Gänse kommen.«

»Wie, an alle drei? Wo sollen wir denn mit drei riesigen Gänsen hin?«

»Wieso drei?«, fragte Kornelius mit gerunzelter Stirn. »Hast du nicht aufgepasst? Der französische Koch hat doch vier Gänse gekauft.«

Severin nickte. »Ich hab aufgepasst und zugehört: Die erste hat der Bischof schon am Martinstag weggefuttert. Bleiben drei. Immer noch viel zu viel für uns.«

Ein guter Einwand, das musste Kornelius Klaubock zugeben. Und da sie ebenso wenig wussten, wie sie drei Gänse zu zweit aufessen sollten, von denen jede eine ganze Familie eine Woche ernährt hätte, kamen sie überein, nur *eine* Gans zu stehlen.

»Gut«, flüsterte Kornelius. »Dann habe ich eben einen Plan, wie wir an eine Gans des Bischofs kommen.«

»Sieh an, sieh an, Klaubock hat einen Plan. Na, ich bin gespannt!« Severin Spitzbub schmunzelte.

Und das hatte seinen Grund. Kornelius Klaubock war nicht eben bekannt dafür, dass seine Pläne besonders hilfreich waren. Ohne Severin hätte er vermutlich noch nie ein Stück Beute gemacht und wäre verhungert. Aber das hätte Severin ihm nie gesagt, die beiden waren schließlich Freunde.

»Also, dann mal raus mit der Sprache. Lass hören, deinen Plan!«

»Pass auf!«, sagte Klaubock. »Ich habe alles ausgekundschaftet. Der Hof des Bischofs liegt direkt neben dem Spital. Wenn man durch die Brackastraße am Spital vorbei und über den Spitalgarten geht, kann man die hintere Mauer des bischöflichen Hofes erreichen. Und da müssen wir einfach nur rüberklettern und uns eine Gans rausholen. Fertig!«

Severin Spitzbub seufzte. »Mein lieber Kornelius, ich weiß nicht, wie ich's dir sagen soll, aber was du da hast, ist kein Plan: Es ist auch keine Idee. Es nicht mal ein Einfall, sondern ...«

Das hätte er besser nicht gesagt. Klaubock war zwar kein guter Pläne-Schmieder. Aber er war sehr stark und ziemlich schnell. Obendrein war er so jähzornig, dass er den armen Severin unter wütenden Flüchen gute zwölf Mal um den kleinen Ofen und noch ein paar Mal durch die Kammer jagte. Bis es Severin endlich gelang, sich unter den Tisch zu flüchten und Klaubock mit Engelszungen zu überzeugen, dass der Plan lediglich einiger kleiner Verbesserungen bedurfte.

Schnaufend ließ sich Kornelius Klaubock aufs Bett fallen. »Bitte, dann sag doch, was du besser machen willst. Ich finde: *rein – raus – weg* ist gut genug!«

»Gut genug, wenn du im Zuchthaus landen willst«, lachte Spitzbub und sprach schnell weiter, als er das böse Gesicht seines Komplizen sah. »Also, hör zu! Als Erstes müssen wir überlegen, wie wir über die Mauer kommen. Wie hoch ist sie denn?«

»Och.« Klaubock hob die linke Hand ein kleines Stück über den Kopf. »Etwa so. Oder so. Oder vielleicht ein bisschen höher. Oder wie die Wände deiner Kammer. Höchstens. Was weiß denn ich …«

»Siehst du«, sagte Severin. »Ich denke, dass wir es mit einer Räuberleiter schaffen könnten. Als ich neulich einen Blick vom Haupttor aus in den Hof geworfen habe, sah ich, dass die Gänse in einem Schuppen dicht bei der hinteren Mauer gehalten werden. Nur …«, er machte eine gewichtige Pause, »wie schnappen wir uns die Gans? Was, wenn sie beißt? Vielleicht kann man so ein flatterndes Vieh gar nicht tragen. Und wie kriegen wir sie über die Mauer? Sie wird kaum freiwillig über unsere Räuberleiter steigen. Wir könnten sie über die Mauer werfen und hoffen, dass sie noch da ist, wenn wir auf der anderen Seite ankommen. Aber was, wenn …«

So ging es eine ganze Zeit weiter. Severin Spitzbub dachte sich Pläne aus und verwarf sie wieder, meldete

Bedenken an seinen eigenen Ideen an und tüftelte herum, während Klaubock sich ausmalte, wie herrlich die Gans schmecken musste, wenn sie sie erst gebraten hatten.

Schließlich einigten sie sich auf einen Plan, der etwa so aussah: Um Mitternacht würden sie mit einem Korb und einem Seil aufbrechen. Klaubock sollte Spitzbub mit einer Räuberleiter über die Mauer helfen und dann den Korb am Seil hinterherwerfen. In diesen Korb würde Spitzbub die Gans setzen, worauf Klaubock sie über die Mauer ziehen sollte. Zum Schluss würde er das Seil noch einmal in den Hof werfen, damit Spitzbub daran über die Mauer zurückklettern könnte.

Gesagt, getan. Die beiden Gauner legten alles bereit, zogen sich dunkle Wollwesten an und setzten schwarze Mützen auf. Als die Glocke der Marienkirche zwölf Uhr schlug, brachen sie auf.

Mittlerweile waren die Straßen weiß vom Schnee. Radspuren von Kutschen zogen sich wie lange, schmale Gräben durch die dichte Decke. Die Wolken hatten sich verzogen und einen sternenklaren Himmel zurückgelassen, der volle Mond brachte die weißen Dächer zum Glitzern. Still lag die Stadt da, als hätte der Frost das Leben darin eingefroren. Bis auf zwei einsame Gestalten, die durch den Neuschnee stapften. Beide zitterten ein bisschen, und keiner von ihnen wagte zu sagen, ob es wegen der Kälte oder vor Anspannung über den großen Coup war, der nun direkt bevorstand.

»Verdammt!« Severin Spitzbub blieb wie angewurzelt stehen.

Klaubock, der hinter seinem Kumpan lief und den Dampfwolken seines Atems in der frostigen Nacht nachgesehen hatte, rannte mit voller Wucht gegen den Korb, den Spitzbub auf dem Rücken trug. »Selber verdammt!«, knurrte er. »Was ist denn nun schon …?«

»Schsch«, zischte Spitzbub und hielt Klaubock, der sich fluchend die Stirn rieb, den Mund zu. »Dreh dich mal um. Na, was siehst du?«

»Was soll ich sehen? Häuser, Laternen, die Straße …«

»Und *auf* der Straße?«

»Spielen wir Ratespiele oder wollen wir die Gans stehlen?«, murrte Klaubock. »Schnee ist auf der Straße! Schnee, Schnee, Schnee!«

»Eben.« Severin schüttelte den Kopf vor so viel Begriffsstutzigkeit. »Und im frischen Schnee sind unsere Spuren, du Dummkopf. Guck doch mal: die Radspuren der Kutschen und die Fußspuren von zwei Männern, die geradewegs zum Palast des Bischofs führen.«

»Oh«, murmelte Klaubock. »Mist!«

Spitzbub überlegte einen Moment. »Es hat aufgehört zu schneien, da wäre es ein Leichtes, unsere Spuren zu meiner Wohnung zurückzuverfolgen. Aber ich habe eine Idee: Wir sorgen einfach für so viele Spuren, dass keiner mehr weiß, welche die echten sind!«

»Quatsch!«, schimpfte Klaubock. »Wo willst du denn so viele Leute herkriegen, mitten in der Nacht?«

»Denk doch mal nach: Wir machen die Spuren natürlich selber, du und ich. Wir laufen einfach ein wenig in der Stadt umher, über den Rynek zum Florianstor auf der einen Seite und bis zum Wawel auf der anderen.«

Das war ein lustiges Bild: Da rannten die beiden Diebe keuchend kreuz und quer durchs nächtliche Krakau, bald hierhin und bald dorthin, mitunter trafen sie sich, meist aber lief jeder für sich durch die leeren Gassen. Das ging eine gute halbe Stunde, bis Klaubock, schon ziemlich außer Atem, schwungvoll in die Gasse hinter dem alten Rathausturm bog. Und mit lautem Scheppern gegen den Brustpanzer eines Postens der Stadtwache stieß.

»Soso«, sagte der. »Was tut er denn hier, mitten in der Nacht? Hat es wohl eilig. Hat er etwa was ausgefressen, hä? Na los, red er schon!«

Klaubock bekam weiche Knie. »Neinneinnein, Herr Ha-Ha-Hauptmann, verzeihen Sie bitte. Ich … bin spät dran, ich weiß, und … es ist sehr kalt, darum bin ich ein wenig gerannt. Jawohl, so war's, Herr Oberst.«

Der Wachposten runzelte die Stirn. »Ein braver Bürger rennt um diese Zeit nicht umher. Er liegt in seinem warmen Bett. Dies ist die Zeit der Diebe und Strolche. Wo kommt er her? Und wo will er hin?«

»Aber nein, Herr General. Ich bin nur ein warmer …, ein braver Bürger auf dem Weg zu seinem warmen Bett. Gerade von da hinten gekommen und auf dem Weg nach dort vorne, und gleich bin ich weg. Gott befohlen, Herr Oberfeldmarschall!« Schon war er um den verdutzten Soldaten herumgehuscht und ließ ihn in der Dunkelheit stehen.

$$\cdot \ {}^{*}\cdot\ {}_{*}{}^{*}\ \bigstar\ {}^{*}\cdot\ \cdot\ \cdot$$

Es schlug Viertel nach drei, als Kornelius Klaubock endlich an der Mauer hinterm bischöflichen Hof auftauchte.

»Wo warst du so lange?«, fauchte Severin Spitzbub. »Ich bin hier fast festgefroren. Du solltest durch die Stadt laufen, nicht bis Wieliczka.«

»Du und deine tollen Ideen!«, schimpfte Klaubock ebenso ungehalten zurück. »Um Haaresbreite bin ich dem Kerker entgangen! Bin hinter dem Rathausturm mit der Miliz zusammengestoßen. Was ist nun, ziehen wir die Sache durch, oder nicht?«

Ehe Spitzbub fragen konnte, was genau passiert war, schnappte sich Klaubock den Korb und das Seil und marschierte auf die Mauer zu. Gerade wollte er die Hände vor dem Bauch verschränken, um Severin über die Mauer zu helfen, als dieser zögerte.

»Warte. Ich glaube, wir sollten das Seil irgendwo befestigen. Falls ich dir zu schwer bin und du loslässt, lande ich sonst mitsamt dem Seil im Hof.«

»Was soll das heißen, zu schwer?«, polterte Klaubock los. »Willst du etwa sagen, ich bin zu schwach, willst du das behaupten?«

Nur mit Mühe konnte Spitzbub ihn beruhigen, ehe er die Anwohner weckte. »Doch nur zur Sicherheit! Stell dir vor, die Stadtwache kommt wieder vorbei. Dann kannst du das Seil loslassen und tust, als wäre nichts gewesen.«

»Ah.« Klaubock wandte sich kurz um, um sicherzugehen, dass der Posten nicht tatsächlich gerade an der Ecke auftauchte. »Ach so, deswegen«, flüsterte er. »Gute Idee, Spitzbub.«

Wenig später war das Seil an einem Pfosten vor dem Spital festgezurrt und Severin ließ sich langsam auf der anderen Seite der Mauer hinunter, nachdem ihm Klaubock unter Ächzen und Stöhnen auf der einen Seite hinaufgeholfen hatte.

Im Hof war es stockdunkel. Nur unter einer Tür schimmerte ein schwach flackerndes Licht. Spitzbub erstarrte. Das musste das Feuer in der Küche sein. War die Magd schon auf? Er lauschte, aber außer lautem Schnarchen aus dem ersten Stock war nichts zu hören. Da hinten rechts musste der Schweinestall sein. Daneben der Hühnerstall, von dem eine kleine Leiter auf den Heuboden hinaufführte. Auf der anderen Seite lagen die Pferdeställe und die Remise mit der bischöflichen Kutsche. Aber wo waren die Gänse? Nachts sah alles ganz anders aus …

Severin schaute zum Tor. Von dort hatte er den Gänsestall gesehen. Er zog mit den Armen eine Linie vom Tor zur Mauer. Der dunkle Kasten hinten in der Ecke, das musste der Schuppen sein, in dem die Gänse hausten. Langsam schlich er sich heran, Schritt für Schritt, erreichte endlich die Tür, griff nach dem Riegel und schob ihn vorsichtig beiseite.

Und dann ging es los.

Wenn ihr einmal an einem Gänsepferch vorbeigekommen seid, wisst ihr vielleicht, was für ein Spektakel diese Tiere machen können. So hielten es auch die drei Gänse des Bischofs. Es war ein solches Geschnatter und Gekreische, dass dem armen Spitzbub fast die Ohren abfielen. Im ersten Augenblick wusste er nicht, was er tun sollte, er schlug die Tür wieder zu und rannte in einen Holzstapel, der mit lautem Gepolter umstürzte. Das brachte die Gänse noch mehr auf. Sie kreischten, als rupfte man ihnen die Federn bei lebendigem Leibe heraus. Der arme Dieb war wie benommen. Er taumelte, wankte ein paar Schritte zur Mauer und wieder zurück. Auf einmal hörte er das Quietschen eines Fensterladens und erstarrte. Im Palast musste jemand aufgewacht sein. Langsam drehte er den Kopf und schaute hinauf zu den Fenstern. Von irgendwo dort beobachtete man ihn. Würde man ihn in der Dunkelheit erkennen?

Severin durfte nicht länger zögern! Wild entschlossen zog er die Mütze tief ins Gesicht, riss den Verschlag wieder auf und packte eine der schnatternden, zappelnden Gänse. Dann rannte er zurück zur Mauer, unter dem Arm die Gans, die ständig nach ihm schnappte. Ohne auf den Korb zu achten, an dem Klaubock den Vogel über die Mauer ziehen sollte, warf er ihn mit aller

Kraft auf die andere Seite. Und als er hinter sich eine Stimme »Wer da?« donnern hörte, packte er das Seil und zog sich hoch.

An einem gewöhnlichen Tag hätte er es nicht geschafft. Doch getrieben vom Mut der Verzweiflung erklomm er die Mauerkrone. Pfeifend flog ihm eine Ladung Schrot dicht an den Ohren vorbei. So schnell er konnte, rutschte er auf der anderen Mauerseite hinunter und sah gerade noch, wie Klaubock mit der Gans unter dem Arm auf die Brackastraße verschwand.

»Halt! Warte!« Er rutschte und schlitterte ihm hinterher, doch als er die Ecke erreichte und auf den großen Marktplatz blickte, war von Kornelius Klaubock keine Spur mehr zu sehen.

Schwer atmend saß Severin Spitzbub auf dem einzigen Stuhl in seiner Kammer und wartete. »Er wird in der Eile falsch abgebogen sein und wird sicher bald kommen«, dachte er. »Oder er versteckt sich irgendwo.«

Bald darauf klopfte es an der Tür. »Wer da?«, rief Spitzbub.

»Ich!«, tönte es gedämpft dahinter.

»Wer ist ich?«

»Wer soll ich schon sein? Ich bin ich!«

»Schon gut.« Severin öffnete die Tür. So konnte nur Klaubock auf seine Fragen antworten.

Sein Kumpan trat ein. Ohne Gans.

»Was ist passiert? Wo ist sie?«

Kornelius Klaubock drängte sich an ihm vorbei und hockte sich an den Ofen. »Weg!«, brummte er.

»Was heißt weg? Weggeflogen?«

»Na ja, ich bin mit der Gans geflüchtet, weil ich dachte, sie hätten dich erwischt. Ich bin losgelaufen, und da rief plötzlich jemand ›Halt! Warte!‹. Da bin ich ins Spital, um mich zu verstecken. Dort sah mich eine der Schwestern und fragte, was ich denn da hab. Und da … da habe ich gesagt: ›Das ist eine Gans vom Bischof für Weihnachten.‹ Sie hat alle Schwestern gerufen und sie haben sich so gefreut über das schöne Weihnachtsmahl für ihre Kranken. Sie meinten, ich soll dem Bischof ihren innigsten Dank bestellen. Dann haben sie die Gans genommen. Und ich stand wieder vorm Tor – ohne Gans.« Klaubock kaute auf seiner Unterlippe. Schließlich sagte er leise, aber entschlossen: »Wir holen sie uns zurück.«

»Nein«, entgegnete Severin, »das können wir nicht. Überleg mal: Den Menschen dort geht es noch schlechter als uns und die Schwestern opfern sich für sie auf. Diese Gans ist vielleicht das größte Geschenk, das sie je erhalten haben. Außerdem warten beim Bischof ja noch zwei weitere, die wir uns schnappen können. Also, lass uns nachdenken. Das nächste Mal müssen wir anders an die Sache rangehen.«

Der 22. Dezember war der letzte Markttag vor dem Weihnachtsfest. Maître Flammerie, der Leibkoch des Bischofs, war aufgebrochen, um einen Ersatz für die gestohlene Gans zu finden. Das kam den beiden Gaunern gelegen. Sie beobachteten, wie der Koch durch das Tor des Bischofspalasts trat und sich mit federnden Schritten auf den Weg zum Markt machte, wie immer gefolgt von seinem Küchenjungen. Dann warteten sie, bis die Turmuhr der Franziskanerkirche halb schlug, und starteten ihren zweiten Versuch.

Severin Spitzbub trat mit einem großen, zugedeckten Korb ans Palasttor und rief laut: »Hier bringe ich auf

Wunsch von Maître Flammerie die neue Gans fürs Festmahl des gnädigsten Herrn Bischof! Wo soll sie hin?«

Da der Koch nicht da war, wies ihm eine Magd den Weg zum Schuppen mit dem Gänsestall. Spitzbub musste natürlich so tun, als wäre er nie zuvor hier gewesen. Also fragte er noch einmal nach und dankte der Magd für die Auskunft, ehe er in den Hof ging.

Nun kam Klaubocks großer Moment. Er schlenderte wie zufällig in die Eingangshalle und erkundigte sich bei einem der Bediensteten, ob der Herr Bischof ein wenig Unterhaltung zum Weihnachtsfest wünschte. Er sei ein Gaukler und hätte einige Tricks auf Lager, die er gerne einmal zur Probe vorführen könne. Gleich machte er einen Handstand mit Überschlag und schlug einen kleinen Salto, den man ihm wegen seiner fülligen Figur nicht zutraute und der daher umso mehr Eindruck machte.

Das Auftauchen des vermeintlichen Gauklers sprach sich im Haus herum, und bald bestaunte das gesamte bischöfliche Personal Klaubocks akrobatische Kunststückchen und Taschenspielertricks. Letztere misslangen zwar meistens – das Taschentuch, das er der Magd stehlen wollte, fiel zu Boden, den Knopf von der Livree des Kammerdieners konnte er auch mit viel Zerren und Ziehen nicht abreißen, geschweige denn unauffällig verschwinden lassen. Und selbst die beiden Silberteller, die er nebenbei mitgehen lassen wollte, schepperten so verräterisch in seinem Wams, dass alle Umstehenden es sofort bemerkten und er die Teller notgedrungen unter lautem Gelächter der Bediensteten zurücklegen musste.

Trotzdem war seine Vorführung ein voller Erfolg. Denn dadurch achtete niemand auf Severin Spitzbub, der inzwischen zum Gänseschuppen gegangen war und dort seinen Korb abgestellt hatte, der natürlich leer war.

Aus seiner Jackentasche holte er eine Scheibe Brot und zerriss sie in viele kleine Brocken. Dann öffnete er die Tür einen Spalt, warf ein paar Krumen hinein und streute mit den restlichen Bröckchen eine Spur bis zu seinem Korb. Nun machte er die Tür ganz auf und sah zu, wie eine der Gänse gemütlich Krümel für Krümel pickend auf den Korb zusteuerte und hineinstieg.

Vorsichtig schloss Spitzbub die Tür und nahm den Korb auf. Gar nicht so einfach, mit einem zappelnden Vogel so zu tun, als wäre der Korb leer. So unauffällig es ging, schlich er am Personal vorbei, das noch immer begeistert Kornelius Klaubock beklatschte, und trat erleichtert durchs Tor auf die Brackastraße.

Er war keine zwanzig Schritte gegangen, als er hinter sich eine Stimme hörte: »Verzeihen Sie, mein Herr!«

Erschrocken drehte er sich um.

Da stand ein Priester, umgeben von einer Schar zerlumpter Kinder. »Sie kommen gerade aus dem Palast des Herrn Bischofs. Wären Sie so gut, mir zu sagen, ob er daheim ist?«

Severin zögerte. Was wollte der Mann? Hatte er ihn beobachtet? »Ich habe nur etwas … äh, geliefert … nein, abgeholt. Warum?«

»Nun«, erwiderte der Priester, »ich bin erst seit Kurzem in Krakau und betreue das Waisenhaus. Den Kindern fehlt es am Nötigsten, und ich wollte den Herrn Bischof bitten, ob er nicht zu Weihnachten seine Güte sprechen lassen und uns eine Spende geben könnte.«

Spitzbub hätte beinahe höhnisch aufgelacht und etwas gesagt wie: »Da kannst du lange warten, dass der was rausrückt!« Aber er konnte nicht, es schnürte ihm die Kehle zu. Er sah von einem Kind zum anderen, auf ihre zerlumpten Kleider, die hohlen Wangen und in ihre leeren, traurigen Augen. Er wusste, was er tun musste, und hätte sich doch dafür ohrfeigen können.

Nach einem tiefen Seufzer sagte er heiser: »Oh, der Bischof hat Euch schon bedacht. Gerade hat er mich zu Euch geschickt. Hier in diesem Korb lässt er Euch eine große Gans senden, damit Ihr den Kindern am Weihnachtstag ein festliches Mahl bereiten könnt.«

Der Priester konnte es kaum fassen. Wieder und wieder umarmte er Spitzbub und begutachtete strahlend die Gans. »Ich wusste doch, dass er ein guter Mensch ist, ein guter Mensch!«, rief er und zog mit den Kindern und dem Vogelkäfig von dannen.

»Ja ja, ein guter Mensch«, murmelte Spitzbub, während er sich eine Träne aus dem Auge wischte. Und das nicht nur, weil ihm die zweite Gans entgangen war.

»Verdammt!«, knurrte Kornelius Klaubock.

Mittlerweile war es Heiligabend, und die beiden waren weiter von ihrer Gans entfernt als je zuvor. Und das, obwohl sie gerade vor den Fenstern der bischöflichen Küche hockten. In der vergangenen Nacht war es wieder wärmer geworden, der herrliche Schnee hatte sich ausgerechnet zum Weihnachtsfest in dreckigen Matsch verwandelt. Soeben war eine Kutsche an den beiden Dieben vorbeigefahren und hatte Kornelius Klaubock von oben bis unten mit Dreck bespritzt.

»Verdammt! Ich hab langsam genug von Weihnachten!«

»Sei still, da kommt er!«, zischte Severin. Er zeigte in die Küche, die Maître Flammerie gerade wild gestikulierend betreten hatte. Spitzbub drückte das Fenster vorsichtig einen Spalt auf, sodass sie hören konnten, was in der Küche gesprochen wurde.

»Keine einzig- mehr ... alle schon bestellt ... Und Sein-Exzellenz, der gnädige -err -at getobt, als er erfuhr das. Wie kann das angehen? Keine Gäns- in ganz Krakau. Aber wenigstens eine uns ist geblieben. Isch werde sie gleisch schlachten, rupfen und ausnehmen lassen, damit niemand mehr kann sie uns stehlen. Schließlisch hat sisch jetzt noch der -err Kardinal aus Breslau zum Weihnachtsfest eingeladen. Aber das geschieht ...«

Hier wurde der Leibkoch so leise, dass weder Klaubock noch Spitzbub ihn verstehen konnte. Ich leider auch nicht, ich nehme jedoch an, er sagte so etwas wie: »Das geschieht ihm ganz recht, dass er die einzige verbliebene Gans nun ausgerechnet mit seinem ungeliebten Bruder teilen muss.«

Wie auch immer, die beiden Diebe hatten genug gehört. Sie schlichen davon, um zu beraten, was zu tun wäre. Und sie beschlossen, einfach zu warten, bis die Gans fertig vorbereitet war, um sie direkt aus der Küche zu stehlen. Das hatte enorme Vorteile: Sie müssten keinen lebenden Vogel ohne Aufsehen aus dem Haus schaffen. Obwohl keiner von beiden das je zugegeben hätte, hatten sie höchsten Respekt vor diesen Tieren, mit deren kräftigen Schnäbeln sie inzwischen schmerzhafte Bekanntschaft gemacht hatten. Außerdem müssten sie die Gans nicht schlachten, rupfen und ausnehmen.

Tatsächlich gelang der Coup so spielend leicht, dass sie sich fragten, warum sie nicht früher auf die Idee gekommen waren. Sie warteten einfach, bis die Gans fertig für den Bratofen vorbereitet war, stiegen dann durchs Küchenfenster ein und klauten den Vogel mitsamt einem Schälchen Füllung aus der Speisekammer.

Natürlich passte die Gans nicht in Severin Spitzbubs kleinen Kanonenofen, sodass sie den einzigen Stuhl zertrümmern mussten und den Vogel nun über offenem Feuer langsam brieten. Und als der Duft verführerisch durch die kleine Kammer zog und das Fett leise zischend ins Feuer tropfte, lief ihnen das Wasser im Mund zusammen.

»O Mann!«, sagte Klaubock immer wieder, während er langsam den Spieß drehte.

Doch plötzlich – die Gans war fast fertig – pochte es wild und lange an der Tür.

»Aufmachen! Im Namen des Bischofs!« Es pochte wieder. »Los, aufmachen! Sofort aufmachen!«

Entsetzt starrten die beiden Diebe sich an. Das durfte nicht sein. So dicht vorm Ziel, das Festmahl schon fast zwischen den Zähnen …

Was war geschehen? Nun, der Bischof hatte getobt, als er hörte, dass auch die letzte Gans gestohlen worden sei. Sofort rief er den Kommandanten der Stadtwache zu sich. Der sicherte ihm zu, man werde ihm augenblicklich die Übeltäter liefern. Einen Mann Gottes zu bestehlen, und das drei Mal, das sei gottloser als den Opferstock zu plündern, das sei das verruchteste Verbrechen überhaupt, man werde ihm Dieb und Gans präsentieren, tot oder lebendig. Damit meinte der Kommandant natürlich den Dieb, die Gans war ja schon tot.

Also schwärmte die Stadtwache aus, lief von Haus zu Haus und suchte den Gänsedieb und seine Beute. Nun standen die Wachen also vor Severin Spitzbubs Kammer.

»Los«, flüsterte der Kornelius Klaubock zu, »mach auf und geh vor die Tür! Du musst sie ein bisschen hinhalten, ich verwische die Spuren und verschwinde durchs Fenster. Wir treffen uns vorm Florianstor.«

Nach kurzem Zögern rief Klaubock in Richtung der Tür: »Ich komme schon!«, half Severin, das Feuer zu löschen, schlurfte zur Tür und öffnete sie mit einem langen Gähnen. »Was gibt es …?«

Er erstarrte. Vor ihm stand der Wachsoldat, mit dem er vor einer Woche um Mitternacht zusammengestoßen war.

»Sieh an, sieh an«, raunzte dieser, »der brave Bürger. Was tut er denn hier? In dieser miesen Gasse, in diesem heruntergekommenen Haus, hinter dieser klapprigen Tür, der brave Bürger? Und was trägt er für Lumpen, was strotzt er vor Dreck? Mach er sofort die Tür auf und lass mich hinein!«

»Nein! Das geht nicht!«, rief Klaubock. »Ich bin … beschäftigt. Ihr müsst später wiederkommen.«

»Beschäftigt, was? Ist er dabei, die Gans des Bischofs aufzufressen, der brave Bürger? Ist er nichts weiter als ein lumpiger Dieb und Galgenvogel?«

»Mein Herr!« Kornelius Klaubock versuchte, Haltung zu bewahren. »Ich bin gerade bei einer schweren Arbeit und trage vielleicht nicht die reinlichste Kleidung. Aber Sie haben nicht das Recht, so mit einem aufrechten Krakauer Bürger zu sprechen. Nehmen Sie sich zusammen oder ich verpfeife Sie bei Ihrem Anführer!«

Ein guter Versuch – bis auf den letzten Satz. Grinsend gab der Wachsoldat seinen Kameraden ein Zeichen, stieß Klaubock beiseite und stürmte mit den beiden anderen in die Kammer. Doch die war leer.

»Das Fenster!«

Einer der Wachmänner blickte hinaus. »Da läuft er!«

»Los! Schnappt ihn euch!«, befahl der erste Wachsoldat. »Ich halte inzwischen den braven Bürger fest.« Er drehte sich um, doch Klaubock war natürlich längst auf und davon.

Und Severin Spitzbub? Der rannte die Bäckergasse entlang. Das heißt, er versuchte zu rennen, mit einer Zwölfpfundgans auf dem Arm gar nicht so leicht. Und als er sich umwandte, sah er zu seinem Schreck die zwei Wachsoldaten aus dem Fenster springen und sich ihm an die Fersen heften.

»Nun gut«, dachte er, »normalerweise wäre ich schneller als die beiden in ihren Rüstungen. Aber der Vogel hier ... Soll ich ihn fallen lassen?« Nein, beschloss Spitzbub. Wenn *er* die Gans nicht haben konnte, sollte der Bischof sie auch nicht bekommen!

In diesem Moment kam er am großen Collegium der Universität vorbei und schlagartig wusste er, was er mit der Gans machen würde. In der St.-Anna-Kirche, nur ein paar Schritte weiter, fand heute die alljährliche Weihnachtsspeisung der Armen und Obdachlosen statt. Also lief er, so schnell er konnte, zum Kirchenportal, warf die Gans mit den Worten »Eine Spende des Bischofs für die Armen dieser Stadt!« durch die geöffneten Tore ins Kirchenschiff und rannte, von der Last befreit, seinen Verfolgern davon.

＊　＊　★　＊

Das ist nun beinahe schon die ganze Geschichte von den Dieben Kornelius Klaubock und Severin Spitzbub, die dem Bischof von Krakau die Weihnachtsgans stahlen. Doch ein paar Dinge muss ich euch noch erzählen.

So wurde der Wachsoldat, der die Gänsediebe zweimal hatte laufen lassen, von seinem Kommandanten strafversetzt. Seit dem Neujahrstag musste er Dienst auf der Festung schieben und darauf achten, dass die Kanonenkugeln schön in Pyramidenform gestapelt und immer hübsch glänzend poliert waren.

Der Bischof musste seinem hohen Gast zum Weihnachtsmahl ein einfaches Huhn servieren, das Maître Flammerie natürlich auch hervorragend zubereitet hatte. Trotzdem kochte der Geistliche vor Zorn, hatte man ihn doch nicht nur um sein Leibgericht gebracht, sondern auch um die Chance, mit einer der Riesengänse bei seinem ungeliebten Bruder, dem Kardinal von Breslau, Eindruck zu schinden. Lächerlich hatte man ihn gemacht. Zum Gespött der ganzen Stadt.

Als er dann aber am zweiten Weihnachtstag gleich dreimal Besuch bekam, wusste er gar nicht mehr, wie ihm geschah. Zuerst erschien eine Abordnung von Nonnen aus dem Marien-Spital, später eine Schar Kinder aus dem Waisenhaus und schließlich gar der Prälat von St. Anna. Sie alle dankten dem Bischof für seine Großzügigkeit, erzählten, wie sehr man sich über den Gänsebraten gefreut habe, und priesen ihn dafür, dass er den Bedürftigen ein so herrliches Weihnachtsfest bereitet habe.

Es hielt den Kirchenmann kaum auf seinem Stuhl, am liebsten wäre er aufgesprungen, hätte das verruchte Pack geschüttelt und angebrüllt, dass sie ihm seine Gänse zurückgeben sollten. Doch er sah, wie sein Bruder, der Kardinal, huldvoll lächelte, und so machte er gute Miene zum bösen Spiel.

Kaum war zuletzt auch der Prälat gegangen, da beugte sich der Kardinal herüber. »Mein lieber Bruder, so wie ich dich in all den Jahren kennengelernt habe, erstaunt es mich außerordentlich, dass du deinem hohen Gast nur ein Huhn servierst, während du den Schafen deiner Herde Gänse zum Festmahl stiftest. Wahrlich, du scheinst ein frommer Mann geworden zu sein, der die Geburt unseres Herrn gottgefällig zu feiern weiß. Glaub mir, gute Werke bleiben nicht unbemerkt. Deine Selbstlosigkeit erfreut das Herz unseres Herrn so wie das meine, auch wenn wir uns wohl beide darüber wundern. Gott segne dich, lieber Bruder.«

Als der Bischof diese Worte hörte, lächelte er so süßlich, wie er konnte, froh über die glückliche Fügung. Das Wohlwollen eines Kardinals zu haben, konnte nie schaden. Und dass sein gutgläubiger Bruder keine Ahnung hatte, wie es sich wirklich verhielt, bereitete ihm sogar Vergnügen. Wobei er das größte Vergnügen empfand bei dem Gedanken daran, dass es bis zum Neujahrsfest noch einen Markttag gäbe und er zumindest das neue Jahr mit einer Gans würde begrüßen können. »Ach«, dachte er, »und einen Fasan soll mir Flammerie gleich mit dazu braten.«

Und unsere beiden Freunde Severin Spitzbub und Kornelius Klaubock? Ja, die hatten keine Gans. Und kein Huhn. Sie mussten dasselbe tun wie jedes Jahr zu Weihnachten: Sie erlegten unten an der Weichsel ein mageres Kaninchen, das sie über einem Lagerfeuer brieten. Aber so zäh und trocken es auch war, eins könnt ihr mir glauben: Es schmeckte ihnen so gut wie an keinem Weihnachtsfest zuvor. Und viel besser, als eine Gans es je gekonnt hätte.